É quase mágica

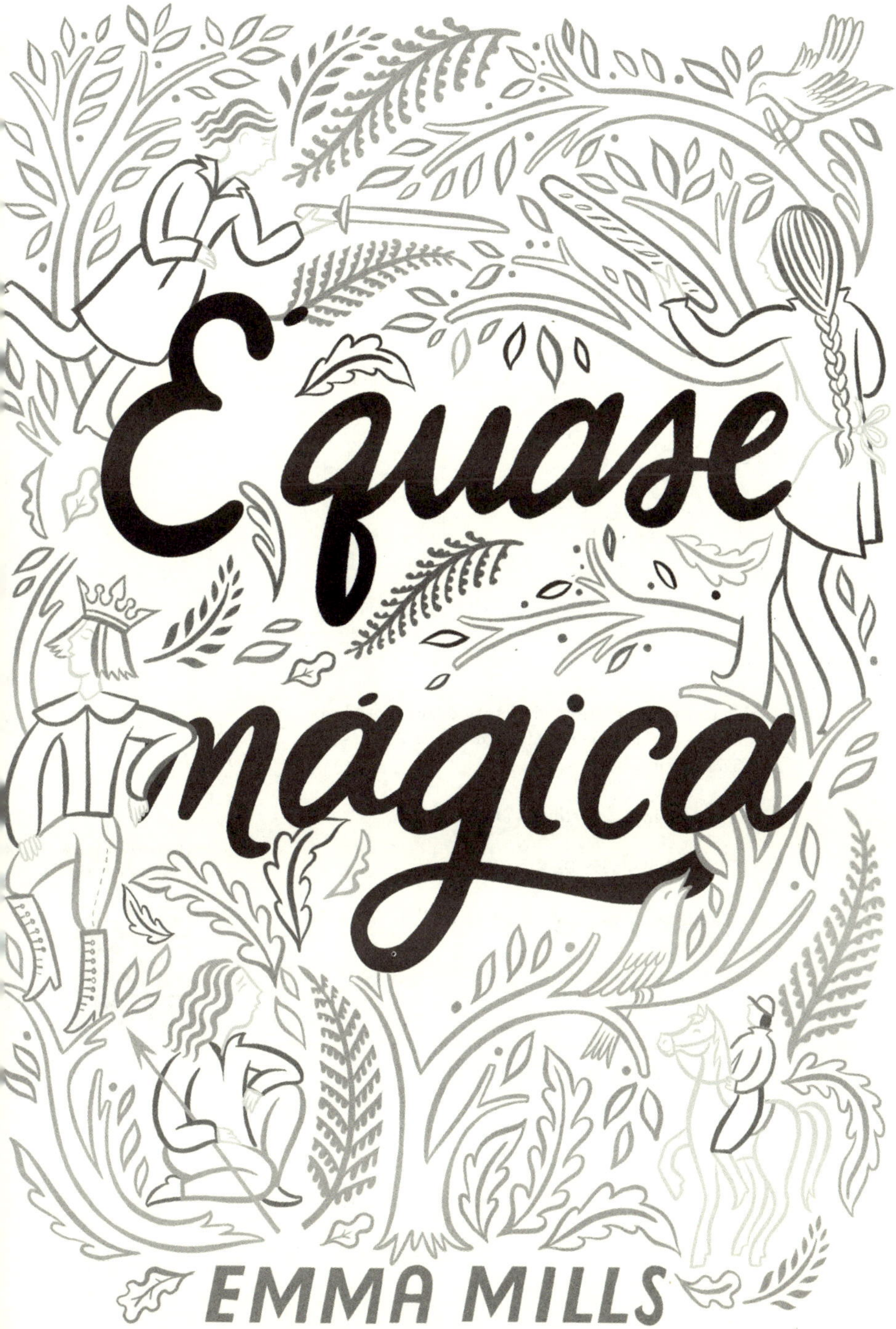

É quase mágica

EMMA MILLS

TRADUÇÃO: FLÁVIA YACUBIAN

Título original: *Something Close to Magic*

Copyright © 2023 by Emma Mills

Direitos de edição da obra em língua portuguesa no Brasil adquiridos pela Livros da Alice, selo da Editora Nova Fronteira Participações S.A. Todos os direitos reservados. Nenhuma parte desta obra pode ser apropriada e estocada em sistema de banco de dados ou processo similar, em qualquer forma ou meio, seja eletrônico, de fotocópia, gravação etc., sem a permissão do detentor do copirraite.

Editora Nova Fronteira Participações S.A.
Av. Rio Branco, 115 — Salas 1201 a 1205 — Centro — 20040-004
Rio de Janeiro — RJ — Brasil
Tel.: (21) 3882-8200

Dados Internacionais de Catalogação na Publicação (CIP)

M657e   Mills, Emma

    É quase mágica / Emma Mills ; traduzido por Flávia Yacubian. – Rio de Janeiro : Livros da Alice, 2024.
    15,5 x 23 cm; 288 p.

    Título original: *Something Close to Magic*

    ISBN: 978-65-85659-02-4

    1. Literatura fantástica – infantojuvenil. I. Yacubian, Flávia. II. Título.

                                  CDD: 869
                                  CDU: 82-31

André Queiroz – CRB-4/2242

Conheça outros livros da editora

para Mama

PARTE UM

Na qual uma aventura acontece

Um

A manhã já estava quase no fim quando uma desconhecida entrou na Padaria da Basil.

A ajudante de padaria, Aurelie, estava no meio de uma conversa com um homem que queria ter certeza de que o enroladinho de canela continha a quantidade perfeita de canela.

— Canela em excesso — explicou ele, muito sério, como se falasse de um erro fatal — interfere de forma irreparável na experiência degustativa.

Uma bufada chamou a atenção de Aurelie, a desconhecida se aproximara.

Ao longo dos três anos trabalhando na padaria, Aurelie conheceu muitos dos habitantes daquele vilarejo bem ao norte de Underwood, mas nunca tinha visto aquela garota em particular.

Os olhos da desconhecida eram castanhos, o cabelo, preto. Era bonita, mas de uma beleza esperta, uma beleza *afiada*. Ela usava uma jaqueta de veludo preto e um vestido combinando, todo bordado com folhinhas douradas. Até as luvas, também bordadas, combinavam. Aurelie estranhou ver uma pessoa tão bem-vestida no vilarejo, mas talvez ela fosse filha de algum mercador ou comerciante próspero. *Os Novos Ricos*, como a sra. Basil gostava de dizer. *Algumas pessoas os acham mais importantes do que a nobreza, sabia?*

Ah, é? Por quê?, Aurelie se vira obrigada a perguntar.

A sra. Basil a olhara nos olhos.

Bem, porque eles fizeram por merecer *a riqueza*, fora a resposta.

A desconhecida sorriu, e até o sorriso era rascante.

— Me desculpe — disse ela. — Mas acho que eu confiaria mais em uma padeira sobre essa questão da *experiência degustativa* do que em um... — Ela analisou o homem por um instante. — Bem, um boticário medianamente bem-sucedido. Nem de perto tão bem-sucedido quanto gosta de se gabar.

— Ora, eu...

— Você quer o enroladinho de canela? Excelente escolha. Aqui, moça. — A desconhecida se aproximou e entregou várias moedas para Aurelie, que rapidamente embalou o enroladinho. A desconhecida o entregou para o homem.

— Que ousadia... — soltou ele.

— ... impressionante. Pois é. É, sim! — Ela encarou o homem. — Agora, tchau.

Bufando e xingando entredentes, o homem foi embora.

Aurelie estava ao mesmo tempo chocada e impressionada.

A desconhecida voltou o olhar para ela.

— Desculpe, você queria continuar aquela conversa? — Antes que Aurelie pudesse responder, a garota prosseguiu: — Sabia que não. Três pãezinhos de canela, por favor.

Quando foi buscar os pães, Aurelie teve a nítida sensação de que a desconhecida a observava. Ao se virar para trás, porém, viu que a garota olhava fixamente para a vitrine cheia de bolos e doces.

Quando Aurelie retornou, a desconhecida pousou o braço sobre o balcão e se inclinou para a frente, como se fossem amigas compartilhando um segredo.

— Você acha que pode me ajudar com mais uma coisinha?

— Claro, senhorita. O que mais vai querer?

— Preciso de algo que não está na vitrine.

— Ah, sim. Até aceitamos encomendas, mas pode levar muitos dias, dependendo...

— Preciso de ajuda para encontrar alguém.

— Como é?

— Sei que existem várias maneiras. Algumas que a maioria dos Comuns desconhece.

Aurelie parou por um instante antes de embrulhar os pães e deslizar o pacote pelo balcão.

— Desculpe, não estou entendendo.

A desconhecida esticou a mão enluvada. Aurelie fez o mesmo, à espera do pagamento, mas, em vez de moedas, cinco pedras redondas e polidas caíram na palma de sua mão.

Pedras de busca.

— Algo me diz que você sabe exatamente o que fazer com elas — disse a desconhecida.

As pedras estavam quentes. Aurelie não sabia se era o calor transferido pela mão da desconhecida ou se era sua própria magia vindo ao encontro das duas.

Aurelie engoliu em seco, e sua voz parecia estranha aos seus ouvidos, distante.

— Como você sabe disso?

Os olhos da desconhecida brilharam.

— Eu sei de tudo.

Dois

A desconhecida era especialmente desagradável.
Com certo pesar, Aurelie devolveu as pedras e disse:
— Sinto muito, acho que deve ter me confundido. Não sei como ajudá-la.

A garota a observou por um momento — havia algo de enervante naquele olhar, algo de desafiador — e então inclinou a cabeça.

— Muito bem.

Aurelie pensou que aquilo acabaria ali. A ideia de buscar outra vez, de enfeitiçar as pedras... Era bem mais tentadora do que ela admitiria. Aurelie não podia deixar de imaginar como se sentiria ao fazer aquilo depois de tanto tempo. Mas era inútil imaginar. Magia não fazia mais parte da sua vida.

Na verdade, magia já não valia muita coisa. Quase ninguém mais a usava, porque não valia a pena. Magia dava trabalho. Magia *tinha seu preço*. As meninas do primeiro ano na antiga escola de Aurelie cantavam sobre isso numa cantiga enquanto pulavam corda:

Magia quente dá mais frio.
Magia limpa, mais sujeira.
Magia fome, menos alimento.
Magia relógio, menos tempo.

A teoria predominante sobre magia — não que muita gente perdesse tempo pensando em novas teorias hoje em dia — era que toda magia gerava consequências. A rima infantil resumia: quanto mais se usa a magia para resolver um problema, mais esse problema pode se agravar.

A antiga professora de Aurelie, srta. Ember, dizia que essa ideia era tão antiga e estava tão enraizada no pensamento, que ficava difícil saber se era mesmo verdade ou se as pessoas evitavam a magia por *achar* que era verdade. E isso, por sua vez, poderia influenciar a magia de volta — a crença e a repetição dela eram o suficiente para torná-la realidade.

Aurelie certamente entendia que a repetição era uma maneira de se convencer de que algo era verdade. Foi o que ela mesma fez após a passagem da desconhecida pela padaria.

Pela manhã, enquanto embalava os pães de uma encomenda grande, dizia a si mesma: *Fiz a escolha certa.*

De tarde, enquanto varria a frente da loja num momento de pouco movimento: *Fiz a escolha certa.*

Enquanto engolia um jantar rápido: *Fiz a escolha certa.*

E então, mais tarde naquele mesmo dia, alguém bateu na porta dos fundos da padaria.

Aurelie estava na cozinha, lavando panelas. Não esperava por entregas. O outro funcionário da Basil, Jonas, havia ido embora todo animado. Aurelie suspeitava de que estava indo para a Chapdelaine, concorrente da Basil do outro lado da cidade. A sra. Basil às vezes mandava que ele fosse até lá espionar o cardápio, mas a verdade é que Jonas preferia espiar uma das padeiras da Chapdelaine, Katriane. Jonas era magro, de ombros largos e lembrava um espantalho — se parecia mesmo com um espantalho, mas com traços bonitos, olhos gentis e um cabelo castanho ondulado indomável. Não era de sorrir muito, mas quando sorria, era impressionante.

Aurelie foi até a porta dos fundos, imaginando que Jonas esquecera algo. Ao abrir uma fresta, viu a desconhecida lá fora, olhando para ela.

O vestido chique e a jaqueta tinham sido substituídos por um casaco velho, calças enfiadas em botas gastas e uma camisa esvoaçante. Sem o chapéu e os grampos, o cabelo era bem mais curto do que Aurelie havia imaginado, caindo sobre o rosto dela em uma onda preta e sedosa. A garota parecia uma pessoa totalmente diferente e, embora transformada, a beleza permanecia ali e o brilho em seus olhos era o mesmo.

— Achei que assim seria mais eficiente — disse ela sem preâmbulos. — E mais confortável para mim, com certeza. Posso entrar? Obrigada. — Ela desviou de Aurelie e entrou na cozinha.

— O que... você não pode ficar aqui atrás!

— No entanto, cá estou. Que coisa! Vamos aos negócios?

— Que negócios?

— Obviamente você não se impressionou com o meu papel de dama elegante. O que me fez simpatizar mais com você, para ser sincera. Então aqui estou eu outra vez. Vamos pôr as coisas às claras: você sabe buscar e eu não... E saiba que para mim é bem relevante admitir isso. Vai contra minha personalidade, sabe? Enfim, eu preciso *muito* encontrar uma pessoa, mas meus métodos de sempre não estão funcionando. Então, peço, humildemente, padeira...

— Aurelie.

— Iliana — disse a desconhecida, apresentando-se. — Encantada. E humildemente, veja só, eu suplico: será que você pode me ajudar?

Parecia uma segunda chance. Ou que sua decisão estava sendo testada. *Fiz a escolha certa.*

— Já disse que não.

— Vou pagar, é claro — afirmou Iliana. — Dez por cento.

— De quê?

Iliana sorriu, um pouco surpresa, um pouco achando graça.

— Da recompensa, óbvio.

Aurelie piscou.

— Você é uma buscadora.

Buscadores já chegaram a ser chamados de "caçadores de recompensas", mas, depois de um tempo, o título foi considerado muito mercenário.

— Sim, sou — respondeu Iliana. — E você é ex-aluna da Escola para Garotas Mercier. Largou há três anos. Buscadora talentosa desperdiçando seu talento nessa padaria mal gerenciada, porém com produtos muito gostosos. Correto?

Aurelie não conseguiu dizer nada.

— Eu já disse, eu sei de tudo. E vou pagar pelo serviço, o que já é um passo além do que sua mentora. Estou certa de novo?

Ela estava. A maior parte dos aprendizes recebe um salário baixo, mas com a sra. Basil, era salário nenhum, só um quartinho nos fundos da cozinha para dormir, uma refeição por dia e, ocasionalmente (muito raro), a sra. Basil dizia enviar uma moeda de cobre ou bronze aos pais de Aurelie. Ela não sabia ao certo por que a sra. Basil fazia questão de especificar cobre ou bronze quando poderia dizer prata ou ouro. Afinal, moeda nenhuma era enviada.

— Não posso simplesmente... largar tudo — disse Aurelie.

A padaria era tudo o que tinha, sua única opção após deixar a escola. *Você tem muita sorte, criança*, dissera a Diretora. *Minha velha amiga Basil precisa urgentemente de uma aprendiz.*

— Meu Deus, não. Eu não estou pedindo para *largar tudo*. Nós sequer vamos precisar sair da cozinha. Só preciso que jogue as pedras e me dê alguma informação útil.

Aurelie hesitou.

— Quinze por cento — propôs Iliana.

— Vinte.

Iliana sorriu.

Em seu íntimo, Aurelie temia ter se esquecido de como buscar. Ainda praticava magia quando ninguém estava olhando — a sra. Basil proibia, para não manchar a reputação da padaria. (*"Se comerem algo com magia, terão o dobro de fome uma hora depois!"*) Então, quando Aurelie acendia uma chama na ponta dos dedos ou esquentava a água para a limpeza, era na mais absoluta privacidade. Às vezes, quando espalhava farinha sobre o balcão para abrir a massa, ela desenhava os símbolos de busca, só para garantir que não os esqueceria. Mas não podia praticar busca sem um conjunto de pedras.

Sentada no chão de seu quartinho, o colchão de palha empurrado para o canto de forma a abrir espaço para as duas e um círculo desenhado no chão com o giz que Iliana tirara do bolso, Aurelie pensou se veria alguma coisa. Se ainda era *capaz* de ver alguma coisa.

É mais fácil encontrar conhecidos, dissera a srta. Ember em uma das aulas particulares. Embora magia não fizesse parte do currículo oficial da Escola para Garotas Mercier, a srta. Ember ensinava Aurelie.

Mas dá para buscar desconhecidos. Para isso, precisa de um pertence ou de uma imagem. Ao menos, de um nome.

É possível mesmo?, perguntara Aurelie. *Só com um nome?*

A srta. Ember assentira.

Sim. Porém, quanto menos você souber do procurado, mais difícil será.

— Aqui. — Iliana tirou algo do bolso do casaco. — Acho que devemos fazer um teste para começar.

— Um teste?

— Só para garantir que você dá conta do recado. Não sou de perder tempo. Então, se não der...

— Eu dou — interrompeu Aurelie, pegando o objeto da mão de Iliana.

Era uma luva de couro macio. De um amarelo pastel, com pérolas bordadas em um desenho delicado. Sem dúvida, a luva mais cara que Aurelie já tinha visto.

— Nome?

— Camille. — Algo reluziu no rosto de Iliana. — Lady Alma — corrigiu.

Era alguém da nobreza, então. Aurelie olhou Iliana nos olhos. A garota foi quem desviou o olhar primeiro.

Aurelie respirou fundo. Reuniu as pedras na palma da mão e, por um momento, apenas sentiu o peso delas.

Lady Alma, pensou, segurando a luva na outra mão, macia e real. *Camille.*

Então, abriu os olhos e jogou as pedras no círculo.

Primeiro, veio um som. Aurelie levou um susto, mas manteve os olhos fechados à medida que ele aumentava. Música. Um violino tocando um refrão suave.

Aurelie apertou a luva. Viu dedos se curvando sobre o violino, delicados e empenhados.

A musicista era uma jovem — talvez não muito mais velha que Aurelie. Usava um vestido maravilhoso, e seu longo cabelo castanho estava preso em um coque.

— Ela está tocando violino — murmurou Aurelie.

A voz de Iliana ficou estranhamente comedida.

— Que música?

Foi difícil para Aurelie não se desconcentrar e revirar os olhos.

— Desculpe. Das minhas muitas idas ao teatro para assistir a sinfonias, sabe-se lá como nunca ouvi essa.

Iliana não deu bola para o comentário.

— Qual é a cor do carpete?

— Azul. Cortinas brancas. E um suporte de partitura de madeira escura... — Aurelie fez uma pausa.

Outra figura, um jovem, apareceu na cena e se aproximou da violinista.

— Um homem chegou.

A música foi interrompida quando Lady Alma se virou para olhá-lo, um sorriso de reconhecimento brotando em seu rosto.

— Ele está vestindo um casaco escarlate... e um anel de ouro. Está estendendo a mão para ela...

— Chega — disse Iliana abruptamente.

Aurelie abriu os olhos com um susto quando Iliana puxou a luva de sua mão.

—Mais do que o suficiente, obrigada. Isso foi... adequado.

— Adequado?

— Sim, bastante. Vamos para o evento principal. — Iliana rapidamente enfiou a luva no bolso e entregou para Aurelie um quadradinho de papel dobrado. — O nome dele é Elias Allred.

Aurelie desamassou o papel. O esboço de um homem olhou para ela. Tinha uma barba curta e bem cuidada e seu cabelo cacheava na altura das orelhas. Os olhos haviam sido desenhados de uma maneira que pareciam claros, embora o esboço tenha sido feito em tinta escura.

— Você tem alguma coisa dele?

— Não. Vamos ver o que você consegue sem.

Aurelie fechou os olhos. Jogou as pedras outra vez.

E viu... nada.

Insistiu, conjurando mais magia.

Ainda nada.

Por fim, Iliana falou:

— Desculpe a pergunta, mas quanto tempo isso costuma demorar?

— Eu... — Aurelie abriu os olhos, decepcionada. — Não faço isso há um tempo.

— Mas você encontrou a Alma em segundos.

— Ela é especial pra você?
Iliana franziu a testa.
— Não vejo como isso pode ser relevante.
— É relevante. Se o objeto for valorizado. Se o alvo for... amado, eu posso, tipo... *canalizar* a busca por você e...
— Eu gostaria que você não *canalizasse* nada em mim sem a minha permissão.
— Não foi minha intenção! Eu só quis dizer que poderia... facilitar.
— Bem, infelizmente, não tenho nenhum sentimento afetuoso por Elias Allred.
As sobrancelhas de Aurelie se ergueram.
— Mas nutre por Lady Alma?
— Não importa. — Algo como vergonha surgiu no rosto de Iliana.
— Quero dizer, não. Ela é uma conhecida.
— Você conhece muita gente da nobreza?
— Você é muito enxerida — objetou Iliana. — Estou começando a me arrepender dessa ideia.
— Deixa eu tentar de novo — disse Aurelie. — Vou tentar encontrar alguém que eu conheça.
— Não estou aqui para você bisbilhotar quem te interessa.
Iliana tentou pegar as pedras, mas Aurelie impediu.
— Por favor, é só para praticar um pouco, para ver se entendo melhor o que estou vendo de Elias Allred.
Ou não vendo, pensou Aurelie, sem acrescentar essa parte em voz alta.
Iliana pensou por um momento e cedeu.
— Tudo bem.
Aurelie reuniu as pedras outra vez, fechou os olhos e deixou sua mente se encher com pensamentos de uma pessoa que quisera muito ver nos últimos três anos.
Foi a luz que ela reconheceu primeiro — o abajurzinho verde sobre a mesa da srta. Ember lançava um brilho suave sobre as prateleiras do escritório. A mesa em si surgiu em seguida — madeira escura, lisa e gasta em certos pontos. Vários livros empilhados. Uma silhueta perto da janela, olhando para fora...
Srta. Ember.

Lá estava ela. No escritório, como sempre. Como Aurelie pensou — ou tentou se impedir de pensar — que estaria.

Por que não me escreveu? De repente, Aurelie teve vontade de gritar. Ela raramente recebia cartas dos pais, mas isso era de se esperar. A srta. Ember, porém... Aurelie sentiu um nó na garganta. Ela poderia ter escrito, se quisesse. Poderia ter se preocupado em saber como Aurelie estava. Mas não.

A imagem do escritório se dispersou diante de seus olhos, como um reflexo na água quebrado por uma pedra lançada no espelho.

— Alô?

Aurelie sentiu que estava sendo denunciada pelas lágrimas que se formavam, mas, por sorte, era perita em escondê-las. A maioria acha que o segredo é piscar rápido ou fechar os olhos com força, mas, na verdade, se mantê-los abertos, o ar seca a umidade. Ou é possível dizer que é alérgica a qualquer coisa, mas Aurelie nunca chegou ao ponto de precisar colocar a culpa na poeira. Ela sabia que a maneira mais fácil de impedir lágrimas de caírem era não se permitir sequer tê-las, para começo de conversa.

Ela abriu os olhos com cuidado e os manteve fixos enquanto recolhia as pedras, evitando o olhar de Iliana.

— Está funcionando. Vou tentar de novo.

Aurelie então focou mais uma vez no desenho de Elias Allred. O cabelo ondulado, os olhos claros curiosos. Ela entoou seu nome na mente. Ela e a srta. Ember tinham praticado antes de Aurelie sair da escola, mas a garota teve vontade — não pela primeira vez — de ter aprendido mais.

Jogou as pedras novamente. Colocou a mão sobre elas. E, de novo, não sentiu nada. Não viu nada.

— Sinto muito — disse por fim.

Iliana assentiu rapidamente e recolheu as pedras, depositando-as de volta na bolsinha e ficando de pé.

— Vou voltar trazendo um pertence dele.

— Quando?

— Quando for mais conveniente para mim.

— E o pagamento?

— Sem resposta, sem pagamento.

E assim, ela se foi.
Aurelie se recostou na parede.

Iliana retornou cerca de uma semana depois. Outra vez tarde da noite, outra batida na porta dos fundos.
Dessa vez, trazia consigo um relógio de bolso. Havia iniciais gravadas em uma letra curvilínea: *EA*.
— Presente do pai dele — explicou.
Aurelie pegou o objeto e tentou buscar de novo. E de novo. Mas nada.
Quando enfim abriu os olhos, Iliana estava com cara de enterro.
— Me conta, Padeira. A pessoa buscada deve... estar viva, para que possa encontrá-la?
— Sim — respondeu Aurelie, embora não tivesse certeza.
Iliana recolheu as pedras e foi embora sem dizer nada.
Aurelie pensou que era o fim da história. Dias e semanas se passaram. O frio do inverno enfim diminuiu, e os primeiros sinais de primavera começaram a aparecer no vilarejo.
E então, um dia, Iliana voltou, dessa vez com um novo pedido. Um nome novo, um desenho novo, um objeto novo. E assim passaram a ser os encontros entre elas: sempre que Aurelie arrumava um tempinho livre, Iliana aparecia com as pedras e Aurelie faria seu melhor para encontrar seja lá quem fosse. *Um homem de barba ruiva; aqui está o cachimbo dele. Uma pessoa com três dentes de ouro e caolha.*
Aurelie ficou chocada a primeira vez que Iliana entregou-lhe um pacote contendo seis moedas de prata.
— O que é isso?
— Seu pagamento — respondeu Iliana. — Nosso acordo de vinte por cento. Ainda é suficiente?
Era mais do que suficiente.
A questão era que Aurelie sabia que não podia ficar com tudo. As moedas que a sra. Basil enviava para a casa da família de Aurelie eram uma fantasia, e ela sentia a obrigação de ajudar os pais. Tinham matriculado Aurelie na escola mesmo dispondo de poucos recursos. Sentia-se

em débito com eles. Sabia, porém, que o dinheiro na mão dos pais iria embora tão rapidamente que seria mais fácil já jogar a quantia no lixo.

Então, quatro de cada cinco moedas que vinham de Iliana iam para os pais de Aurelie. A sra. Basil decerto encontraria as moedas restantes, por isso Jonas se ofereceu para ajudar — o irmão de Katriane era caixa no banco, então trocava as moedas por notas, que Aurelie costurava em seu avental.

Na primeira vez que ele a ajudou, Aurelie colocou uma das notas na mão de Jonas.

— Pela ajuda.

Ele recusou.

— Não precisa, eu fico feliz em ajudar. Sei como é difícil ser aprendiz.

— Um dia serei contratada, e aí vou receber. Não vou precisar mais fazer outros trabalhos por fora.

— Bem, ser contratada não significa que você precise parar se não quiser.

— Por que diz isso?

Jonas deu de ombros.

— Você parece estar gostando.

Aurelie estava mesmo gostando. Muito. Ela e Iliana não eram amigas — não exatamente, mas era gratificante sempre que o olhar de Iliana se aguçava diante de algum detalhe. *Lajes brancas, é? De que formato? Novas ou gastas?* A srta. Ember dizia que buscar é inútil sem o conhecimento para interpretar os dados, e Iliana tinha uma fonte impressionante de conhecimento.

A verdade é que ela de fato era um tipo curioso. Mesmo depois de meses, Aurelie descobrira pouco a seu respeito: viajava muito, mas se hospedava nos apartamentos do Marquês; de tudo na padaria, ela gostava mais dos pãezinhos de canela, com um copo de leite, se possível, ou chá fraco, caso não fosse.

E ela sabia que Iliana não era do vilarejo, sequer do Reino Setentrional. (O sotaque forte denunciava isso.) Iliana nunca falou de onde vinha, sua história, mas de vez em quando ela soltava algo curioso, como a certeza de que *os melhores cavalos para esporte vêm dos Campos Ardentes, e você precisa de ao menos seis deles para competir.* Ou uma sugestão de *cuidar de orquídeas para relaxar, Padeira, dizem que é calmante*. Algo no porte de Iliana fazia Aurelie crer que ela vinha de algum lugar grandioso, um lugar com uma fonte ou um coreto. Meia dúzia de cavalos competidores no estábulo, no mínimo.

Se Iliana fizesse a mesma coisa (coletar observações sobre Aurelie), teria notado alguém que lambe a colher depois de passar cobertura nos bolinhos, mas somente se tivesse caprichado e se a sra. Basil não fosse descobrir. Alguém que ainda era profunda e pateticamente grata à sra. Basil, apesar de todas as dificuldades que o emprego oferecia.

Talvez visse alguém em busca de aventura. Ou uma pessoa digna de pena. Aurelie não sabia.

Quando Jonas voltou a falar, despertando Aurelie de seus pensamentos, sua voz era gentil:

— Não podemos viver e morrer pelo trabalho, sabe? A vida não é só isso.

A suavidade em seus olhos fez Aurelie desviar o rosto. Não sabia bem o que fazer com esse tipo de coisa.

— Sei que não é fácil — continuou ele. — Mas não se esqueça de... de aproveitar um pouco também. Quando puder. Faça algo que te deixe feliz, seja trabalhar com essa sua amiga ou só... dar um passeio no parque com alguém que você goste.

Aurelie não pôde evitar o sorriso.

— É algo que você anda fazendo ultimamente?

Jonas virou o rosto, um pouco tímido.

— Talvez.

Era fim de verão quando a sra. Basil foi chamada na Capital para uma reunião de mestres-padeiros. Ela levaria Jonas junto, pois ele esperava enfim passar no teste do ofício.

Quando alguém passava de aprendiz para contratado e parecia pronto para o teste, apresentava suas mercadorias ou habilidades diante da Corte para ser julgado. Era a mesma coisa para qualquer ofício: cozinhar, forjar, tecer, costurar ou construir. Até mesmo os aprendizes de ateliês, estudando arte ou design, precisavam ter seu trabalho avaliado pelos membros da nobreza.

Jonas teria de preparar vários alimentos. Sem dúvida, ele passaria... é claro. Era um padeiro brilhante, um gênio do sabor e da técnica.

Não apenas seguia receitas, ele as aprimorava, ou inventava suas próprias. Aurelie nunca realmente pensara a panificação como uma arte, mas Jonas era, sim, um artista.

Ela não sabia ao certo o que aconteceria depois que ele atingisse a maestria. Por quanto tempo ainda trabalharia para a sra. Basil?

Aurelie não queria pensar a respeito.

— É claro que a padaria ficará fechada durante minha ausência — informou a sra. Basil na noite anterior à partida. Era uma viagem de três dias até a Capital. Aquele tempo todo sozinho numa carruagem com a sra. Basil... Aurelie não invejava Jonas nem um pouco. — Suponho que possa encontrar um lugar para ficar enquanto isso.

— Não posso ficar aqui na sua ausência?

A sra. Basil olhou Aurelie como se ela tivesse sugerido algo completamente absurdo.

— Claro que não. Sem mim? Vai saber o que você pode aprontar!

— Eu só... preciso de um lugar para dormir.

— Bem, você com certeza pode voltar para a casa dos seus pais.

O lar de Aurelie ficava bem ao norte, e comprar a passagem gastaria boa parte de suas economias. E, de modo geral, voltar para a casa dos pais não era uma ideia nem um pouco agradável. Preferia seu quartinho na padaria e sua solidão.

— Depois de toda a minha generosidade — continuou a sra. Basil —, é o *mínimo* que eles podem fazer, aceitar o fardo de receber você por um tempo tão curto. Já estarei perdendo dinheiro com a padaria fechada, então, manter a lareira acesa aqui está fora de questão.

— É verão. Não preciso de lareira...

— *Fora* de questão.

Jonas, tendo observado a conversa, atalhou:

— Ora, sra. Basil, eu sei que a senhora não deixará Aurelie ao relento...

— Nem de longe. Acabamos de concluir que é verão.

— Mas ela precisa de um lugar para ficar.

A sra. Basil estava decidida.

— Ofereci sugestões razoáveis, não?

— Mas...

— Está querendo dizer que *não sou* razoável?

— Não foi isso que eu...

— Foi o que pensei. Sou muito generosa, como devem concordar. *Extremamente* generosa, para alguém em minha posição. Isso é o que sempre ouço falarem. Muitos mentores fariam bem menos por seus inferiores.

Jonas, em geral uma pessoa impassível, ficou com o rosto vermelho. Aurelie nunca o tinha visto tão *perturbado*.

— Está tudo bem — murmurou Aurelie.

— Mas, sra. Basil...

— A questão está decidida — disse a sra. Basil, encerrando o assunto e saindo da cozinha.

Jonas bufou.

— Sério, tudo bem — insistiu Aurelie.

— Não está tudo bem. — Ele se virou de repente para ela. — Você vai ficar com Katriane. — Ele sorriu, dissipando um pouco da frustração. — Isso, você vai ficar com a minha esposa.

Os olhos de Aurelie se arregalaram.

— Vocês se casaram?

Ele assentiu. De repente, ele pareceu mais feliz do que nunca.

— Sim... não contamos para ninguém, mas... decidimos. — Jonas balançou a cabeça. — Bem, eu vou fazer a prova de proficiência e as coisas vão mudar. Serei independente. Então, pensamos, por que não? Por que não deveríamos?

— Parabéns. Que maravilha! — disse Aurelie, com sinceridade.

Na manhã seguinte, ela observou os dois partirem, Jonas enfiado junto com a bagagem da mulher.

— Vá até Katriane — falou ele antes da partida. — Ainda não temos um lugar só nosso, mas ela aluga no Belmont, com outras três pessoas de Chapdelaine. Ela disse que dão um jeito. Você não vai incomodar.

Conforme a carruagem se afastava, Aurelie voltou o olhar para a padaria, com as portas trancadas. Ela raramente vinha na frente da loja. Era charmosa: a porta azul, a parede de ripas, as floreiras bem cuidadas pelo filho mais novo do chapeleiro. A placa era pintada com letras angulares, preto sobre fundo branco: PADARIA DA BASIL.

Aurelie sentiu-se um pouco... vazia. Era egoísmo. Estava feliz por Jonas — sinceramente —, mas não conseguia imaginar a padaria sem ele. Não conseguiria suportar.

E à medida que a luz da manhã batia na janela da frente, ela também se deu conta de que não poderia dar trabalho para Katriane. Jonas tinha razão: as coisas seriam diferentes quando ele se tornasse mestre. Ele iria embora para trilhar o próprio caminho, livre da sra. Basil. Livre de qualquer obrigação para com Aurelie. Não que ele tivesse alguma. Era apenas gentileza da parte dele.

E Aurelie sabia que não devia contar com gentileza. Devia trilhar o próprio caminho também.

— Está planejando pintar a óleo? — perguntou alguém.

Aurelie se virou. Era Iliana, encostada no muro do beco entre a Basil e a loja vizinha.

— Ou está memorizando a aparência para algum ritual sinistro? — continuou ela. — Se for isso, eu te entendo, é claro.

Aurelie virou o rosto. Era bem a cara da Iliana aparecer num momento assim. Um momento que Aurelie preferia manter na intimidade — expulsa do local de trabalho, do seu *lar*, sem ter para onde ir.

— O que você quer? — questionou Aurelie.

Iliana não se importava com *Tudo bem?* ou *Que tempo maluco, hein?* Nem com qualquer outra forma de começar uma conversa.

— Preciso ir embora da cidade.

Aurelie fingiu olhar ao redor.

— Curioso, não estou vendo as hordas enfurecidas...

Um canto da boca de Iliana se curvou. Aurelie odiava admitir, mas era um pouquinho gratificante.

— Preciso ir para o sul. Quer me acompanhar?

— Por quê?

— Posso precisar de ajuda, e vai dar muito trabalho ficar indo e voltando, porque vou longe. Se estiver comigo, podemos fazer buscas direto no lugar... muito mais fácil.

— Por quanto tempo?

Iliana a encarou.

— Uma semana mais ou menos.

Aurelie hesitou, embora não soubesse ao certo por quê. Não tinha mesmo para onde ir. E aquilo parecia muito uma aventura, algo que ela nunca tinha vivenciado (a não ser que a viagem da escola até a Basil, anos antes, contasse, mas talvez não, afinal, nem pararam para comer).

No fundo Aurelie temia que ver um pouco do mundo talvez a fizesse não querer mais voltar para a própria realidade. Mas ela sabia que precisava, porque não podia interromper sua formação.

Falou com cuidado:

— Preciso estar de volta quando a sra. Basil chegar.

— É claro.

— Você nem vai se dar ao trabalho de perguntar para onde ela foi?

— Eu já sei. Que tipo de buscadora eu seria se não seguisse os passos das pessoas ao meu redor?

Aurelie levantou uma sobrancelha.

— Você segue os meus?

— Você é a mais fácil, nunca vai a lugar algum. — Iliana sorriu. — O que me diz?

Três

— E suas coisas? — Iliana olhou Aurelie antes de partirem.
Aurelie franziu a testa.
— Que coisas?
— Não quer fazer uma mala?
Aurelie não tinha uma mala. Tinha muitas poucas posses. Sem contar que a sra. Basil já havia trancado a padaria.
Ela não sabia qual desses motivos dava menos vergonha. Então, não falou nada e deu a volta por trás da padaria. Para sua tristeza, Iliana a seguiu de perto.
Aurelie tentou abrir a porta dos fundos, mas, como esperado, estava trancada também.
Ela olhou rapidamente para Iliana e então colocou a mão sobre a fechadura.
Não era um feitiço — não exatamente. Era só o tipo de coisa sobre a qual Aurelie descobriu que basta pensar pelas beiradas. Se pensasse fixamente — a intenção, o *processo*, se encarasse a coisa, certamente daria certo.
E deu. Aurelie virou a maçaneta e abriu a porta.
Quando olhou para trás, Iliana observava com interesse.
— Isso é bem útil.
— Não é.
Iliana virou a maçaneta enquanto Aurelie entrava na cozinha.
— O que acontece? Vai emperrar? Ficar mais difícil de abrir?
— Não sei. — Aurelie entrou no quarto e rapidamente pegou sua única muda de roupas.
— Alguma coisa acontece, algo é tirado.

— Acho que nunca fiz o bastante para notar — falou Aurelie lá de dentro. — Tento não invadir muitos lugares.

Quando ela voltou para a cozinha, Iliana a olhava com curiosidade.

— Buscar tira o quê?

— Como assim?

— *Toda magia tem consequências* etc. etc. Quais são as consequências de buscar?

— É diferente. — Aurelie olhou em volta e viu um saco de farinha vazio no chão. Foi até ele, deu umas sacudidas e colocou as roupas dentro. — Suponho que tire alguma coisa, sim, mas só de dentro. Tudo tira um pouco de energia, suponho. Trabalhar para se tornar mestre tira energia. Às vezes, levantar da cama tira energia. Com a magia deve ser parecido.

— De fato — murmurou Iliana, e então sua expressão se suavizou. — Vamos?

— Para onde estamos indo?

Aurelie olhou para trás e viu o vilarejo enquanto ela e Iliana andavam pela estrada, deixando a cidade. Sempre que olhava para trás, ela ficava menor.

— Já te disse — replicou Iliana. — Para o sul.

— Fazer o quê?

— Negócios importantes.

Aurelie sabia que não adiantava pressionar, então se pôs a fazer dois buracos no saco de farinha para usá-lo por cima do ombro.

Iliana não tinha nenhuma bagagem visível. Estava com a mesma roupa de sempre — calças escuras, botas de cano alto, camisa de botão, cabelo penteado para trás e, apesar do calor de verão, um casaco comprido. Parecia capaz de correr um campo inteiro ou escalar qualquer árvore. Ela era como uma mola — uma energia em potencial —, mas, ao mesmo tempo, completamente tranquila. Completamente à vontade.

Aurelie sabia que sua roupa devia estar suja de farinha. (Sempre estava.) Usava o de sempre — uma blusa branca enfiada em calças marrons de linho grosso, volumosas o suficiente a ponto de parecer uma saia (a sra. Basil dizia que era por "questões de decência"), mas bem úteis. Sempre estava de avental, que era azul-claro e exibia sua tentativa patética de bordado nos bolsos.

Já estavam andando há um tempo — a vila havia desaparecido no horizonte —, quando Aurelie notou que se aproximavam de Underwood.

Não apenas se aproximavam, estavam *indo* para lá

Ela desacelerou até parar.

— Aonde *exatamente* estamos indo?

Iliana parou alguns passos adiante e se virou.

— Por que você ainda está de avental? — Perguntou, se esquivando da pergunta de Aurelie. — Parecem rédeas. Alguém poderia te puxar a qualquer momento.

— Tem bolsos — foi a resposta de Aurelie, e Iliana zombou, hipocritamente, pois no seu conjunto tinha ao menos doze bolsos. — E você, por que não tira esse casaco? É pleno verão.

— Tem bolsos — zombou Iliana.

— Você não fica o tempo todo morrendo de calor?

— Fico gata, isso que importa.

— Iliana...

— Já que insiste... É encantado. Mantém a temperatura do corpo confortável, independente do clima.

— Não é possível.

— É, se conhecer as pessoas certas.

— Se você conhecesse as pessoas certas, não precisaria de mim. O que me leva de volta à pergunta: o que estamos indo fazer?

— Pensei que uma discussãozinha — disse ela com um sorriso irrepreensível que Aurelie odiou.

— Me fala ou vou embora.

— Precisamos cortar caminho pela floresta.

— Underwood.

— É o nome desta floresta, sim.

— Você quer que a gente *entre* em Underwood.

Underwood era a maior floresta do Reino. Poucas pessoas ultrapassavam seus limites. Muito se falava sobre todo tipo de criatura que habitava aquele bosque imenso, havia rumores sobre as propriedades de árvores e plantas nativas dali. Todo mundo tinha uma irmã do marido da vizinha do primo que era dona de uma cadeira talhada com lenha de Underwood que um belo dia se tornava senciente e buscava vingança. Ou o amigo de um primo do professor que roubou uma gota de neve ou outra rocha interessante do meio da floresta e desde então passou a enxergar listras cor-de-rosa em tudo.

E sempre havia conversas sobre tipos que entravam na floresta e simplesmente nunca mais retornavam — *O neto adotivo da sra. Hastings? Nunca mais foi visto! Morreu naquele bosque, certeza! Perdido e nunca encontrado!*

Todos na região concordavam: era melhor deixar aquela floresta em paz. E Aurelie acreditava um pouco nessa superstição.

Era a cara de Iliana propor uma caminhada por Underwood como se fosse um passeio no parque, ignorando o fato de que um mero movimento em falso poderia significar a diferença entre uma vida normal e uma vida listrada em cor-de-rosa.

— É a rota mais rápida — explicou Iliana. — Se contornarmos, serão dias a mais.

Aurelie não falou nada.

Iliana voltou pelo mesmo caminho e jogou um braço sobre os ombros de Aurelie, guiando-a adiante.

— Tá tudo bem, Padeira. Ignore essa fofoca caipira que ouviu na padaria. Muita gente entrou nesse mato e saiu viva para contar.

Continuaram seguindo em frente, embora Aurelie tenha se desvencilhado do braço de Iliana, que nem hesitou ao chegarem na fronteira de árvores altas, passando por elas e entrando na mata.

Aurelie decidiu que não hesitaria também. Era capaz de ser destemida (ou foi o que disse para si mesma).

Um pouco de luz passava pelo dossel denso da copa das árvores. A distância entre os troncos foi diminuindo à medida que adentravam. Alguns eram tão grossos que os braços de Aurelie não conseguiam alcançar nem metade da circunferência. Algumas árvores eram cobertas de musgo, pendurados em entalhes dos troncos.

— Árvores-cação — falou Iliana ao se enfiarem entre duas espécimes particularmente largas. — São nativas deste trecho da floresta. Como as maribéis. — Ela gesticulou para as florezinhas roxas que brotavam pelos cantos.

Andaram em silêncio por um tempo, ouvindo apenas os galhos e folhas quebrando sob seus pés. (*Pise na folha errada e vira perereca. E Deus o livre de pisar numa perereca... já era!*)

Iliana parou perto de um círculo de árvores finas e casca branca que se soltava. Tirou o saquinho de couro do bolso, aquele que continha as pedras de busca.

— Que tal uma busca?

— Aqui? Agora?

— Não há momento melhor que o presente. — Iliana entregou o saquinho junto com um pergaminho quadrado dobrado. — Estas árvores são... místicas o bastante?

Diziam que bétula amplificava a magia. Aurelie hesitou por um momento — certamente fazer magia em Underwood era desaconselhado —, mas pegou as pedras e o pergaminho mesmo assim, e entrou no círculo de árvores.

— Estarei aqui se precisar de mim — disse Iliana de longe, sentando-se num tronco.

Aurelie bufou. Iliana não ajudaria em nada. Antes de uma consulta importante alguns meses antes, ela tinha descrito a si mesma como *tão mágica quanto um graveto*.

— Um graveto pode ser bem mágico, sabia? — replicara Aurelie.

— Dependendo das propriedades da madeira...

— Tão mágica quanto um saco de feijões, então — remendara Iliana.

— Repito: depende dos feijões. Ouvi histórias sobre fazendeiros no sul que conseguem...

— Inferno, não tenho magia alguma, tá bom? Não sei um pingo sobre ilusões ou encantos ou *pedras mágicas* ou o que quer que seja, então, deixa isso pra lá. Balança suas pedrinhas aí, murmura qualquer coisa, sente as vibrações ou sei lá o quê, e só me conta o que eu preciso saber.

Aurelie mandara Iliana embora.

Iliana voltara à padaria no dia seguinte, estranhamente quieta. Comprara seis pães e murmurara na ponta do balcão, desajeitada:

— Eu sei que não é só... balançar pedras ou sei lá o quê.

— Como é? — Aurelie estava ocupada arrumando as prateleiras, com mais cuidado do que o normal.

— Sei que é difícil, e eu... — *Murmúrio, murmúrio.*
— Não entendi.
— Eu *preciso* de *você* — repetira Iliana, mais alto. — Preciso de sua ajuda. Tá bem? Joga as pedrinhas, por favor?

A expressão de Aurelie envergonhara Iliana.

— Você, por favor, pode praticar o *complexo ritual* e me prover com *muito bem-vinda assistência*? — Ela pegara a caixa com pães. — Querida. Por favor.

O carinho funcionou. Iliana, que era sempre seca e ácida e não se sentia confortável sendo sincera, tinha sido sincera mesmo assim.

Aurelie a levara para os fundos e montara o círculo de busca.

Ali, naquele momento, Aurelie observou o círculo de árvores e encontrou uma parte limpa no chão, perto do centro. Ajoelhou e abriu o pergaminho.

Um rosto conhecido olhou para ela.

— Ele de novo? — Aurelie falou alto. Havia meses que ela buscara Elias Allred pela primeira vez. — Faz um século que eu o procurei.

— Sim, Padeira. É de conhecimento geral que pessoas desaparecidas continuam desaparecidas até serem encontradas.

Aurelie preferiu ignorar aquele comentário.

— Ainda tem o relógio de bolso?

— Não.

— É claro que não — murmurou Aurelie para si mesma.

Abriu o saquinho de pedras mesmo assim. Talvez a bétula ajudasse, afinal.

Quanto mais ela usava as pedras, mais embebidas de magia ficavam. O conjunto com o qual Aurelie trabalhava na escola emitia um brilho fraco quando segurado. O conjunto de Iliana não era exatamente assim, mas Aurelie trabalhara com ele tantas vezes que as pedras já lhe eram familiares; reagiam a ela. Nunca perguntou onde nem como Iliana se apropriara dele. Estavam cada vez mais raros, pois buscar era uma prática fora de moda havia anos.

Aurelie desenhou os símbolos e reuniu as pedras em uma das mãos. Fechou os olhos e deixou a magia zumbir. Então, jogou as pedras no círculo.

Elias Allred, pensou. *Elias. Elias. Elias.*

Por longos instantes, Aurelie pensou que seria como antes, que não veria nada. Mas, então, lentamente, começou a se materializar — a mão direita, segurando rédeas. O som de rodas de carruagem esmagando o terreno irregular e o caminhar lento de cavalos. Luz salpicava por entre as copas densas das árvores.

Copas conhecidas.

— Ele poderia estar... aqui? — falou alto Aurelie. — Em Underwood? É possível?

A voz de Iliana estava cheia de emoção.

— Consegue vê-lo?

Aurelie expandiu a mente. Puxou mais magia. Sentiu além.

A mão nas rédeas — de juntas enrugadas, pele curtida, não era a mão de um jovem.

Ela tentou ir além, mas, às vezes, pressionar demais, longe demais, quebra a conexão. E foi o que aconteceu. A imagem saltou diante de seus olhos e esvaneceu.

— Não é... Não faz sentido.

Aurelie olhou, mas Iliana não estava mais descansando no tronco. Estava de pé, olhando-a fixamente.

— O que é? O que você viu?

— Uma carruagem em uma floresta. *Nesta* floresta, acho. E um homem, mas não poderia ser... velho demais...

— Como sabia que era Underwood?

— As árvores-cação. Você disse...

— Estão perto. — Iliana pegou um par de luvas no bolso e as vestiu rapidamente. — Você viu mais alguma coisa que iria... esquece, eu vou rastreá-los. — E saiu rapidamente na direção oposta.

— Espera... — Aurelie voltou ao círculo para recuperar as pedras. Mas o círculo estava vazio. As pedras haviam sumido.

O chão não era totalmente limpo. Havia um pouco de arbusto irregular, umas folhas perdidas. Aurelie tentou varrer com as mãos — será que a magia podia ter remexido a terra? —, mas seus dedos se enfiaram no solo sem resistência. Num instante, seu braço estava afundado até o cotovelo no chão; a terra úmida e fria em volta dos braços. E então algo pior: uma mão, subterrânea, agarrando a sua.

Aurelie deve ter gritado, porque logo Iliana chegou com a adaga empunhada.

— Para trás! — avisou Aurelie.

O chão era estável, mas tudo além dele era potencialmente perigoso. A última coisa de que precisavam era Iliana afundando também.

A mão segurava firme, rija e fria.

— O que eu faço? — disse Iliana. *Quem eu apunhalo?*

— Não consigo... — Aurelie tentou se desvencilhar, mas a mão puxou mais, com uma força que afundou ainda mais o braço de Aurelie.

Iliana deixou a adaga de lado e agarrou Aurelie pela cintura, tentando puxá-la.

— Não... — Aurelie conseguiu falar antes que afundasse o rosto também.

Mal teve tempo de fechar os olhos antes de ficar completamente soterrada, a terra úmida pressionando-a por todos os lados. A parte superior ainda estava próxima da superfície — sentia a mão de Iliana, ouvia seus ruídos abafados.

Em vez de algo útil, algo voltado à sua sobrevivência, foi um pensamento absurdo que surgiu na mente de Aurelie: *Talvez as mulheres do vilarejo tenham razão. Talvez tenha sido esse o fim do neto adotivo da sra. Hastings.*

A cada puxão que uma das duas tentava, a mão puxava com mais força, então Aurelie afrouxou o braço, pensando freneticamente que talvez a mão também soltasse quando deixasse de sentir a resistência. Mas não conseguiu passar a mensagem para Iliana, que puxava com cada vez mais força. A mão respondeu com um puxão forte.

Aurelie se sentiu zonza pela falta de ar, o coração batendo mais forte de pânico, e a mão ainda presa. Uma espécie de zumbido encheu seus ouvidos, como um enxame de abelhas, aproximando-se cada vez mais alto e mais errático até que se transformou em uma voz.

Quando a hora chegar, disse a voz, *fale o verdadeiro nome dele.*

Me solta, respondeu Aurelie em pensamento, mas a mão apertou ainda mais.

Quando a hora chegar, fale o verdadeiro...

Me solta, me solta, me solta!

Quando a hora chegar...

Eu vou! pensou Aurelie, desesperada.
Fale o verdadeiro nome dele.
A essa altura, Aurelie concordaria em dançar na praça com uma panela na cabeça.
Sim! Agora me solta!
Não conte a ninguém, continuou a voz.
Não vou!
Prometa.
Eu prometo!
Duas coisas aconteceram ao mesmo tempo: a primeira foi uma grande pulsação mágica vinda do alto. Aurelie sentiu uma onda atravessá-la. Em seguida, a mão enfim a soltou. Com um puxão, Aurelie foi tirada da terra e caiu de costas no chão, onde cuspiu terra e ficou arfando.

— Fácil. — Quando Aurelie espanou uma cachoeira de terra do rosto e abriu os olhos, viu Iliana ajoelhada ao seu lado.

— As pedras. — Aurelie arfou. — Elas desapareceram e...

— Eu dou um jeito — respondeu alguém que não era Iliana. Em vez da voz misteriosa de Iliana, era um som agudo e um tanto esganiçado.

— Aurelie, esta é Quad — disse Iliana, enquanto Aurelie observava a desconhecida. — Ela tem o dom da pontualidade.

Quad inclinou a cabeça na direção dela.

Estava vestida à maneira dos Comuns, mas sem dúvida era do Povo Incomum, encontrado nos recônditos do Reino. Os Comuns não fazem o tipo de magia que havia acabado de acontecer ali.

Quad era um pouco mais baixa que Iliana e bem atarracada. Os olhos, sob a luz, pareciam raios solares sobre um lago. Algo nela deixava Aurelie estranhamente... calma. Só de olhar. Era como olhar uma bela paisagem.

— Deve ser a Padeira — disse Quad inexpressiva. — Deu um jeito de se emaranhar, é?

Aurelie espanou outra cascata de terra do cabelo.

— Como vamos recuperar as pedras?

— Me deem um momento. Melhor se afastarem das árvores, vocês duas. Mais seguro.

— Que diabos foi aquilo? — perguntou Iliana, levando Aurelie para fora do círculo de árvores.

— A *mão* de alguém — disse Aurelie. — Mão mesmo, com dedos e tudo!

— Quantos?

— Por incrível que pareça, não tive tempo de contar enquanto a mão me *puxava pra debaixo da terra!*

— Aqui. — Iliana a guiou até um tronco caído para se sentar.

— Precisamos das pedras.

— Você podia ter morrido — falou Iliana. — Se ajeita primeiro. — Ela lhe entregou um lenço. — Aqui, você está péssima.

— Ah, sim, minha aparência realmente devia ser nossa preocupação nesse momento — reclamou Aurelie, com o coração ainda batendo forte, mas pegou o lenço mesmo assim e começou a tentar limpar o rosto.

Antes que Iliana pudesse responder, Quad emergiu do círculo.

— Pegou?

Quad olhou na palma da mão.

— Rosa, azul, vermelha, verde e amarela. Certo?

— Sim. — Aurelie pegou as pedras com alívio e as segurou firme. — Obrigada.

Quad deu de ombros.

— De nada. Eles estavam me devendo uma.

— Você conhece aquela... pessoa?

— Pessoa. Planta. Algo assim. Um habitante da terra. Uma espécie de... demônio das árvores, acho.

— Demônio?

Ela deu de ombros.

— Não é tão simples. Mas seu povo o chamaria de demônio.

— Por que ele usou a mão?

— Por que você usa a sua? Por que nós temos mãos?

Aurelie não conseguiu pensar numa resposta; embora não soubesse se Quad esperava por uma, pois ela simplesmente ficou parada ali, plácida como se tivesse séculos à disposição para contemplar a brisa suave entre o musgo das árvores.

— Como você encontrou a gente? — perguntou Aurelie em vez de responder.

— Eu estava procurando vocês — disse Quad.

— Quad é minha parceira — esclareceu Iliana, e se irritou com a expressão duvidosa de Aurelie. — Não me olha com essa cara. Eu tenho colegas. Você devia saber... é uma delas.

— Somos parceiras?

— Colegas, se preferir. Pedi a Quad que nos ajudasse a achar Elias Allred, embora agora talvez não precisemos viajar para tão longe quanto pensei. No entanto, isso significa acharmos aquela carruagem o quanto antes, então, se estiver recuperada, podemos ir?

As três seguiram na direção indicada por Iliana, que liderava a fila com Aurelie no meio, e Quad atrás.

— Caso você caia num buraco de novo — disse Quad para Aurelie. — Por que afinal você foi fazer magia num círculo sagrado?

— Não sabia que era sagrado.

— Bom, era. E o habitante da terra pediu para eu te avisar. Não é a primeira vez que são incomodados.

— Sinto muito. *Alguém* esqueceu de me avisar. — Aurelie olhou feio para as costas de Iliana.

— Minhas sinceras desculpas — falou Iliana. — Eu deveria ter me esforçado mais para evitar seu enterro.

À medida que atravessavam a floresta, Aurelie ficou sabendo que Quad era mesmo Incomum — mais especificamente, uma troll. Ela e Iliana tinham se conhecido em uma viagem. (Quad não deu mais detalhes.) Quad não era seu nome de nascença, mas um que escolhera após uma consulta com Iliana. Ela se recusou a revelar seu verdadeiro nome.

— Você não entenderia.

— Como assim?

Quad observou Aurelie com olhos luminosos.

— Você sabe imitar o som da luz na água? Da brisa de outono pelas folhas de um carvalho antigo?

— Não...

— Então, você não chega nem *perto* de entender meu nome. Além disso, nem merece ouvi-lo.

— Brutal — disse Iliana lá da frente. — Amei.

Quad escolhera o nome inspirada na quadrilha, que Iliana dizia ser uma dança popular. Aurelie não entendia muito de dança além do que aprendera na escola no segundo ano com as lições da srta. Fletcher, nas quais seu principal objetivo era não levar pisões no pé.

— É o nome perfeito — disse Iliana. — Quad é elegante, flexível, tem pés leves... Simplesmente combina.

Quad não tinha nada a ver com os trolls cujas histórias Aurelie lera.

— Vivendo debaixo de pontes! Exigindo pedágios! — exclamou Quad, indignada, enquanto as três manobravam num trecho especialmente denso de árvores. — Sabe por que fico sob as pontes? Para me esconder de tipos como vocês. Mas os mortais colocaram na cabeça que vivemos assim. Que nos *enfiamos* ali embaixo, cobrando *pedágios* dos passantes! Como se tivéssemos criado uma estrutura baseada nisso, dependendo de coisas mortais e mesquinhas como *salários*! Eu posso afirmar com toda certeza: não é o caso. Deixem de ser tão péssimos que não vamos precisar nos esconder de vocês debaixo das pontes.

— Os Comuns são assim tão péssimos? — perguntou Aurelie, preocupada.

— Em geral, sim, vocês são meio péssimos — disse Quad. — Não se importam com a natureza. Nem com a magia. Pensam que o Reino é de vocês pra fazerem o que quiserem, quando, na verdade, estamos aqui há mais tempo e estaremos aqui por mais tempo que todos vocês. O próprio rei está tentando derrubar parte dessa floresta, quando há folhas aqui que são mais velhas do que ele.

— Por que ele iria querer derrubar Underwood? — questionou Aurelie, que não estava muito a par das notícias da Capital e sabia apenas o que chegava até ela pelos clientes da padaria.

— Não tudo — disse Iliana. — Só um pedaço.

— Ah, então agora tudo bem — falou Quad com sarcasmo. — Que tal eu cortar *só um pedaço* seu?

— Eu não sou a favor. Só estou explicando para a Padeira, que é terrivelmente desinformada.

— Ei!

— O rei quer uma estrada adequada — continuou Iliana. — Uma passagem segura entre a Capital e a Cidade Acadêmica. Mas não vai passar sem a aprovação da Corte, e a Corte nunca vai aprovar uma coisa dessas. Ninguém quer arriscar irritar a floresta.

— Eles não têm direito de tocar nas árvores — disse Quad, inflexível.

— Acredite em mim — reagiu Iliana. — Não quero fazer inimigos em Underwood. — Os lábios dela estremeceram. — Já tenho inimigos o suficiente fora daqui.

Por fim, pararam para que Iliana pudesse reavaliar a direção. Essa tarefa consistia em ficar de pé num tronco caído, com as mãos nos quadris, olhando de um lado para o outro. As árvores eram tão próximas que não dava para ver muito longe, mas Iliana parecia capaz de enxergar algo mesmo assim.

— Por falar nisso, você conseguiu pegar tudo? — perguntou para Quad antes de saltar do tronco.

— Quase.

Iliana ergueu uma sobrancelha.

— Copperend?

— Não. — Quad pegou um embrulho de pano da mochila. Abriu-o sobre o tronco caído e começou a revelar uma série de objetos. — Mas todo o resto, sim.

Ela foi pegando cada objeto ao falar. "Lester", um espelho de mão esmaltado de azul, "Elridge", uma corrente de relógio de um prata turvo, "Price", um toco de lápis de carvão, quase no fim.

— Que bom — murmurou Iliana, então se agachou e tocou o chão, como se avaliasse a terra.

— Você também é buscadora? — perguntou Aurelie enquanto observava Quad embrulhar e guardar os objetos.

— Mais ou menos.

— Como assim?

— Ultimamente ando focada na aquisição de itens.

Aurelie franziu o cenho.

— Uma ladra, então.

— Nada disso. — Quad parecia ofendida. — Algumas pessoas dão coisas de graça. Senão, devolvo. — Ela inclinou a cabeça de um lado para o outro. — Em geral.

— Mas por que trabalhar? Você acabou de dizer que Incomuns não dependem de algo *mesquinho e mortal* como dinheiro.

— Não dependo mesmo, mas também não nego.

— Deveria estar grata por Quad — disse Iliana —, se não fosse pelas aquisições dela, não teria itens tão úteis para as buscas.

— É assim que você consegue os objetos para as buscas?

— É claro. Não chego nem perto de Quad. Não consigo ficar invisível.

— Também não consigo — atalhou Quad. — Apenas sei me misturar. Iliana ficou de pé.

— Obviamente não há uma estrada oficial na floresta, senão o rei não estaria tão disposto a construir uma. Mas há uma espécie de trilha aqui perto... Creio que é larga o suficiente para uma carruagem passar. Se a carruagem de Allred já tiver passado, eu vou saber. Do contrário, precisamos esperar e tentar interceptá-lo.

— O que você faz quando encontra a pessoa procurada? — perguntou Aurelie.

— Depende da recompensa. Às vezes, apenas ver a pessoa é o suficiente. Mas, em outros casos, a pessoa precisa ser... — Ela olhou para cima, procurando uma palavra antes de decidir por: — ... recuperada.

— E se ela não quiser ser recuperada?

— Recuperamos mesmo assim — disse Quad. — Somos bem boas nisso.

— E quanto a Elias? — indagou Aurelie, enquanto Iliana avaliava as direções em vários ângulos.

— Não precisamos recuperá-lo — respondeu Iliana. — Apenas encontrá-lo. — O olhar dela se estreitou, na direção mais à esquerda. — Por aqui.

Foram na direção indicada, mas logo Quad estacou com uma expressão estranha no rosto.

Aurelie também parou, e Iliana deu mais uns passos antes de virar para trás.

— O que foi? — perguntou Iliana.

— Nada — disse Quad depois de um instante, embora sua expressão ainda estivesse desconfortável. — É só... que parece que alguém vai morrer.

— Alguém daqui? — Aurelie soou alarmada. — Alguém tipo, uma de nós?

— Alguém por perto — falou Quad, e deu de ombros. — Não deve ser nada.

Aurelie encarou Iliana com olhos arregalados. Iliana deu de ombros.

— Você ouviu. Não deve ser nada.

— Mas...

— Anda, Padeira. Estamos desperdiçando luz do dia.

Quatro

No mesmo momento, Príncipe Desafortunado — segundo na linha sucessória do trono, estudante na Cidade Acadêmica e autodeclarado regente da melhor parte dos Jardins Reais — estava pensando em algo diferente do que sua morte.

Ele pensava que uma viagem por Underwood era certamente uma ideia estúpida. Não era ideia dele, mas era exatamente o tipo de coisa que lhe seria creditada — *ah, mas é claro, mais uma das loucuras do príncipe!*

Desafortunado certamente tinha das suas loucuras — isso era verdade. Ele mudava de cor favorita ou estilo a cada mês e insistia em trocar seu guarda-roupa por completo. (No momento, estava curtindo azul-marinho e mangas volumosas.) Quando era mais jovem, ele vira uma apresentação particularmente comovente de *A brincadeira do pobre* e insistiu que deveria estrelar uma produção, apenas para mudar de ideia ao descobrir quantas falas teria que decorar. (O elenco já havia sido escalado, para tristeza de seu mordomo. Mas, para crédito de Desafortunado, não fora difícil para Mordomo substituí-lo; verdade seja dita: foi para melhor. O homem era de uma profundidade absurda. Nunca Bastian Sinclair tinha sido interpretado com tamanha paixão.)

Quando Desafortunado era muito jovem, fora até a cozinha para subtrair alguns dos biscoitos amanteigados recheados de geleia do Cozinheiro, e observara a equipe descascando e cozinhando batatas. Ele chorara e insistira que não mais lhe servissem o tubérculo. (Batatas têm olhinhos, afinal, o que certamente significa que possuem sentimentos, o que, por sua vez, significa que sem dúvida sentem dor. *Imagine ser jogado numa panela gigante daquele jeito! Imagine virar purê!*, choramingara ele para a mãe, que, coitadinha, cedera.)

A irmã de Desafortunado, Honória, tinha seis cachorrinhos — pequenos e brancos, com caudas curvadinhas e orelhas caídas — e ninguém chamava isso de loucura; ela cuidava de cada um deles e lhes dava nomes absurdos como Barão Pisca-pisca e Lorde Bochechas. O irmão de Desafortunado, Galante, embora respeitado e inigualável e digno de ter o rosto impresso nas moedas etc. insistira, aos 11 anos, em vestir os cachorros com roupas de festival de verão, e ninguém chamou isso de loucura também.

Às vezes, Desafortunado sentia que ceder para ele era sempre uma exceção. Todos os outros recebiam permissão automática para suas excentricidades, podiam dizer ou fazer qualquer coisa, sem limites, e ainda eram considerados respeitáveis. Mas, no caso dele era sempre... loucura, ou frivolidade; era o que se esperava dele.

Mesmo assim, a carruagem, a floresta, a viagem em geral — nada disso tinha sido sua ideia. Havia uma espécie de trilha cortando aquele trecho de Underwood, mas de vez em quando os guardas precisavam descer e liberar a estrada dos galhos. Era lento. Tedioso. Completamente desnecessário.

Mordomo insistira que Desafortunado ficasse na carruagem: *Deve estar exausto, Vossa Alteza. Deve descansar. Seria excessivo cavalgar ao lado deles, excessivo.*

Fazia pensar sobre quão delicada Mordomo pensava ser a sensibilidade de Desafortunado. Quando Mordomo olhava para ele, devia ainda enxergar aquela criança suja de geleia chorando por causa das batatas.

Desafortunado, no entanto, não era mais criança. Estudava para se tornar acadêmico, afinal. Que absurdo um acadêmico cavalgar. Pior ainda: e se ele gostar?

Mas o retorno aos estudos não era coisa certa, dependia de mais uma de suas *loucuras*. A missão. Ou melhor, a missão fracassada.

Desafortunado queria embarcar numa missão antes do início do semestre de outono. Missões estavam fora de moda, é claro, mas isso era parte do charme da ideia. A noção de sair por aí, buscando algo, fazendo algo e com *propósito* era atraente de uma maneira que não conseguia explicar à família.

Honória ficara desesperada, as sobrancelhas unidas em uma expressão parte preocupação, parte zombaria.

— Desafortunado, ninguém consulta os Pergaminhos Jurados há cem anos.

Desafortunado não desanimou.

— Eu sei! Hora de soprar a poeira, não acha? Dar uma boa lida neles?

Os Pergaminhos Jurados eram uma coleção de profecias. Algumas eram incompreensíveis — *no quinquagésimo terceiro momento à leste do ferro, um grande ato de bravura virá de lá*. Mas alguns deles mencionavam tarefas ou relíquias mágicas específicas, e eram nesses que Desafortunado estava interessado. Principalmente o verbete sobre a Pedra Solar. A profecia dizia que a tal pedra emitia luz eterna, e o que poderia ser melhor do que isso? Uma vela que não precisa de chama, uma lâmpada sem óleo. E quem não gostava de uma luzinha para criar um ambiente? Quando Desafortunado leu a respeito, sabia que aquilo era para ele — missão definida. Precisava encontrá-la. Ou ao menos tentar.

— Querido, por favor — dissera Honória —, dizem que a Pedra Solar nem é mágica.

— Mentira! — insistira Desafortunado. — Ela brilha!

— Temos luzes o suficiente aqui. Não precisa *vagar* pelo Reino atrás de uma.

Galante apelara para o pai.

— Você vai mesmo permitir isso?

O pai de Desafortunado dera de ombros, à sua maneira cansada de viver.

— Desafortunado é adulto. Deixe que vá atrás de seu tesouro antes de voltar aos estudos.

— Mas não é um tesouro, né? — dissera Galante. — É um peso de papel superestimado.

O pai se divertia.

— E vai pesar muito bem sobre os papéis do Reino.

Então, Desafortunado estudara os pergaminhos, copiando os trechos relevantes. Antigamente as pessoas usavam um linguajar muito estranho, uma escrita cheia de reviravoltas e enigmática (*Brumas místicas dividem as pedras, antes que as paredes brancas oscilem*, coisa do tipo). Mas havia informação o suficiente para lhe dar uma mínima noção. Ele precisava seguir para o nordeste atrás de uma ruína de pedra, vizinha de um campo roxo. Não devia haver muitas ruínas perto de campos, e havia um número reduzido de plantas com flores roxas e menos ainda aclimatadas ao norte. Já estava ficando mais fácil!

Mas quando chegou a hora de Desafortunado partir em sua missão, Galante o impedira.

— Pensei que já tínhamos decido a questão.

— Mas e a...

— Desafortunado. Você não pode estar falando sério.

— O papai disse que eu poderia ir.

Galante erguera a sobrancelha.

Ambos sabiam que o pai não dava a última palavra sobre eles, ou sobre ninguém. O rei-pai nunca fora muito apto para o trono. Quarto filho de um barão, se qualificara por pouco para a nobreza quando conheceu e se casou com a mãe deles, a princesa real. Honória amava ouvir essa história, pedindo para que sempre contassem para eles quando eram pequenos: como a mãe deveria ter se casado com um duque, mas após ver o pai num jardim de inverno — malvestido para o inverno, tentando acalmar um cavalo assustado —, se apaixonara.

À época do falecimento da mãe, Galante já tinha idade para herdar o trono, e assim o fizera. O pai se dedicava cada vez mais aos seus hobbies: falcoaria, jardinagem, coleção de livros raros. Ficava cada vez mais isolado, propenso a contemplação profunda e olhares distantes.

Galante era mais disciplinador do que o pai e por isso sua aprovação contava tanto. E irritava ainda mais em situações assim.

— Você se tornou rei na minha idade — disse Desafortunado.

— E?

— Você pode cuidar de um *reino inteiro*, mas eu não posso ir numa *missãozinha*?

— É diferente.

Desafortunado tentou fazer piada.

— Como? A correlação entre ordem de nascimento e competência é tão grande assim?

— Você sabe como você é às vezes.

O clima pesou.

— E como é que eu sou às vezes?

Desafortunado pôde ver no rosto de Galante: as *loucuras* refletidas de volta.

Mas Galante o surpreendeu e, depois de um longo momento, suspirou, cedendo.

— Vai precisar de um séquito.

Desafortunado ficou animado.

— Certamente.

— Ao menos duas linhas de guardas e um cocheiro. E o Mordomo, é claro.

— É claro — concordou Desafortunado, nas nuvens.

Estava tudo mais do que bem quando partiram. Havia gente para cuidar dos cavalos e se preocupar com coisas como provisões e bagagens, acender fogueiras etc. Embora também fosse verdade que toda aquela gente atrapalhasse em certos momentos. Desafortunado queria descobrir uma caverna secreta ou explorar um vilarejo abandonado. Queria escalar para ver lindas vistas e queria fazer tudo isso sozinho, com seu casaco fustigado pelo vento. Queria ser digno em sua solidão, estoico — e solitário, para *pensar coisas grandiosas*. Algo em Mordomo o seguindo para todo lado e verificando se os botões estavam abotoados lhe dava a sensação de não estar se aventurando de verdade. Como se não fosse uma missão de verdade, mas sim, uma excursão glamourosa.

Inevitavelmente, foi o Mordomo quem informou que a missão havia chegado ao fim — que logo Desafortunado precisaria voltar para a Cidade Acadêmica e se preparar para o começo do semestre.

Por isso a jornada pela Underwood, ora essa.

Desafortunado suspirou, recostando a cabeça contra o assento macio da carruagem. Ainda era uma missão mesmo quando não se atingia o objetivo? Ainda era uma missão mesmo se não tivesse conseguido quase nada, além de viajar na direção da escola? Se sentia enganado. Parecia que Galante apenas apaziguara suas vontades e contara com a burrice ou o egocentrismo de Desafortunado.

A carruagem parou abruptamente. Outro obstáculo.

Desafortunado começara a abrir a porta quando o Mordomo apareceu na fresta.

— Vossa Alteza? Posso ajudá-lo?

Mordomo era terrivelmente antiquado. Poderia ter viajado na carruagem — pelo menos assim Desafortunado teria com quem conversar —, mas insistiu em ir na frente com o cocheiro, para preservar a intimidade do príncipe. (O que ele pensava que Desafortunado faria lá dentro? Ou ele era realmente um chato?)

— Paramos? — quis saber o príncipe.

— Muitos galhos caídos. Os guardas vão resolver rápido.

— Posso descer um pouco? Preciso de ar fresco.

A boca do Mordomo murchou.

— Sinto muitíssimo, Vossa Alteza. A floresta, o senhor sabe, pode ser traiçoeira, e recebemos ordens estritas de só parar nos postos avançados...

— Mas paramos aqui.

— Nada de paradas *longas* — esclareceu Mordomo — em postos não designados.

— Bem, talvez possamos... designar este... como um posto avançado. — Desafortunado abriu mais a porta. De repente, a carruagem estava quente demais, muito escura com as cortinas fechadas, muito claustrofóbica. — Eu tenho autoridade para tal, não? Estou quase certo de que sim.

— Mas, Vossa Alteza...

— Estou me sentindo enclausurado depois de tanto tempo viajando...

— Precisamos realmente nos ater ao planejamento...

— Só uma respirada de ar puro, é tudo de que preciso. Ou duas, três... Cinco no máximo! — Ele conseguiu abrir o suficiente para enfiar seu corpo pela fresta, e Mordomo não teve opção a não ser abrir caminho.

Desafortunado acabara de colocar os dois pés no chão, acabara de passar pelo Mordomo, quando um zumbido agudo de algo voando ao lado dele foi seguido por um *fsssssiu* alto.

Havia uma flecha fincada na carruagem, a um palmo da sua cabeça. Ainda vibrava com a força do impacto.

Por um instante, tudo ficou paralisado no tempo.

Então, Desafortunado agarrou Mordomo e o enfiou na carruagem, ao mesmo tempo que Mordomo o agarrava, provavelmente com a mesma intenção. Desafortunado bateu a porta. Mordomo não era fraco, mas tinha vários netinhos, e Desafortunado sabia o quanto ele os paparicava e quanto eles detestariam que o vovô desencarnasse por ter se sentido compelido pela profissão a proteger com a própria vida o idiota do herdeiro sobressalente do trono.

Desafortunado se agachou atrás da carruagem. Um dos cavalos empinou enquanto mais flechas zuniam. Os guardas montaram um círculo.

— Ás árvores! — gritou alguém.

Desafortunado se manteve abaixado. Quantos atiradores haveria? Acabariam com seu séquito? Se corresse, os atiradores iriam alcançá-lo? Quem sabe assim pudesse poupar os guardas? Pensamentos demais percorriam sua mente, quando de repente um grupo de pessoas surgiu à pé da floresta. Por um segundo, o coração de Desafortunado se aquietou — usavam azul, branco e dourado envelhecido, as cores do Reino —, até começarem a lutar com os guardas.

O guarda mais jovem tinha desmontado.

— Vossa Alteza — disse ele, surpreendentemente autoritário —, entre na carruagem.

— Mas eu...

— Não seja imprudente. Não quero morrer hoje, e certamente não por sua causa.

Antes que Desafortunado pudesse responder, foi jogado no chão, enquanto um machado voava na sua direção.

Cinco

O machado cravou o tronco de uma árvore, bem atrás de onde um jovem estivera segundos antes.

A respiração de Aurelie estava rápida e ofegante. Ela, Quad e Iliana tinham corrido o último trecho atrás do séquito, dando de cara com uma emboscada.

Os cavaleiros tinham descido dos cavalos, que fugiram de medo. Por toda parte ouvia-se som de metal retinindo e de pés se arrastando pelos arbustos. Todos usavam a mesma farda branca e dourada, capas douradas e capacetes de metal com plumas brancas.

Os mais próximos eram dois homens que lutavam com espadas. Um dos guardas forçou o outro para trás, na direção das árvores que contornavam a clareira.

Os olhos de Iliana se estreitaram, já de armas em punho. *Como lutar quando a gente não sabe contra quem lutar?*, Aurelie queria perguntar, mas Iliana entrou na briga mesmo assim, dando uma ombrada que derrubou um guarda e se aproximando do outro com duas adagas.

— Pegue o príncipe! — gritou ela para Aurelie.

Iliana só podia estar se referindo ao jovem alto e vestido com extravagância que tentava ficar de pé. Aurelie nunca tinha visto um membro da família real em pessoa. A mãe dela tinha visto a Rainha Nobre certa vez, quando a carruagem dela passeava por uma festival da Capital.

A mulher tinha um brilho, recordava a mãe de Aurelie, antes de fazer um som de reprovação e balançar a cabeça. *Que perda trágica.* (A mãe de Aurelie era dada a ruminar tragédias.)

Não havia tempo para avaliar o brilho do príncipe, com flechas voando pelo ar e espadas colidindo por todos os lados. Aurelie tentou apenas evitar outra perda trágica. Se jogou na direção do príncipe, empurrando-o contra uma árvore enquanto uma faca cortou o ar e caiu no chão atrás deles.

Ele olhou para ela de olhos arregalados.

— O que...

Quad aproximou-se deles e falou calculadamente:

— Prendam a respiração. — E tirou algo do cinto, o qual esmagou na mão.

Sem pensar duas vezes, Aurelie colocou uma mão sobre a boca do príncipe e a outra sobre o nariz, por garantia, enquanto Quad ia para o meio da clareira e soprava *algo* no ar. Parecia poeira de folhas secas, uma nuvem verde-escura e marrom que logo se expandiu, ondulando e se espalhando.

Num instante, os guardas — todos eles — caíram ao chão, inertes. O que havia sido um corre-corre de movimentos e sons havia poucos segundos transformou-se em uma imobilidade sinistra.

Aurelie sentiu uma golfada de ar quando o príncipe suspirou. Ela retirou as mãos do rosto dele imediatamente e se afastou.

— Perdão — disse ela, embora parecesse insuficiente. — Eu estava... Isso foi... só caso não tivesse ouvido.

O príncipe assentiu, meio atordoado. Talvez um pouco daquela *coisa* de Quad tivesse atingido o rapaz.

— Melhor prevenir do que remediar, é o que sempre digo.

— Você nunca disse isso na vida. — Iliana apareceu embainhando as adagas.

— Mentira. Acabei de falar.

Iliana sorriu.

— Príncipe.

Desafortunado deu um sorriso largo.

— Iliana.

Aurelie ergueu as sobrancelhas.

— Vocês se conhecem?

— Sim — disse o príncipe —, a fama da Iliana é sem precedentes.

— Como buscadora — acrescentou Iliana.

Os olhos do príncipe brilharam.

— Como isso também.

Iliana parecia achar graça ao inclinar a cabeça na direção dele. (Aurelie chutaria que Iliana nunca tinha feito uma reverência a ninguém na vida.) Então, apontou Aurelie e Quad.

— Esta é Aurelie, a padeira, e Quad, uma colega buscadora, ambas do Reino Setentrional.

Aurelie não pôde evitar fazer uma reverência, com um "Vossa Alteza" para garantir, já que era assim que a etiqueta mandava. Embora a etiqueta já não devesse valer mais nada depois que ela tapara a boca do príncipe com a mão.

O príncipe não parecia preocupado e fez uma mesura para as duas, embora fossem zés-ninguéns, e ele fosse o segundo da fila sucessória. Então, ficou diante delas com um sorriso, mais parecendo um dos simpáticos funcionários do banco que paravam na padaria para comer um docinho antes do trabalho. Só que com mangas bem mais bufantes e casaco bem mais apertado do que o pessoal do banco costumava usar. Ou qualquer pessoa, na verdade.

— Príncipe Desafortunado — disse ele. — Ou apenas, Desafortunado, se preferir, e eu espero que prefiram. Muito prazer em conhecê-las. — Então ele se virou para observar os guardas, o que o desanimou. — Embora as circunstâncias não sejam as melhores.

— O que você fez com ele? — perguntou Aurelie para Quad. — O que era aquela... poeira?

— Um encantamento — respondeu Quad. — Que provoca sono.

— Foi... bem eficiente.

— Era o que eu esperava. Não se acha um desses por aí tão fácil. Eu estava guardando para uma ocasião especial.

— Ora, obrigado por ter usado por mim — disse Desafortunado, e então se aproximou de um guarda. — Mas não estou entendendo... Não podem ter vindo do palácio.

Ninguém falou nada. Iliana chutou a sola da bota de um deles. O guarda não se mexeu.

— Dormindo, é?

— Sono profundo — esclareceu Quad.

Iliana olhou o príncipe.

— Bem, Alteza, quais são seus? Mostre quem é inimigo e quem é amigo.

Desafortunado andou com elas entre os homens, apontando quatro guardas, o cocheiro e, diante da porta aberta da carruagem, o Mordomo.

— Pobre Mordomo, deveria ter ficado dentro — murmurou ele, ao observar o homem, que parecia estar na casa dos cinquenta, com seu cabelo grisalho e sobrancelhas grossas e escuras. Estava no chão, apoiado na porta, como se tivesse colapsado no processo de descer da carruagem. — Ele dá seu melhor para cuidar de mim.

Aurelie olhou para Iliana, que observava o Mordomo fixamente.

— O que foi?

Iliana não respondeu, apenas agachou ao lado dele e abriu um lado do casaco. Ali dentro, estava pendurada uma corrente de ouro delicada. Iliana levantou-a e puxou o relógio da ponta dela. Estava gravado com as iniciais *EA*.

— É o relógio que você levou para mim — afirmou Aurelie sem pensar. O relógio de Elias Allred.

— É.

— Mas ele não...

— Não. Ele não é. — Iliana enfiou o relógio de volta no bolso do colete dele e ficou de pé.

— O que é? — perguntou Desafortunado.

— Não é da sua conta — respondeu Iliana, e os olhos de Aurelie se arregalaram. O príncipe não tinha direito de saber o que bem entendesse? Era sequer possível falar com um membro da família real assim?

Aparentemente, sim, pois Iliana tinha falado. E Desafortunado não parecera chocado nem mandara prender Iliana nem fizera mais nada a não ser olhar para Mordomo com preocupação.

— Ele vai ficar bem, não vai?

— É, claro — disse Quad.

Iliana voltou a olhar para o príncipe, com a expressão ainda séria.

— O que exatamente aconteceu aqui?

— Paramos para abrir o caminho. Pedi para descer e respirar um pouco de ar fresco. Quando abri a porta... — Ele gesticulou para a carruagem, para a flecha com pluma preta enfiada ali. — Atacaram. Primeiro, flechas. Depois, o restante deles apareceu.

— Por que eles atirariam primeiro e depois atacariam a pé? — questionou Aurelie. — Por que não ficar nas árvores?

— Talvez para capturar o príncipe com vida? — sugeriu Quad.

— Não sei, não — disse Desafortunado. — A primeira flechada... passou bem pertinho.

— Sem contar o machado e a faca — completou Aurelie, observando Iliana inspecionar a flecha.

Quando Iliana voltou-se para o grupo, sua expressão era séria.

— O que quer que tenha sido pretendido, está claro que aqui não é seguro. Recomendo fortemente deixar seu séquito para trás.

— E como vou me virar sem eles? — Não era uma pergunta retórica, parecia que ele genuinamente queria saber, como se Iliana fosse lhe direcionar para os estábulos mais próximos, convenientemente situados a nordeste de Underwood. — Preciso voltar para a Cidade Acadêmica para o início das aulas.

Iliana pareceu pensar seriamente, como se fizesse cálculos antes de dar a solução:

— Eu vou com você.

Desafortunado resplandeceu.

— Sério?

— É claro, não vejo nada que impeça. — Ela se virou para Aurelie: — Padeira, a mudança de planos te agrada?

— Eu não sei nem qual era o plano inicial.

— Maravilha — disse Iliana. — Quad?

Ela deu de ombros.

— Algumas folhas caem independente da estação.

— Como é?

— Pra mim, tanto faz.

— Aqui está seu séquito, príncipe.

Desafortunado parecia encantado.

— Excelente! Vou só pegar o essencial, certo?

Ele foi até a carruagem, e Aurelie puxou Iliana de lado.

— Algum problema? — indagou Iliana.

— Por que o Mordomo do príncipe está com o relógio de Elias Allred?

Iliana olhou de esguelha para a carruagem.

— Porque Elias é seu filho mais novo — disse ela, baixinho. — Mordomo é empregado da família real há anos. É muito querido. Então, encontrar o filho perdido dele é... uma prioridade.

— Nunca confundi alguém desse jeito — assegurou Aurelie. — Buscar alguém e encontrar um parente.

— Bem, há uma primeira vez para tudo, certo?

Aurelie pensou a respeito, olhando o príncipe, que tentava tirar um baú de cima da carruagem. Quad o observava com as mãos nos quadris, hesitante.

— Será que você pode fazer um feitiço ou coisa do tipo? — pediu ele para Quad. — Só para... *zum*, trazer os baús para baixo.

— Eu não faço *zum*.

— E se eu falar "levitar", dá certo?

— Eu poderia, mas não quero.

Desafortunado fez uma careta de esforço.

— Certo.

— Como você conhece o príncipe? — perguntou Aurelie para Iliana.

Iliana abanou a mão.

— Conheço gente de todo tipo.

— E o que devo fazer perto de um membro da família real? Como devo agir?

— Sério, Padeira? Quase cinco anos naquela sua escola e não te ensinaram nada de etiqueta?

— Não nos preparam para *lidar com a realeza*.

— Aja como um ser humano normal. E trate-o assim também. A realeza é gente como a gente.

— Ah, você jura? Estranho, porque não me lembro de ter recebido um ducado de aniversário.

— Bem, eu diria que um ducado costuma ser presente de solstício — disse Iliana com um sorriso. — Sabe, às vezes você fica com uma expressão muito específica que parece estar querendo me sacrificar com o poder da mente.

— Pode crer que se eu fosse capaz disso, já teria feito.

Quando Aurelie e Iliana se juntaram a Desafortunado e Quad, o príncipe já tinha conseguido descer o baú menor. *Quantas coisas ele precisa para viajar, afinal?*, pensou Aurelie. Que tipo de coisas a realeza carrega? Uma dúzia de coletes bordados, pelo visto.

Desafortunado ergueu um par de botas para Quad, como se a consultasse, e ela balançou a cabeça.

— Não com esse paletó.

— Mas eu acho que o cano combina...

Quad fez uma cara duvidosa.

— Hum.

Desafortunado suspirou e devolveu as botas ao baú. Nem parecia que alguém tinha tentado jogar um machado na cabeça dele. Nem de longe parecia preocupado.

— Pensei que estivesse pegando apenas o essencial — comentou Iliana. — O que está procurando afinal?

— Bem, é que acabei de mandar fazer uma camisa linda...

— Ora, príncipe, não vamos julgar suas decisões de estilo. Sua roupa está ótima.

— *Eu* vou me julgar — rebateu ele, pegando outro par de botas de couro. — Além disso, preciso de algo mais apropriado para caminhar.

— De qualquer forma, precisará ficar disfarçado quando sairmos da floresta.

— Ah. — O príncipe olhou suas roupas. — Talvez eu deva vestir algo mais *rústico*...

— Por enquanto, está ótimo — atalhou Iliana. — Podemos continuar?

Príncipe Desafortunado obedeceu e fechou o baú.

— Pode acordar os meus? — perguntou ele a Quad. — Ou o contrafeitiço acordaria a todos?

— Posso ser seletiva — foi a resposta.

Ela despertou os membros do séquito, um por um. O mordomo do príncipe parecia abalado. Moveu-se como se fosse agarrar Desafortunado, mas depois se afastou e tentou uma reverência.

— Vossa Alteza. Fico aliviado por vê-lo bem.

Desafortunado botou a mão sobre o ombro dele.

— Nada a temer, Mordomo. Minhas amigas ajudaram, e tudo ficou bem.

Mordomo obviamente não ficou contente com o plano de Desafortunado abandonar o séquito.

— Certamente, Vossa Alteza, ficará mais seguro nas mãos dos...

Enquanto Mordomo falava, um movimento sutil de Quad foi notado por Aurelie. Quad retirou do bolso uma planta seca. Aurelie observou-a esmigalhando e soprando o pó rapidamente na cara do Mordomo.

Ele deu um passo atrás, tossiu e gaguejou:

— Bem, eu digo... — E então olhou para Quad.

— Que deveria prender e levar os agressores para a Capital — disse ela. — O feitiço dura até lá. Vá embora.

Mordomo desfranziu a testa, e de repente ele fez que sim, decidido.

— Vou embora. Vou levar os agressores para a Capital.

— O príncipe fará seu próprio caminho — continuou Quad.

— Faça seu próprio caminho — concordou Mordomo. — O senhor precisa. — Ele fez outra reverência e então se pôs a direcionar os guardas para prenderem os agressores e guardarem os baús espalhados.

Aurelie, Iliana, Desafortunado e Quad observaram quando enfim Mordomo se ajeitou no banco ao lado do cocheiro e a carruagem partiu, com os guardas de batedores.

— O que você usou nele? — perguntou Iliana quando o séquito sumiu em meio às árvores. — Pode me dar uns dez disso?

— É claro que não. Já gastei dois bons encantamentos hoje. Nesse ritmo... — Após uma pausa, ela acrescentou: — Não confio nele.

Desafortunado franziu a testa.

— Em Mordomo? Sério?

— Nem nele, nem nos outros.

— Estará mais seguro conosco — disse Iliana, e Aurelie bufou. — Algum problema, Padeira?

— Desculpe mas eu teria mais certeza disso se não tivesse acabado de ser sugada pela terra.

Desafortunado ficou alarmado.

— Como é?

Iliana interveio:

— Vamos continuar a oeste e então na direção norte, a partir do rio.

— Meio fora de mão, não? — disse Quad.

— Certamente a universidade prefere o príncipe vivo do que pontual.

— Vamos tentar as duas coisas? — pediu Desafortunado.

— Impossível — respondeu Quad. — Mortais ficam vivos ou são pontuais. Não dá para ter os dois.

Desafortunado fez uma careta.

seis

— Bem, eu gosto de andar a pé — disse o príncipe, e era verdade. — Se precisamos atravessar a floresta, então vamos! Mas... e as provisões? Comida e tal?

Ele considerou o fato de que tinham dispensado uma carruagem cheia de comida e *tal*. Talvez não tivesse sido a decisão mais sábia. Não que tivesse sido uma decisão — simplesmente aconteceu. Desafortunado era muito habilidoso nesse tipo de coisa, que simplesmente acontece.

(*"Querido, como você derrubou suco de toranja no vestido da Duquesa Piedosa?"*

"Desafortunado, como conseguiu destruir o retrato do Tio-Avô Alegrinho?"

"Filho, poderia me explicar como alguém acidentalmente *põe fogo num penhoar?"*

Simplesmente acontecia — só isso.)

Iliana andava na frente.

— A gente se vira — disse ela, decidida, e Desafortunado se sentiu seguro.

Quase tudo em Iliana era resoluto, e Desafortunado a admirava imensamente. Ele mal conseguia decidir o café da manhã. Nem conseguia decidir qual era sua cor preferida.

(Ele estava contente por sua cor do momento ser azul-marinho. A terra não ia cair bem na sua cor de antes, verde-água. Ele já tinha largado o casaco na carruagem, e provavelmente tiraria o colete até o fim da manhã, ficando em mangas de camisa. Uma jornada a pé de vários dias não ia fazer bem para suas roupas. Não sabia como Iliana ficava sempre tão elegante, aventureira que era.)

— Quando chegarmos ao rio, vamos segui-lo, e então pegar um atalho até o vilarejo mais próximo da floresta. Vamos encontrar algum transporte lá.

— Ah, então vamos simplesmente enfiar um príncipe numa carruagem de aluguel? — perguntou Aurelie, incrédula.

— Não seja boba — respondeu Aurelie. — Vamos enfiar nós quatro.

Desafortunado não odiou a ideia. Nunca tinha andado numa carruagem de aluguel, só as do palácio (que eram bem cuidadas, não podia reclamar), mas já estava enjoado delas. Estava disposto a trocar o conforto pela novidade, sem dúvida.

Desafortunado estava inegavelmente empolgado. Quatro aventureiros disparatados, trilhando uma floresta encantada. Parecia uma missão genuína.

— Me contem — começou Desafortunado enquanto seguiam pelas árvores em fila: Iliana na frente, depois Quad, em seguida Desafortunado e então Aurelie. — Como vocês encontraram a gente? Achei que as pessoas não passeavam por Underwood.

— Estamos indo para a festa de aniversário do primo de segundo grau de Quad — disse Iliana lá da frente.

— Sério?

Ela olhou para trás, revirando os olhos.

— Bem que eu queria.

— Você celebra aniversários, Quad? — perguntou Desafortunado.

Ele não sabia muita coisa sobre as tradições dos Incomuns. Seu pai havia lhe contado que o Povo Incomum tinha afinidade com a natureza, que estavam ligados à terra de uma maneira que os mortais não eram capazes de entender. E essa relação afetava tudo a respeito deles, desde sua magia até sua fisiologia.

— Até parece — foi a resposta.

— Deixa eu adivinhar — disse Iliana, e então ela e Quad falaram ao mesmo tempo:

— Coisa de mortal.

— Quad é fascinada com coisas de mortais — acrescentou Iliana.

— Há muitas invenções de mortais interessantes e diferentes. Carruagens. Sobretudos. Governo. Tristeza.

— Ah, certamente os trolls sentem tristeza — falou Iliana.

— Coisa de mortal — insistiu Quad. — E, enfim, por que quer que sintamos tristeza? — Depois de um instante, ela mesma respondeu: — Sei por quê: maldade.

— Coisa de mortal?

— Coisa nossa é que não é.

Desafortunado se intrometeu:

— Se não fazem aniversários, como sabem que idade cada um tem?

— Eu só sei qual é a minha idade.

— E qual é? — perguntou ele e então baixou a cabeça. — Se for tudo bem perguntar.

— Mais velha do que muitas árvores. Mais velha do que algumas rochas.

— O que isso quer dizer?

— Quer dizer isso mesmo.

Desafortunado não tinha como discutir.

— Então... como vocês nos acharam? — perguntou ele outra vez enquanto passavam pelas árvores.

— Estava de passagem a negócios — respondeu Iliana. — Peguei a Padeira, que nos aproximou de você, e então Quad nos achou, e nós achamos você. Que sorte, hein?

Sorte mesmo. Desafortunado ainda estaria na carruagem, pensativo, ou pior: com um machado enfiado na cabeça. Pior por uma margem grande, supôs ele.

— Iliana, sua esperteza e seu preparo não têm limites. Vou sagrar você como cavaleira do Reino.

— Nada disso. Tá vendo aquele carvalhão ali? Vamos virar à direita.

— Só um grauzinho de cavaleiro, então? — insistiu Desafortunado, escalando um galho enorme caído. — Uma honrariazinha de nada.

Ele se virou e estendeu a mão para ajudar Aurelie, que apenas sorriu e se virou sozinha.

— Sim, uma honrariazinha de nada! — disse Quad, e Desafortunado notou a zombaria no rosto de Aurelie antes de se virar.

— Prefiro a morte — respondeu Iliana, seca.

— Lady Iliana — provocou Aurelie. — Gostei. Mas vai precisar de um nome apropriado para a Corte.

— Lady Perigo — sugeriu Desafortunado, e, olhando para trás, viu o sorriso de Aurelie aumentar. Ficava contente com isso.

— Pensei que esses nomes significavam seu anseio — disse ela.

— A Iliana anseia o perigo, sem dúvida.

— E que tal Lady Sem Dúvida?

— Isso é melhor ou pior do que Lady Perigo?

— Odiei os dois — interveio Iliana —, e se continuarmos nessa linha, farei algo violento.

— Perigo, está decidido — sentenciou Desafortunado, e Aurelie deu uma risada de zombaria. Contente de verdade.

Andaram em silêncio mais um pouco.

— Mais velha do que essas árvores — disse Quad, por fim. — Só pra você saber.

— Ah, é?

— Sim. E do que aquela pedra. E do que aquelas pedras também.

— Do que essa pedra? — questionou Desafortunado, apontando uma.

— Essa não.

Desafortunado espiou Aurelie. Agora ela sorria descontraidamente, um sorriso bem aberto.

Ele desviou o olhar, e, embora não soubesse o porquê, ficava mesmo contente.

sete

Por fim — e para o incômodo de Aurelie —, pararam para montar acampamento.

— Vamos dormir aqui? Em Underwood?

— Não, pensei em ficarmos flutuando aqui — replicou Iliana.

Aurelie abriu a boca para dizer algo provavelmente de baixo calão, quando Quad interrompeu:

— É bem seguro. — Ela olhou em volta. — Por enquanto.

— Vamos ficar bem! — disse o príncipe, empolgado. — É uma floresta bem mais aconchegante do que eu imaginava.

— Aconchegante, sim — murmurou Aurelie, tentando afastar a lembrança da criatura da terra puxando sua mão.

Pensara em contar para Iliana o que a voz lhe dissera, mas a criatura avisara que não deveria contar. Fizeram com que *jurasse*. Parecia o tipo de promessa que não devia ser quebrada.

— Vamos juntar lenha para a fogueira, Padeira? — sugeriu Iliana.

Desafortunado se colocou de pé com um salto.

— Eu ajudo.

— Não precisa — recusou Iliana. — Aurelie fica irritada se não temos nosso tempinho de qualidade juntas.

Aurelie revirou os olhos, mas seguiu Iliana até um amontoado de árvores um pouco afastado da clareira onde iriam acampar.

Estavam há um tempo recolhendo madeira quando Aurelie falou:

— Estamos desviando bastante do caminho.

— Como você sabe? Nunca veio aqui antes.

Iliana tinha razão, mas Aurelie insistiu:

— Eu sei onde fica o norte. E sei que a Cidade Acadêmica é no norte, e não estamos seguindo nessa direção. Poderíamos ter voltado e seguido a partir do vilarejo, chegaríamos lá em poucas horas. Por que ainda estamos na floresta?

— Gosto da paisagem.

Aurelie não se deu ao trabalho de uma resposta. Pelo menos até não conseguir mais se segurar:

— Quem você acha que armou a emboscada?

Iliana balançou a cabeça para a frente e para trás, considerando.

— Alguém da Corte, provavelmente.

— Por que acha isso?

— A proximidade, pra começar. Os uniformes também.

— Uniformes?

— Os agressores usavam uniformes de guardas do palácio. São bem difíceis de reproduzir e impossíveis de encontrar por aí: são feitos no palácio e distribuídos pelo camareiro de lá. Talvez eles não fossem do palácio, mas tiveram acesso ao uniforme por intermédio de alguém que é.

— Mas por que alguém faria questão de insinuar que o ataque veio do palácio?

Iliana deu de ombros.

— Para fazer uma declaração. Para instilar desconfiança. Atualmente, a situação está... um pouco insustentável na Corte. O Rei Galante é respeitado, mas sempre há detratores. Pessoas que querem as coisas assim ou assado. Pessoas que querem mais para seus distritos ou arrendatários. — Iliana fez uma pausa. — Também há a possibilidade de alguém insatisfeito com sua posição ou circunstâncias tentando perturbar o equilíbrio. Por ressentimento, talvez.

— Por que alguém se ressentiria com Desafortunado?

— Ele é muito elegante. Inveja pura, imagino.

— Fala sério.

— Te garanto que estou falando muito sério. — Ela sorriu, mas o sorriso desapareceu ao ver a expressão de Aurelie. — Podem não se ressentir especificamente de Desafortunado, mas uma vida gasta a serviço da realeza... Bem, isso poderia levar alguém a tomar medidas drásticas.

— Não está falando sério, está?

Iliana ajeitou os galhos que tinha coletado.

— O que é sério é que temos que acender uma fogueira.

— Espera. — Aurelie agarrou o braço dela. Iliana olhou para a situação e Aurelie soltou imediatamente. — Só me fala. De verdade. Por que não estamos indo para o norte?

— Se alguém estiver perseguindo o príncipe, o que suponho ser o caso, vão imaginar que estamos indo diretamente para a Cidade Acadêmica — explicou Iliana, baixinho. — Estou dando a volta. Quanto mais tempo ficarmos na floresta, mais seguros estaremos. Confie em mim.

— Da última vez em que confiei, fui engolida pelo chão.

— Aquilo foi um descuido infeliz. Quase garanto que não acontecerá outra vez.

— *Quase* garante?

— Bem, nada é *totalmente* garantido, né? Eu faria papel de idiota se garantisse *totalmente* e aí você fosse engolida de novo.

— Muito reconfortante.

Iliana sorriu.

— Eu me esforço.

Oito

Mais tarde, sentaram-se ao redor do fogo, comendo uma refeição que Iliana tirara do casaco — uma baguete com queijo. Quad mostrou algumas frutas comestíveis. Iliana e Desafortunado experimentaram, mas Aurelie não quis arriscar. *Listras cor-de-rosa*, pensou, e mordeu um pedaço do pão (meio amanhecido) enquanto Iliana rasgava elogios para a fruta.

Relembraram os momentos da emboscada, e Desafortunado elogiou o raciocínio rápido de todas e sua frieza e capacidades mágicas. O primeiro encantamento de Quad recebeu uma crítica especialmente favorável, e Desafortunado falou, extasiado, sobre a "nuvem mágica" por um bom tempo.

— Foi incrível — concluiu ele. — Queria saber fazer mágica assim.

Quad suspirou, e Aurelie não soube dizer se ela estava contente ou envergonhada.

— É a minha graduação, na universidade — disse Desafortunado. — Magia. Quero ser um acadêmico mágico.

— Sério? — Aurelie ficou surpresa. Era um pouco difícil imaginar o príncipe como acadêmico de qualquer coisa, além de bom humor e coletes apertados. — É que... Não sabia que ainda se estudava isso.

— Claro que sim.

— Por que magia?

Desafortunado pegou um pedaço de pão.

— Resumindo: porque meu irmão proibiu.

Aurelie sorriu.

— A explicação mais completa: não consigo entender quem sabe que magia existe e não se interessa por ela. É a coisa mais fascinante que posso imaginar.

— Muitos mortais não se interessam — comentou Quad.

— Bem, eu não sou um deles.

— Nem a Padeira — disse Iliana.

Desafortunado olhou para Aurelie com um brilho no olhar.

— Você faz magia?

— Um pouco — admitiu Aurelie.

— A Padeira aprendeu a buscar — acrescentou Iliana.

— Buscar? Sério? — Desafortunado parecia interessado. — É bem raro hoje em dia, não?

— Aprendi na escola. Mas não faço muita magia. Agora sou ajudante de padaria.

— Pode-se dizer que uma boa tortinha de amora tem lá seus poderes mágicos — brincou Desafortunado. — Minha irmã, Honória, sempre se anima com essas quando é convocada para avaliar os novos mestres-padeiros.

— Você já participou de alguma avaliação, príncipe? — quis saber Iliana. — Ouvi dizer que é todo um — ela balançou a mão — processo. Membros da Corte olhando pinturas e experimentando casacos e comendo *consommé* e, tipo, julgando se os trabalhos são valorosos ou não.

— Eu não tenho permissão — confessou Desafortunado, um pouco acanhado. — Primeiro, porque eu era muito novo, mas desde que virei adulto, sei que é porque ninguém confia no meu julgamento. — Ele olhou para Aurelie. — Como é ser aprendiz? Você gosta?

— É... seguro — respondeu ela. Era a coisa mais diplomática que poderia pensar para descrever.

— Seguro?

Ela deu de ombros.

— Sempre sei como meu dia vai ser.

— Igual ao anterior e igual ao seguinte — falou Iliana. — Sinceramente, não sei como você aguenta. Quase não vê a luz do dia. Essa sua mentora...

— Sim, bem, não chega perto da magia de Quad — disse Aurelie, obviamente tentando mudar de assunto.

Iliana olhou para ela, mas, por sorte, Desafortunado foi convencido com facilidade.

— É verdade — voltou-se para Quad —, você tem um dom. Espero um dia ser capaz de fazer uma fração do que você fez hoje.

— Certamente tem seus próprios talentos — respondeu Quad.

— Na verdade, não. Embora... acho que sei piscar muito bem. — E piscou para Iliana.

Iliana fungou, zombeteira.

— Isso não é nada. Qualquer um pode fazer isso.

Desafortunado sorriu, vitorioso.

— Talvez, mas eles sabem *fazer direito*?

— Pra quê? — perguntou Quad.

— É tipo uma... comunicação sem palavras — explicou Desafortunado.

— Comunicação silenciosa — disse Quad. — Pode ser útil. Então, só fechar um olho e deixar o outro aberto?

Quad olhou para Aurelie, de sobrancelhas erguidas, então fechou o olho esquerdo. Ainda estava fechado quando Aurelie falou:

— Acho que... talvez isso é tempo demais? Melhor mais rápido?

— Mas precisa ser demorado o suficiente para a outra pessoa saber que é de propósito — acrescentou Desafortunado — e não só que entrou um cisco no olho.

— Vou praticar — afirmou Quad. — Gostaria de dominar a arte da piscada.

— É bem útil em certas situações — disse Desafortunado.

Aurelie olhou para ele, que piscou outra vez.

Não foi útil. Pelo menos, foi o que Aurelie disse para si mesma.

— Tá certo, Príncipe Encantado — disse Iliana. — Já deu.

Desafortunado sorriu.

— Ele é meu ta-ta-ta-tatara-tio-avô, sabia? Historicamente, ele é o motivo para a convenção do nome de Corte. O nome motivacional e tal.

— Quando eu era pequena, achava que a escolha dos nomes na Corte era arbitrária — comentou Aurelie.

Ela se lembrou das brincadeiras na escola: interpretar a Lady Cuidadosa e o Lorde Gentil para aprender etiqueta e bons modos. Mas também se lembra de jogos imaginários que inventavam nas horas livres, como o da Abóbora Honrada e da Baronesa Emergência.

— Bem, alguns dizem que serve para capturar uma qualidade que se deseja conferir à pessoa, outras pensam que descreve uma inclinação natural de seu portador. As pessoas foram ficando criativas nas últimas décadas. Meus próprios pais desafiaram a convenção com o nome da minha irmã Honória. Antes só eram permitidos adjetivos, mas agora pode ser advérbio ou substantivo. Como Lady Suavemente ou Lorde Justiceiro.

— Ou Lady Alma — falou Aurelie, olhando discretamente para Iliana, que obviamente a ignorava.

— Esta fruta — disse Iliana. — Já falei que é deliciosa?

— Várias vezes, inclusive — respondeu Aurelie.

— Algum progresso com a Lady Alma, Iliana? — Desafortunado se interessou. — Lembro que falava com carinho dela...

— Vamos mudar de assunto.

— Carinho? — repetiu Aurelie. — Que interessante.

— Ah, céus — murmurou Iliana.

Desafortunado terminou o pão e limpou as mãos distante do corpo para não sujar as roupas com migalhas.

— E você, Quad? Há alguém? Está apaixonada ou já se apaixonou?

— Apaixonada? — A expressão dela era incrédula. — Eu? Não tenho idade para me *apaixonar*. Sou criança!

— Quê? Você é?

— Mas é claro! Claro que sou criança! — A expressão dela estava chocada enquanto encarava um por um. — Não é óbvio?

— Mas... você disse que é *mais velha do que muitas árvores*! — exclamou Aurelie.

— Isso não é velho para um troll! É bem novo, na verdade!

— Se fosse equivalente a uma criança mortal, quantos anos você teria? — inquiriu Desafortunado.

— Difícil dizer. A juventude mortal é bem burra.

— Se é criança, onde está sua família? — perguntou ele em seguida. O tom era gentil, habilmente afastando-se da *impertinência* e se firmando na *simples curiosidade*.

A alegria se apagou do rosto de Quad.

— Bem. — Ela cruzou os braços na frente do peito largo. — Não é parecido com o jeito dos Comuns. Somos independentes, sabe? Minha família, eles... — Fez uma pausa. — É diferente.

— Você simplesmente vaga pelo Reino, se aventurando? Mesmo sendo uma criança?

— Talvez eu seja... Talvez eu seja mais independente do que a maioria. Veio o silêncio, o fogo trêmulo oferecendo sua luz aconchegante.

— Mais velha do que muitas árvores, mas jovem demais para se apaixonar — concluiu o príncipe por fim. Depois de uma pausa, acrescentou: — Suponho que eu seja mais novo do que muitas árvores.

— Mas velho o suficiente para se apaixonar? — completou Quad.

Aurelie não pôde evitar olhar para Desafortunado. Ele se apoiou nos cotovelos e olhou para o céu.

— Talvez. Não sei. — Ele sorriu. — A juventude mortal é muito burra, sabe?

Aurelie estava inquieta. Quad desapareceu depois do jantar e Desafortunado se esticou perto do fogo, depois se aninhou e dormiu.

Iliana sentou com as costas encostadas numa árvore, lendo um jornal sob a luz do fogo. Aurelie foi até ela, pois não tinha mais nada a fazer.

— Onde você arrumou isso? — Ela apontou para o jornal.

— O jornaleiro passou aqui. Não viu o carrinho dele?

— Ha ha, muito engraçado.

Iliana apontou o casaco.

— Eu trouxe, é claro.

— Ah, claro. Uma leiturinha de leve?

— Sim, de fato. Por que o choque?

Aurelie nunca tinha pensado sobre o que Iliana poderia ler nas horas livres.

— Imaginava você lendo um romance gótico.

— Quem disse que eu não tenho um desses aqui também? — perguntou Iliana, mas logo se voltou para o jornal.

— Alguma coisa interessante? — Aurelie ainda não estava pronta para dormir. Na verdade, apesar de ter passado o dia caminhando, sentia-se com mais energia do que nunca.

— Bem, ainda estou no capítulo cinco, mas ouvi dizer que a história de Blaise, o salteador, com Isadora, filha do estalajadeiro, fica tórrida.

— Quis dizer no *jornal*.

Iliana revirou os olhos, então mudou a direção do jornal para Aurelie olhar. As manchetes saltavam da capa:

Preços da lavoura caem apesar dos tratados do sul.

A pressão aumenta na Corte com a investida do rei a respeito da estrada para o norte pela Underwood.

E no pé da página:

"Rei dos Comuns" reafirma pedido de direito inato à realeza.

— Rei dos Comuns? — leu Aurelie em voz alta.

Iliana emitiu um som de desgosto.

— Sylvain Copperend. Já ouviu falar dele?

O nome parecia familiar. De algum falatório na padaria, talvez, ou de um dos monólogos da sra. Basil. *Empreendedor, como se deve ser hoje em dia. Há honra nisso, dignidade, não? Melhor do que receber tudo de* mão beijada.

— Ele é um Novo Rico — disse Aurelie.

Iliana se interessou.

— O que você sabe sobre os Novos Ricos?

Aurelie franziu o cenho, indignada.

— Eu sei das coisas.

— Sua habilidade com o pão é imbatível, sim, mas não sabia que estava a par da política, ou das fofocas da Corte. Copperend é um pouco das duas coisas.

— Quem é ele?

— Um comerciante, bem-sucedido, inclusive. Mas, de acordo com ele mesmo, é o rei por direito.

— O quê?

— Ele afirma ser o irmão mais velho, dito morto, da rainha. O que é mentira. Uma tentativa descarada de tomar o poder. — Voltou a olhar a página. — O pior é que algumas pessoas acreditam nisso.

— Como é possível?

Iliana deu de ombros.

— A rainha teve, sim, um irmão.

— Valente — acrescentou Aurelie.

Talvez ela não estivesse a par das últimas notícias da Capital, mas tinha estudado a linhagem real na escola, como todo mundo. A mãe de

Desafortunado, Rainha Nobre, era de fato a segunda na linha, mas seu irmão, Valente, morrera na infância.

— Sim. Copperend afirma que a morte de Valente foi simulada. Que ele foi sequestrado e escondido no campo, criado toscamente e *para o povo*. — Ela bufou. — Copperend é bem rico, então não sei ele está familiarizado com as circunstâncias reais do povo. — Balançou a cabeça. — No melhor dos casos, ele é uma fraude, e no pior... — Ela pausou, considerando. — Bem. Tenho um interesse particular nele.

— Por quê?

— O aprendiz dele. Ex-aprendiz. Alguém com quem você já se familiarizou.

— Elias Allred?

Aurelie franziu a testa.

Iliana assentiu.

— O próprio.

— Acha que Copperend teve algo a ver com o sumiço dele?

— Não descartei a hipótese, certamente. — Iliana fechou e dobrou o jornal. — Vamos descansar.

— Não estou cansada.

Iliana ficou de pé e tirou o casaco, colocando-o aberto sobre o chão.

— Fecha os olhos que o sono vem.

— Não sou criança.

— Ah, é? — Iliana esticou-se sobre o casaco. — Você tem quantas árvores de idade?

— Sério, não sei por que eu te aguento.

Iliana fez do braço um travesseiro.

— É porque você deseja aventura, bem mais do que imagina.

Aurelie não respondeu.

— Boa noite, Padeira — disse Iliana, e fechou os olhos.

Nove

Quando Aurelie acordou na manhã seguinte, o príncipe não estava mais lá.

Ela se sentou, temerosa. Ele certamente não se chamava *Desafortunado* sem motivo. Poderia ter sido sequestrado no meio da noite? Caído no terreno de alguma outra criatura da terra?

Olhou para Iliana, que ainda dormia, sem saber de nada. A testa dela estava lisa, o rosto suave. A transformação era notável. Iliana parecia ter sua idade real quando dormia, mais nova até, de guarda baixa.

— Ele foi por ali — disse Quad.

Aurelie levou um susto. Não tinha notado a troll ali, mas de repente lá estava ela perto de uma árvore grande, parecendo ela mesma uma árvore.

— Talvez queira ver se ele está bem — sugeriu Quad.

Aurelie assentiu e ficou de pé, seguindo na direção indicada.

Ela abriu caminho em meio às árvores. Notou que o solo se inclinava para baixo, levando para um riacho, cuja água límpida e reluzente borbulhava sobre pedras lisas.

Desafortunado se encontrava ao lado do rio. Sem botas, barra da calça virada. O colete estava pendurado em um arbusto, e ele estava nu da cintura para cima, segurando a camisa, a qual examinava.

Sob a luz da manhã, seu ombros eram...

Algo que não deveria ser considerado.

Aurelie se virou, mas pisou sem querer num galho. O barulho alto não podia ser ignorado.

— Aurelie! — chamou o príncipe e, quando ela olhou para trás, ele acenou, alegre. — Bom dia!

— Pra quem?

— Pra mim é, pra você não? — Apontou o riacho, os salgueiros inclinados sobre ele, a luz salpicada. Aí ele olhou para baixo e entendeu. — Ah. Desculpe. — Atrapalhou-se para vestir a camisa, ainda toda molhada. — Desculpe. Eu estava tentando limpar uma mancha — disse ele, jogando a camisa por cima da cabeça —, mas aí deixei cair na água. Tive que entrar na água para pescá-la de volta. — A cabeça dele ressurgiu, e com ela uma expressão tímida. — Tenho jeito pra isso, sabia?

— Entrar na água?

— Derrubar coisas.

— Se fosse um esporte — disse Aurelie antes que pudesse se impedir. Desafortunado sorriu. Aurelie se aproximou. — Eu poderia... — Mas se interrompeu.

— O quê? — Ele deu um passo para mais perto.

— Tem uma transformação — explicou ela, esticando a mão. — Só precisaria...

Ela colocou a mão suavemente no ombro dele e enviou uma magia de leve. Um ponto seco surgiu no tecido e aos poucos foi se espalhando, a água sendo expulsa.

Desafortunado observou, hipnotizado.

— Nossa, que habilidade boa de se ter — murmurou ele.

— Hum?

— Derrubar líquidos meio que acompanha o hábito de derrubar coisas.

Aurelie sorriu.

E então a camisa do príncipe ficou totalmente seca, mas ela ainda estava tocando o ombro dele.

— Desculpe. — Ela puxou a mão como se tivesse se queimado. Era como se sentia, as palmas quentes por conta da magia.

— Quanta custa? — perguntou ele.

— Hã?

— Esse tipo de magia. Qual é a consequência?

Aurelie não sabia ao certo. De vez em quando, usava esse feitiço em suas roupas e nunca notava nenhum efeito negativo.

— Você que estuda magia.

Desafortunado vacilou, desviando o olhar.

— É — disse ele.

E então:

— Estou.

E depois:

— Fazendo isso.

E por fim:

— eu acho.

— Parece bem decidido — comentou Aurelie, e os lábios do príncipe se curvaram, certa jovialidade retornando ao olhar.

— Bem. A verdade é que... As coisas andam meio... A escola não... — Ele olhou bem para ela. — Quase não passei nas matérias do ano passado. Sou fraco de teoria. Meus encantos são péssimos. Às vezes acho que meu teste da pena deu falso positivo.

— Você fez o teste da pena?

— Claro. Todas as crianças do Reino fazem.

Aurelie assumira que a realeza não precisava fazer. Que uma habilidade mágica na realeza seria simplesmente... observada, notada, portas se abririam, mãos se cumprimentariam, matrículas apareceriam. Não era assim que as coisas funcionavam para pessoas como Desafortunado?

Aurelie se lembrava claramente do teste dela — a sala abafada da diretora, as luzes baixas e quentes no fim de tarde invernal. Estudantes do primeiro ano eram chamados um por um para se sentar numa cadeira de madeira espigada em frente à escrivaninha da Diretora. A Diretora lá, sentada de braços cruzados. Seu vestido era de gola alta, imaculado. Aurelie gostava de imaginar que as roupas da Diretora tinham medo de ficar amarrotadas.

A srta. Ember ficara atrás da Diretora, e, por comparação, parecia mais gentil e jovem. Na ocasião, ela pedira carinhosamente à Aurelie de dez anos que olhasse a pena sobre a mesa vazia e imaginasse algo, qualquer coisa.

— Por quê? — perguntara Aurelie, pois, embora a Diretora fosse intimidante, a sra. Ember não era o tipo de professora que chamaria isso de *impertinência*. Ela sempre encorajava perguntas.

— É um jogo — dissera a srta. Ember. — Gostaríamos de ver como você se sai.

Aurelie pensara que era um jogo bem estranho. E também diferente dos outros jogos, que costumavam ter regras, passo a passo e motivo para brincar. Não havia como ganhar ao imaginar uma pena.

— Devo dizer o que estou imaginando?

A Diretora abrira a boca para falar, mas a srta. Ember fora mais rápida:

— Não. Só em sua mente.

— Mas como vocês vão saber?

— Você vai nos fazer ver.

— Fazer ver?

Que jogo mais curioso, pensara Aurelie. Ela precisava pensar na pena como um ser, digamos, azul ou roxo, com pintas brancas. Ela era preta, e sob a luz ficava iridescente. Roxo com pintas brancas, não; era um preto tão lindo. Aurelie pensara no pássaro com asas pretas batendo contra o céu da meia-noite. Pensara na pena nesse momento, reluzindo sob a luz da lua, e sentira dó por ela ter se perdido de suas companheiras no meio do caminho. Se ao menos ela pudesse voar e reencontrar o pássaro, se ao menos pudesse encontrar o caminho para casa...

A srta. Ember soltara um suspiro baixinho. Aurelie olhara para ela, mas a professora não a olhava de volta. Olhava a pena, que agora pairava no ar sobre a mesa. As três observaram a pena deslizar para cima e silenciosamente sair pela janela aberta.

Aurelie ficara arrasada. A expressão no rosto da Diretora não era contente.

— Desculpe — dissera Aurelie. — Eu... espero que a pena não seja importante.

— O que você imaginou? — perguntara a srta. Ember, com um tom de voz que Aurelie não soubera identificar.

Aurelie não falara. Deveria ter sido uma pena muito importante.

— Responda, menina — ordenara a Diretora.

— Apenas pensei em como essa pena gostaria de se reunir com seu... seu pássaro. O pássaro do qual ela caiu. Pensei no pássaro à noite e... — Ao falar em voz alta, parecia besteira, mas continuara mesmo assim: — Como devia ser lindo sob a luz do luar.

Talvez imaginar a pena faria com que reaparecesse. Aurelie tentara loucamente visualizá-la flutuando de volta pela janela e pousando sobre a mesa. Mas não funcionara — nada da pena voltar.

Aurelie fora dispensada, e quando a porta se fechara atrás dela, simulou um passo barulhento para longe e voltara na pontinha dos pés. Precisava saber se estaria encrencada por conta da pena — ou pelo menos qual era o objetivo da brincadeira.

A srta. Ember geralmente falava baixinho, mas sua voz soava mais alta e inflamada:

— Ela deveria ser levada para a Cidade Acadêmica imediatamente.

A Diretora, pelo contrário, soava indiferente.

— A família dela não tem como custear isso. Mal conseguem mantê-la aqui.

— Certamente existem bolsas de estudo e...

— O que ela faria quando chegasse lá? — O tom da Diretora tornara-se mais ríspido. — Se matricularia na universidade? Ela é uma criança.

— Há tutores exclusivos para quem tem esse dom. Com mais recursos do que temos aqui...

— Bobagem.

— Vimos cinquenta meninas hoje, e das poucas que demonstraram aptidão para magia, nem mesmo *uma* poderia sequer *alcançar*...

— Ember...

— Ela abriu a janela!

Aurelie franzira a testa. Não se lembrava de ter feito isso.

Srta. Ember baixara a voz, e Aurelie precisara se aproximar mais para ouvir.

— Não foi uma mera transformação.

A Diretora fora seca:

— Mesmo assim.

Silêncio. Aurelie temera que fosse o fim da conversa, que a srta. Ember sairia e a flagraria ali no corredor, então, saíra correndo.

Nem percebera que tinha feito magia. Não até a srta. Ember chamá-la à sua sala no dia seguinte e falar:

— Gostaria de lhe dar umas aulas. Aulas extras. Podemos conversar mais sobre magia. Acho uma matéria importante. Você gostaria?

Acho uma matéria importante. Ninguém parecia achar magia importante. Mas a srta. Ember achava.
— Sim — respondera Aurelie.
E assim começara sua educação em magia.
A lembrança a fez sentir um aperto no peito. Espantou os pensamentos de sua mente, e, em vez disso, tentou imaginar um Desafortunado em idade escolar, de bochechas redondas e olhos brilhantes, fazendo sua pena dançar ou virar geleia enquanto algum mago da nobreza observava o feito, entretido.
— O que aconteceu com a sua? — perguntou Aurelie. — Com a sua pena?
— Eu a fiz desaparecer. Ou melhor, tornei-a invisível. Transparente? Ou da mesma cor da mesa. Acho que há várias formas de interpretar, mas, em todo caso, parecia que tinha desaparecido. Apenas quando o inspetor tocou foi que ela voltou ao normal.
— Por que você a fez desaparecer?
Desafortunado deu de ombros.
— Nenhum motivo específico.
— Você deve ter pensado em alguma coisa.
Ele parecia envergonhado.
— Eu queria brincar. Lá fora, um jogo de verdade, com Honória e Galante, e pensei: *se essa pensa sumir, não preciso ficar aqui fazendo isso.* E de repente ela... *desapareceu.* Pareceu até magia.
— Não *pareceu* magia. Foi magia de verdade.
— Desde então eu penso nisso. Imagino se... se alguém mais na sala fez isso acontecer. Não consigo transformar nem uma bolota de carvalho hoje em dia. Meu mentor diz que é falta de foco. Que não basta querer, que é preciso *focar no desejo.* É isso...? — Ele engoliu em seco. — É assim que você se sente? Acha que é isso mesmo?
— Não sei.
Desafortunado pareceu não acreditar.
— Não, de verdade. Sei que há teorias, claro. Tentativas de explicar ou racionalizar, mas... no fundo, eu não sei. Você simplesmente... busca algo em você e está lá.
— Então é algo que a pessoa tem ou não tem.

— Eu... — Aurelie pensou na vez em que a sra. Basil foi à ópera e passou semanas cantarolando árias como uma soprano desafinada. — Acho que é como as pessoas que são cantoras natas. Só que outras precisam de aula.

Desafortunado pareceu magoado.

— Bem, eu poderia fazer aulas por mil anos e ainda assim nunca seria capaz de cantar "Faustival" de *Fuga e Fúria*. Algumas pessoas não levam jeito, simples assim. — Ele balançou a cabeça. — Eu devo ser o pior acadêmico de magia que já existiu.

Aurelie sorriu.

— Bem, pelo menos você existe.

Um sorrisinho surgiu nos lábios do príncipe outra vez.

— Vamos lá encontrá-las? — sugeriu Aurelie. — Iliana não sabe onde estamos.

O príncipe assentiu.

Voltaram para a mata, com Aurelie na frente. Ela se enfiou entre várias árvores-cação enormes, os troncos grossos e próximos. Não viu a raiz saindo da terra — só percebeu quando seu pé ficou preso e ela tropeçou, caiu...

E não parou mais de cair.

Dez

A sensação foi a mesma de antes — a terra se abrindo sob seus pés, a expectativa de terra firme onde antes não havia. Como quando pensamos que vai haver outro degrau e pisamos no vazio, o chão desaparecendo em um instante. Aurelie estreitou os olhos, esperando a pressão da terra, a sensação de mãos apalpando, mas quando abriu os olhos estava...

Num lugar que não era o subsolo.

E decididamente não era a floresta.

Aurelie estava num jardim — malcuidado, atrás de uma construção com telhado de palha e janelas em formato de diamante. O céu azul e límpido acima. Estava de pé sobre um caminho coberto de plantas rasteiras que serpenteava entre um canteiro de plantas ornamentais e uma horta.

Parecia irreal. Um momento antes ela estava em Underwood, rodeada de árvores, perto do príncipe, e agora...

Aurelie deu um passo, e embora se sentisse idiota, tocou uma das flores do arbusto. Era real? Era algum tipo de... ilusão? Uma visão?

Antes que seus dedos pudessem tocar as pétalas, alguém falou atrás dela:

— Nossa, que diferente...

Aurelie virou-se com tudo. Era o príncipe.

— O que você... — começou ela.

Ao mesmo tempo, ele falou:

— Tá tudo bem?

— Como você...

— Você desapareceu — disse Desafortunado. — Pelo círculo.

Aurelie olhou para baixo, onde o príncipe estava de pé. Ali, no chão, havia um círculo de busca.

Sem pensar, Aurelie agarrou o braço dele e o puxou para longe.

Ele a olhou com curiosidade mas não tirou a mão dela.

(Aurelie devia ter largado, mas não largou, e não queria pensar no motivo pelo qual agiu assim.)

— Pode cair de volta — explicou rapidamente.

— Eu não caí... *você* caiu — respondeu ele, calmamente. — Eu pulei.

— Por que você fez isso?

— Porque você caiu, ora essa. Parecia perigoso. Você poderia estar em perigo.

— E você também! — Por algum motivo, ela apertou ainda mais a blusa dele. — Devia ter ido chamar Iliana em vez de pular para o seu *possível fim*!

— Quem não arrisca não petisca, é o que sempre digo — falou ele, alegre. — Enfim... — Ele olhou em volta. — Seja lá onde nós estamos, pelo menos não estamos sozinhos.

Aurelie largou o braço de Desafortunado e se aproximou do círculo. Estava desenhado na terra batida do caminho. Os símbolos eram os mesmos. Tudo nele era igual aos outros círculos de busca que Aurelie sempre desenhava.

Pegou uma pedra e jogou nele.

Ficou ali, quieta.

— Não estamos mais no norte — comentou Desafortunado. — Curioso.

— O quê? Como você sabe?

— Fruta-coração. — Ele acenou para as arvorezinhas num canto do jardim. — Só dão flores cor-de-rosa ao sul de Underwood. Diria que estamos nas Terras da Campina. Ao leste, talvez? — Ele indicou a construção. — No oeste, as casas são de telhas, e mais ao sul chegaríamos na Capital, que prefere estilos mais modernos, embora no momento ocorra uma renascença clássica. É esquisito, o pessoal derrubando casas ótimas para reconstruir com cara de velha...

Enquanto Desafortunado falava, Aurelie ajoelhou e pousou a ponta dos dedos no círculo. Nada. Pressionou, mas não cedeu. Apenas terra firme.

— Não vai em ambas as direções — murmurou ela, então olhou o príncipe e sentiu um nó na garganta ao compreender. — Não temos como voltar.

— Hum. — Uma ruga surgiu entre as sobrancelhas dele. — Acho que teremos que... reajustar a rota?

— No mínimo.

— Não é tão ruim assim, vai?

Talvez *ruim* não, *desastroso* quem sabe. Ou *catastrófico*. Aurelie não conseguia se acalmar.

— Fomos *separados*! Não temos ideia de onde estamos!

— Temos uma ideiazinha, sim. Estamos a leste das Terras da Campina...

Aurelie ficou de pé e olhou freneticamente em volta, como se outro círculo com capacidade de transporte fosse se revelar. Não se revelou.

— Sim, por causa dos telhados e dessas árvores aleatórias. Você deve ter feito o mesmo curso que a Iliana, encontrar pistas irritantes...

Desafortunado sorriu rapidamente, e tentou fingir que não.

— O que foi?

— Nada. É só que... você é engraçada, só isso.

— Não estou tentando ser engraçada.

— Talvez você não possa evitar. Minha irmã diz que dons naturais simplesmente... se manifestam.

— Estamos presos aqui. — Aurelie mal podia acreditar na indiferença do príncipe. Ele não entendia o que estava acontecendo? — Sem Iliana, sem Quad. Não temos como voltar.

— Vai ficar tudo bem — disse ele com gentileza.

— Fácil pra você falar! — Aurelie não conseguiu impedir que as palavras explodissem. — Você é da realeza! Só precisa mandar parar uma carruagem e fazer com que te levem pra onde quiser!

— Não é assim que costumamos fazer.

— Ah, não?

Ele de repente ficou sério.

— Não é como eu faço. Não subiria numa carruagem e largaria você... *separada* dos outros.

— Não há nada que te impeça.

— Bem, você salvou a minha vida — disse ele. — Duas vezes.

— Duas vezes?

— Durante a emboscada. E aqui, quando me puxou para fora do círculo.

Ele soou muito honesto, o que fez Aurelie se sentir estranhamente... desestabilizada.

— Não havia perigo de cair de volta — grunhiu ela. — Já percebemos isso.

— Não importa. A intenção é o que conta.

Aurelie observou o príncipe — sua expressão honesta, o olhar firme — e então disfarçou rapidamente.

— Bem, tecnicamente, você tentou salvar minha vida também. Quando se jogou no círculo.

— Muito heroicamente, eu diria.

— Muito tolamente, isso sim.

De novo pareceu que ele escondeu o sorriso, muito mal.

— Ainda estou devendo, o placar está dois a um. — Desafortunado colocou a mão sobre o coração. — Prometo não abandonar você, Aurelie. Tem minha palavra como príncipe, duque do Reino Setentrional, e estudante da Cidade Acadêmica.

Aurelie se sentiu melhor do que racionalmente deveria.

— Nossa, não ficou faltando nenhum título?

— Bem, eu *sou* o regente da terça parte dos fundos dos Jardins Reais.

— Terça parte dos fundos?

— Dividimos quando eu era criança. Eu queria a parte dos fundos porque tinha as melhores árvores para escalar. Honória pegou o meio, com o jardim de rosas, e Galante a da frente, com os topiários e fontes clássicas.

Aurelie sorriu.

— Vamos dar uma olhada naquela construção — sugeriu Desafortunado. — Acho que é uma pousada.

— Quais pistas irritantes fizeram você achar isso?

— O musgo do muro é de uma variedade que só cresce em habitações temporárias.

— Sério?

Os olhos dele brilharam.

— Claro que não. Tem uma placa ao lado da entrada. Pousada Lanugem do Cardo.

Aurelie pensou se era apropriado bater no braço de um membro da família real, e chegou à conclusão de que não.
Os dois se aproximaram da casa quando Aurelie estacou.
— Espera. E se você for reconhecido? Iliana acha que...
Desafortunado virou-se para ela.
— Acha o quê?
— Que você ainda pode estar em perigo. Quem quer que estivesse atrás de você pode... ainda estar atrás de você.
Desafortunado pensou e então respondeu:
— Tenho certeza de que não serei reconhecido.
— Por quê?
— Olha em volta.
Desafortunado girou o braço, apontando o entorno. A pousada era a única construção à vista. A estrada cortava o terreno à frente, mas, além disso, apenas campos ininterruptos até onde a vista alcançava.
— É bem remota, né? Suponho que as pessoas destas bandas não estejam familiarizadas com os rostos da realeza. E meu retrato oficial é muito, muito antigo. Eu tinha doze anos. Era um palmo menor e minha beleza nem estava no ápice.
Aurelie fez um beicinho.
— Posei para outro mais recentemente — continuou ele —, mas não foi apresentado ao público ainda. Estou brigando com minha irmã e o retratista por causa dele. A semelhança é inadmissível.
— Inadmissível?
— A distância entre meus olhos, a *altura* e o *comprimento* da minha testa... loucura total. É de se pensar que ofendi o artista! Que arruinei sua família momentos antes de ele tocar a tela com o pincel!
— Como você sabe que não está parecido?
Aurelie não pôde evitar. Era como cutucar Iliana, talvez mais divertido ainda porque, se Iliana costumava ignorar, os olhos do príncipe — que eram de um castanho bem bonito e separados por uma distância bem adequada — se arregalavam de surpresa.
— O que você quer dizer com isso?
— Que é raro uma pessoa se enxergar como realmente é.
— Não te conheço há muito tempo, então não sei o que posso ter feito para que você me diga algo tão ofensivo.

— Desculpa. Não vi o retrato, então acho que não posso julgar.
— Todo mundo me acha bonito, sabia?
— Ah, é? Você fez uma pesquisa?

Desafortunado a observou por um instante, e a indignação transformou-se em divertimento.

— Você é bem diferente.
— Sempre me considerei bem normal.
— Bem, é raro uma pessoa se enxergar como realmente é.

Ele sorriu, e Aurelie não pôde deixar de imitar.

— Mesmo assim — disse ela, lembrando-se da questão principal —, mesmo se ninguém conhecer seu rosto, você ainda é muito... — Ela balançou a mão.

Desafortunado observou as próprias roupas, um pouco bagunçadas após um dia em Underwood, mas ainda inegavelmente na moda.

— Chamativo — finalizou ela.
— Vou passar batido, pode apostar — disse ele com confiança. — Estou com uma fominha, você não? Vamos ver o que eles têm a oferecer. — Ele abriu a porta para Aurelie. — Você primeiro.

Aurelie passou a mão pela sétima ou oitava vez, nervosa, pelo bordado nos bolsos de seu avental.

Ela e Desafortunado estavam sentados em uma mesa próxima da janela, que dava para um gramado amplo na frente da pousada. Uma funcionária trouxe duas tigelas de sopa, pão, queijo e outra tigela com frutas frescas. Em outras circunstâncias, Aurelie ficaria animada com uma refeição assim, num lugar assim (nunca tinha ido ao Reino Meridional antes), e com uma pessoa assim (o regente da terça parte dos fundos dos Jardins Reais!).

Mas não foi capaz de aproveitar a refeição. Embora Desafortunado parecesse despreocupado, a situação deles não era boa. Precisavam de um plano e o plano de Desafortunado, até o momento, consistia apenas de mais uma tigela de sopa.

— Que delícia — comentou ele enquanto cortava um pedaço de pão. — Ficar... entre as pessoas, curtir o ambiente... É tudo muito... bucólico e... *satisfaz a alma*, não acha?

A alma de Aurelie não estava satisfeita. Estava ansiosa.

— Para a maioria das pessoas hoje é apenas um dia normal.

— Sim, mas não para nós dois. — Ele olhou Aurelie e de repente se sentiu compelido a desviar o olhar. — De que tipo de negócio você é aprendiz, afinal? Do jeito que está falando parece que você nunca sai de lá.

— Sim, bem, a massa não se amassa sozinha.

— Deve pagar bem.

— Paga com experiência.

Desafortunado franziu o cenho.

— Experiência não banca comida nem moradia.

— Ainda, mas um dia vai.

Desafortunado considerou a questão por um momento, depois retornou com vigor para sua comida.

— Esse é o seu sonho, então? — disse ele entre colheradas. — Se tornar padeira?

— É meu objetivo.

— Isso é diferente de sonho?

— Eu diria que sim.

Houve silêncio por um instante, apenas o murmúrio dos outros clientes e o tilintar de pratos e talheres. Aurelie olhou em volta para conferir se não tinham chamado a atenção. Não conseguia esquecer as palavras de Iliana na noite anterior: *Se alguém estiver perseguindo o príncipe, o que suponho ser o caso...*

Mas ninguém parecia estar lhes dando atenção. Aurelie pegou uma fruta da tigela e comeu. Era deliciosa, mesmo sob essas circunstâncias.

— Acho que não tenho nenhum — disse ele de repente. — Nem sonho, nem objetivo. Pra falar a verdade, não tenho motivos para ter.

— Por que não?

Desafortunado deu uma mordida no pão e falou de boca cheia.

— Sou o terceiro dos irmãos. Contanto que nada aconteça aos meus irmãos, não importa o que eu faça. Sou totalmente supérfluo.

Ele falou muito objetivamente. Aurelie franziu a testa.

— Não faça tão pouco caso de si mesmo.

— Não faço. É só a verdade. É libertador, de certo modo.

Antes que Aurelie pudesse responder, a funcionária apareceu.

— Mais alguma coisa?

— Não, obrigado — falou ele. — Estava delicioso. Digno de um rei.
Os olhos da moça se acenderam.
— Curioso você dizer isso hoje — comentou ela, e então se inclinou para confidenciar: — A realeza está aqui.
Desafortunado engasgou com a bebida.
— Como é? — perguntou Aurelie, enfiando um guardanapo na mão dele.
A garçonete reluzia.
— O rei desaparecido, Valente, está almoçando conosco hoje.
O príncipe se desengasgou e perguntou:
— Sylvain Copperend?
— O próprio. Já ouviu falar dele? Não sei se é mesmo verdade o que dizem, mas o jeito dele é mesmo diferente... Ele tem um ar. *Língua de prata*, como minha mãe diria. Nunca vi um deles ao vivo... alguém da realeza, mas tenho certeza de que são farinha do mesmo saco.
— Onde ele está? — quis saber Desafortunado.
— Jantando na sala dos fundos. Reuniu todos os influentes dos vilarejos vizinhos. Devia ver o Alfaiate Augustus, nunca o vi tão orgulhoso. Ah, antes que eu me esqueça, vocês queriam mais alguma coisa?
— Estamos bem, obrigada — disse Aurelie, e a garçonete se retirou.
Desafortunado colocou o guardanapo de lado e ficou de pé.
— Aonde você vai?
— Quero vê-lo.
— Por quê?
— Porque ele...
— Eliza!
Uma voz retumbante atravessou o lugar, e vários homens foram surgindo. Dentre eles, um trajava um casaco finamente cortado e colete. Devia estar próximo da meia-idade, peito largo, alto, com cabelo na altura dos ombros que começava a ficar grisalho. Só podia ser ele, Sylvain Copperend. Uma olhada para Desafortunado confirmava. O príncipe estreitou os olhos.
Copperend aproximou-se de uma mulher e segurou as mãos dela. Ele falava alto, como um ator no palco, consciente de sua plateia:
— Obrigado por sua hospitalidade. De verdade. Uma banquete suntuoso. Mais do que merecíamos.

— Todas as questões de Estado estão resolvidas, então? — perguntou a mulher (a estalajadeira, presumiu Aurelie) com um sorriso.

— Foi um começo. — Copperend virou-se e observou a clientela. A maioria olhava-o de volta. — Foi um prazer almoçar com vocês.

E então observou em volta até seu olhar parar em Desafortunado e Aurelie.

Aurelie cutucou Desafortunado por debaixo da mesa.

— Tenho quase certeza de que ele não me reconheceu — murmurou Desafortunado.

Depois de um momento, o olhar de Copperend seguiu adiante.

Ele se despediu da estalajadeira e de todo o restante, e então saiu, com alguns homens atrás de si, e outros se assentando no bar.

Aurelie soltou um suspiro. Quando olhou o príncipe, a expressão dele era de preocupação.

— Não está certo — disse ele. — Espalhar esse tipo de boato. Não sei como alguém pode acreditar nele.

Aurelie não sabia o que dizer.

Mas a expressão de Desafortunado desanuviou logo depois, e ele se voltou para a comida.

— Bem, não vamos deixar que isso estrague nossa refeição.

— Claro que não — falou ela, pegando mais frutas. — Afinal, não sabemos quando vamos ter algo tão *bucólico* e *satisfatório para a alma* outra vez.

Os olhos de Desafortunado brilharam.

— Está tirando sarro de mim?

— Jamais, isso não seria apropriado.

— Garanto que é totalmente apropriado zombar de um membro da família real quando a ocasião pede. Você devia ter visto a roupa que meu irmão escolheu para o festival de verão do ano passado. Tinha uma capa comprida.

— E isso é motivo para zombar dele?

Desafortunado ficou afrontado.

— *Uma capa comprida?* Para um evento diurno? Eu diria que sim.

Aurelie sorriu.

— Ah, sim. Vou me lembrar disso no meu próximo festival de verão.

Onze

Por Desafortunado, poderiam ficar ali muito mais tempo, olhando a paisagem da pradaria pela janela. E também para Aurelie, que era... bem mais interessante que as Terras da Campina. Potencialmente mais interessante do que qualquer pessoa que Desafortunado já conhecera.

Durante a refeição, ele notou que ela comia lenta e cuidadosamente, como se quisesse fazer a comida render ao máximo. Desafortunado, por sua vez, comia da forma mais rápida e indecorosa possível. Se a pessoa está em uma missão, tem mais é que aproveitar a vida, que se dane a etiqueta. Aurelie espiava a paisagem com frequência, mas quando seus olhos encontravam os de Desafortunado, ele considerava o fato uma conquista.

Era fácil demais conversar com ela. Aurelie era engraçada de uma maneira que as pessoas não costumavam se permitir ser perto dele. E quando ela sorria com algum comentário dele, aí era uma *grande* conquista.

Aquele almoço, porém, não poderia durar para sempre, não importasse quantas tigelas de sopa Desafortunado pedisse. (Quatro, no total. Aventura é trabalho duro, sabia?) Era hora de pagar a conta.

Um detalhe no qual Desafortunado não tinha parado para pensar.

— O quê? — perguntou ela.

Algo na expressão dele deve ter dado na cara. Desafortunado lamentava essa capacidade de sua face: projetar tão abertamente pensamentos ou emoções que queria esconder.

— Eu só... Eu não costumo andar com dinheiro.

Aurelie ficou chocada.

— Sério?

Desafortunado deu de ombros, um pouco envergonhado.
— Talvez nos deixem lavar a louça.
— Qual era seu plano quando nos sentamos?
— Estava distraído. Focado na comida e tal.

Aurelie suspirou e então remexeu em algo debaixo da mesa, para logo em seguida fazer surgir algumas notas.

Os olhos do príncipe se arregalaram.
— Você fez estas notas agora? Com magia?

Aurelie lhe lançou um olhar bravo.
— Não dá pra *conjurar* dinheiro. Se desse, a essa altura eu teria uma equipe de cavalos de corrida nos Campos Ardentes.
— Essa foi bem específica.
— Culpa da Iliana — disse Aurelie, e ficou de pé. — Fique aqui.

Desafortunado obedeceu, olhando ao redor enquanto Aurelie saiu em busca da atendente. A multidão havia se dispersado, mas ainda restaram alguns homens da reunião com Copperend, que se sentaram para tomar cerveja e fazer cara de importância.

Este era o método de Copperend: viajar para destinos distantes do Reino e angariar apoiadores. Ele havia requisitado uma audiência com Galante havia menos de um mês, quando a família estava hospedada na Casa Encantadora, a propriedade ocidental. Galante aceitou o convite. Desafortunado não sabia ao certo o que havia sido discutido, mas o irmão ficara tão nervoso que quebrara duas raquetes de tênis de grama e um busto decorativo da Tia-Avó Temperança.

Aurelie voltou e os dois mal tinham começado a passar pela porta quando alguém falou:
— Poderiam ao menos ter guardado umas frutas para mim.

Era Iliana. Recostada casualmente contra a parede da pousada, como se esperasse por uma carruagem.

Aurelie levou um susto.
— Como você chegou aqui?

Desafortunado não ficou tão surpreso. Iliana era, como dizia Galante, *focada nos resultados*. Claro que ela os encontraria.
— Indomável, esta é Iliana — disse ele com um sorriso.
— E Quad? — perguntou Aurelie.
— Aqui.

Desafortunado virou-se. Quad estava atrás deles, plácida. Aurelie ficou ainda mais chocada.

— Quando você... como...

— Tudo a seu tempo, Padeira — disse Iliana. — Por enquanto, vamos para algum lugar com mais privacidade, que tal?

Ela os levou até as árvores de fruta-coração atrás da pousada. Todos, menos Quad, que ficou de pé, olhando os galhos acima, sentaram-se. Quad estalou os dedos, e uma fruta caiu na sua palma aberta. Ofereceu-a a Desafortunado, mas ele negou com a cabeça. A quarta tigela de sopa não tinha sido uma ideia tão boa.

— Quando percebemos que vocês tinham desaparecido, não foi difícil rastreá-los até o círculo — contou Iliana. — Debatemos os prós e contras de entrar...

— Também fizemos alguns experimentos — acrescentou Quad ao convocar mais frutas. — Jogamos algumas coisas primeiro.

— Por fim, decidimos que valia a pena o risco, já que não tínhamos outra maneira de encontrá-los. Além das pedras de busca, é claro, que nenhuma de nós sabe usar. E, de toda forma, eu não podia perder um membro da família real. Levaria anos para recuperar minha reputação.

— Mas você acha que *poderia* recuperar. — Desafortunado se divertia. — Se me perdesse.

— O círculo não é uma via de mão dupla — disse Aurelie.

— Eu sei — respondeu Iliana. — Você consegue criar um que nos leve de volta?

Aurelie balançou a cabeça.

— Nunca ouvi falar nesse tipo de magia. Nem sabia que era possível.

— Mas você fez na floresta — continuou Iliana. — Foi assim que seu amiguinho da árvore te pegou, lembra?

Desafortunado fez careta.

— Amiguinho da árvore?

— Um demônio — disse Quad.

— Um *demônio*?

Iliana agitou a mão.

— Parece que a definição não é tão simples assim.

— Não fiz por querer — disse Aurelie. — Vai saber que tipo de influência a floresta tem? Por isso as pessoas não devem entrar em Underwood.

— Bem, não estamos mais em Underwood, certo? — lembrou Iliana.

— Estamos nas Terras da Campina, ao leste — disse Desafortunado, tentando ajudar.

— Eu sei. — Iliana apoiou-se nas mãos. — Diria que estamos a um dia e meio da Capital. A essa altura, faz mais sentido devolvê-lo ao palácio do que tentar seguir para o norte.

Desafortunado tentou soar ferido com o comentário.

— Não sou um livro que foi pego emprestado. Não preciso ser *devolvido*.

— Não. — Iliana o olhou com seriedade. — Mas alguém armou uma emboscada para você, lembra? Alguém decidiu apontar todo tipo de arma afiada pra tentar ferir você, por motivos desconhecidos.

Desafortunado não podia negar.

— Você vai estar mais seguro com sua família.

Desafortunado não amava a ideia de voltar para casa. Mas assentiu.

— É, talvez.

— Ótimo, mas vamos precisar arrumar disfarce para você antes de partir.

— Não precisa. Minha cara não está estampada nas moedas nem nada. Embora eu ache que ficaria belíssimo numa moeda de cobre.

— Só na de cobre? — perguntou Aurelie.

— Combina com meu tom de pele. A de prata me deixaria apagado.

Iliana se divertia.

— Não ficaremos nas Terras da Campina para sempre, príncipe. Alguém vai notar sua presença alguma hora.

Quad fez Desafortunado sentar-se aos pés de uma árvore de fruta-coração, com as costas apoiadas no tronco. Observou-o por um momento.

— Até que você não se saiu mal — murmurou ela. — Mas a minha vai grudar melhor.

— Como é?

— Shh — disse ela, e pairou as mãos sobre o rosto dele.

Desafortunado fechou bem os olhos, antecipando... algo. Alguma mágica que fosse pinicar bastante ou coisa assim, mas tudo que sentiu foi o calor suave das mãos de Quad enquanto ela se movia.

O príncipe espiou por um olho só. Aurelie tinha se aproximado e se abaixado um pouco, espiando por cima do ombro de Quad.

— Como iremos chamá-lo a partir daqui? — quis saber Aurelie. — Precisa de uma nova identidade que combine com seu disfarce.

— Qual é o oposto de quadrilha? — perguntou Quad.

— Uma queda descontrolada ao chão, suponho — disse Iliana.

— Combina — falou Quad. — Mas podemos abreviar.

— Que tal Bastian? — sugeriu Aurelie.

Desafortunado sorriu. Bastian Sinclair era o protagonista de *A brincadeira do pobre*, a história de um órfão trapaceiro que alcança o sucesso e a prosperidade.

— Gostei — disse ele.

— Prontinho. — Quad baixou as mãos e deu um passo para trás. — E aí, o que acham?

Desafortunado tocou o rosto. Parecia igual. Pensou que a magia não devia mudar sua feição de fato, apenas sua aparência para quem o olhasse. A única diferença que notou pelo canto do olho foi a cor do cabelo, que passou para um tom mais claro de castanho.

Aurelie o olhava com curiosidade, o que o levou a pensar se estaria mais bonito. (Isso era possível? Será que ela gostava mais do disfarce do que da aparência real dele? Ah, isso não.)

Iliana o inspecionou.

— Muito bom — avaliou ela, e ficou de pé. — Vamos precisar dar um jeito nas roupas também.

Desafortunado olhou para baixo. Não tinha tido coragem de largar o colete na floresta. Era um colete feito sob medida, ora essa.

— Posso garantir que essa roupa é a última moda.

— Sim, e estamos no meio do nada. — Iliana tirou uma camisa de um dos bolsos do casaco e jogou-a para ele. — Toma, experimenta essa.

— Você tem um guarda-roupa inteiro aí dentro? — perguntou Aurelie enquanto Desafortunado se esgueirava para trás de uma árvore.

— *Inteiro* não — respondeu Iliana, como se um guarda-roupa parcial fosse algo normal de se carregar no bolso (Desafortunado pensava que sim, pois se coubesse nos seus bolsos ele certamente faria a mesma coisa).

Quando o príncipe reapareceu, Iliana pegou a camisa e o colete dele e os guardou no casaco, que, de algum modo, ainda parecia normal, nem um pouco abarrotado de coisas nos bolsos. Desafortunado registrou em sua mente que depois precisava perguntar para Iliana quem era seu alfaiate.

— Agora que está tudo resolvido, precisamos partir — disse Iliana, e os quatro se puseram a caminho.

Doze

Caminharam por diversos vilarejos, depois por vilas maiores, e, por fim, pararam em uma padaria para comer.

— Deve estar se sentindo em casa — disse Iliana para Aurelie quando chegaram à entrada da casa de madeira.

Só que Aurelie não se sentia nem um pouco em casa; e, no final, acabou esperando do lado de fora. Algo em entrar numa padaria fez seu estômago revirar. Fez com que se lembrasse das responsabilidades que aguardavam por ela no vilarejo.

Desafortunado ficou para trás também, enquanto Quad e Iliana entraram.

— Vilarejo lindo, não acha? — perguntou ele, observando a alameda com lojinhas.

Aurelie fez um som de concordância.

Não podia deixar de sentir uma pontada de preocupação sobre ir até a Capital. Nunca tinha estado lá antes, mas certamente era grande. Será que toparia com a sra. Basil?

— Me lembra um poema de Carmine — disse Desafortunado. — "Pelas Terras da Campina, ouvi uma flor sussurrar..."

— "Pelo vilarejo pequeno e imponente, pelo verde irreverente" — finalizou Aurelie, o que fez o príncipe sorrir.

— Amo as obras dela — contou ele. — Fiz um curso sobre os poetas da Era da Indiferença semestre passado. Foi o único em que tive notas minimamente decentes.

— Ela era mágica, sabia? Carmine.

— Sério?

Aurelie lembrou-se da srta. Ember.

— Uma das minhas professoras tinha um livro enorme com as poesias dela, que às vezes lia em sala de aula. Não se falava muito de magia nas aulas normais, então ela tentava salientar os pontos de interseção.

— Adoraria ter uma professora assim. Meus tutores são sempre muito rígidos...

Nesse instante, Aurelie viu um jornal largado no chão, com a manchete estampada na frente:

Príncipe Desafortunado desaparecido: sequestrado em Underwood! Possivelmente morto?

— Ai, não! — Aurelie suspirou.

— Que foi?

Ela pegou o jornal, e o príncipe se inclinou para ler. O calor da proximidade com ele não deveria afetá-la.

Mas afetava. Aurelie sentiu um frio na barriga ao mesmo tempo muito agradável e perturbador, como se estivesse perdendo o equilíbrio. Tentou ignorar ao ler:

> DA CAPITAL: O famoso bobalhão Príncipe Desafortunado foi a vítima involuntária de uma emboscada seguida de sequestro na perigosa Underwood, ontem pela manhã.

— Famoso bobalhão! — exclamou o príncipe. — Que editorialesco, não acha?

> Enquanto viajava pela floresta, o príncipe foi emboscado e levado...

— E de todo modo, Lorde Bobalhão foi o segundo marido da minha tia-avó e...

— Shh.

> O Palácio reporta que magia Incomum foi usada para persuadir o príncipe a abandonar seu séquito. O paradeiro dele é desconhecido. Não se sabe se está vivo ou morto.

— Tenho certeza de que qualquer pessoa só pode estar viva ou morta — zombou ele.

Aurelie não conseguiu evitar a risada.

Iliana e Quad apareceram bem nesse momento, cada uma com um doce em cada mão. Iliana entregou um para Desafortunado e fez uma careta ao ver no jornal.

— "Possivelmente morto?" Que manchete péssima. Não se pode sair falando esse tipo de coisa em forma de pergunta.

— Exatamente — concordou Desafortunado. — É como falar: "Praga na colheita do sul... Duendes responsáveis?"

Quad deu uma boa mordida no doce.

— Duendes jamais se interessariam por algo tão trivial quanto praga na colheita.

— Ninguém está interessado no conteúdo do da matéria? — perguntou Aurelie, balançando o jornal. — Eles acham que *nós* sequestramos o príncipe!

Segue a descrição dos sequestradores:
UMA garota Comum, com idade entre 14 e 16 anos,
pequena e normal.

— Só para constar, tenho dezessete — murmurou Aurelie.

UMA garota Comum, com idade entre 18 e 20 anos,
usando um sobretudo. Arrojada e competente.

— Não sei quem escreveu, mas já simpatizei — comentou Iliana.

Uma Pessoa Incomum, idade e aparência
desconhecidas.

— Como você conseguiu isso? — perguntou Iliana, e Quad deu de ombros.

— Sua magia deu ruim — disse Aurelie. — Seja lá o que você fez para convencer o Mordomo a liberar o príncipe, isso deixou ele ainda mais desconfiado!

— Não é assim que nossa magia funciona — disse Quad.

— Bom, mas foi assim que funcionou dessa vez! Eles acham que nós somos as sequestradoras! Olha só isso: "Guardas do Palácio foram alocados em Underwood para a busca do príncipe." Estão atrás de nós neste instante.

Todos olharam em volta, mas a rua estava quase deserta, exceto por uma mulher passando com uma criança pequena, que, por sua vez, estava agarrada a um enroladinho de canela gigante. Desafortunado abriu um sorriso ao vê-los e acenou. O menino acenou de volta.

— Para com isso! — guinchou Aurelie. — Não chama atenção!

— Calma, gente. Está tudo bem. Se os guardas chegarem, eu simplesmente explico o que aconteceu e pronto.

— Você só está se esquecendo de uma coisa — disse Iliana, e Desafortunado olhou para ela em expectativa. — As pessoas que armaram a emboscada eram... *guardas*. Estavam usando a farda do palácio. Então, vai saber se os guardas atrás de você agora são legítimos? E se forem os mesmos mal-intencionados?

— Nesse caso, se a gente entregar você, será mesmo sequestrado — concluiu Aurelie.

— Humm. — Uma ruga pequena apareceu entre as sobrancelhas de Desafortunado. — O que faremos, então?

— Bem, primeiro, temos que parar de ter essa conversa no meio da rua. — Iliana guiou o grupo dez passos para a esquerda, até um beco entre a padaria e a casa vizinha.

— Bem menos suspeito — disse Aurelie.

— *Segundo* — continuou Iliana, ignorando o comentário —, vamos pensar nos pontos positivos: Desafortunado está disfarçado.

— Mas eles têm as descrições de todas nós! — exclamou Aurelie.

— "Pequena e comum"? Que nível de detalhismo.

— Você precisa tirar o casaco.

— Não sei qual a necessidade disso — replicou Iliana, com cara de ofendida. — Não podemos... adorná-lo coisa e tal?

— Adornar? — repetiu Aurelie. — Talvez, *uns cem anos atrás*.

— Incrível, ninguém daria mais de catorze pra você.

— É sério, ninguém mais ensina adornos — disse Desafortunado. — Os avanços na maquiagem e nas perucas são muito superiores aos adornos e...

— Como você chamaria o que Quad fez em você? — perguntou Iliana.
— Bem, não chamaria de adorno — respondeu Quad.
— Resolvido — falou Desafortunado.
Iliana jogou as mãos para o ar.
— Tá bom. Não acompanho os avanços da magia. Bola pra frente?
— Sim. Tire o casaco — ordenou Aurelie.
— O casaco não tem importância!
Aurelie balançou a cabeça.
— *Uma* padeira normal. *Uma* arrojada idiota de *casaco*...
Iliana franziu a testa.
— Desnecessário.
— E *uma* Pessoa Incomum, junto a, bem, quem diria... uma versão meio loira do príncipe desaparecido, sequestrado e possivelmente morto!
— Se você tem críticas ao meu trabalho de disfarce, poderia ter dito antes — murmurou Quad.
— Você chamaria isso de loiro? — perguntou Desafortunado, tentando inspecionar uma mecha.
Aurelie abafou um suspiro.
— Está mais para castanho-claro — retrucou Iliana, e então se virou para Aurelie. — Padeira. Por favor. Sei que a situação é estressante...
— Eu vou parar *atrás das grades*!
— Eu não vou permitir — disse o príncipe, sério. — De verdade. Vamos dar um jeito nisso.
— Como?
— Vamos continuar seguindo para a Capital — falou ele. — Na próxima cidade, vamos encontrar um meio de transporte. Podemos ficar fora do caminho durante a noite e chegar amanhã no meio do dia. Quad vai... *melhorar*... meu disfarce, e não chamaremos atenção. Vai ficar tudo bem. Nenhum guarda, verdadeiro ou não, vai nos encontrar.
Parecia sensato, se ignorasse toda a parte insensata da situação.
Aurelie respirou fundo. Então assentiu.
— Tudo bem.
Desafortunado sorriu.
— Excelente.

Treze

No vilarejo mais próximo, um pouco maior, pegaram uma carruagem de aluguel e seguiram para o sul. Compraram as passagens em pares — Iliana e Quad, Desafortunado e Aurelie — e se sentaram desse modo no enorme vagão puxado a cavalo, com um punhado de gente entre eles. Ninguém deu bola para Aurelie e Desafortunado, exceto uma jovem de frente a Desafortunado que ficava lançando olhares e risadinhas tímidas. Por um instante, Aurelie pensou que ela havia reconhecido o príncipe, mas Quad havia deixado Desafortunado mais loiro, o rosto mais anguloso e com uma barba rala.

Logo, não devia ser por isso. A verdade é que Desafortunado era simplesmente atraente, mesmo com a aparência alterada. Aurelie lembrava-se da mãe dizendo que a rainha tinha um "brilho". *Não era bela, mas chamava atenção. Como uma obra de arte.* Desafortunado não era como uma obra de arte, que é admirável, mas inalcançável. Havia algo que irradiava dele, claro, mas seu jeito aberto e amigável o tornava acessível, e, portanto, mais atraente.

Bem nesse momento, ele conversava alegremente com um homem sentado ao seu lado, um marceneiro das Terras Centrais que seguia para a Capital com a esperança de vender algumas peças.

— Acho que consigo um preço bom no Mercado de Cima — disse o homem. — O que acha de uma prata pelas tigelas pequenas e três pela grande?

— Certo — respondeu Desafortunado, que obviamente nunca tinha comprado uma tigela na vida. Provavelmente não sabia nem o preço do pão.

— Uso apenas madeira de qualidade. — Sentindo a chance de fazer negócio, o homem pegou uma tigela da sacola. Era linda, com veios suaves e havia um acabamento circular simples engastado ao redor de toda a peça. — Para sua linda companheira, talvez?

— Ah — disse Desafortunado, com os olhos saltando para Aurelie —, ela é, quero dizer... nós estamos...

— Sem dinheiro algum — atalhou Aurelie. — Ele é muito perdulário. Mas obrigada. Seu trabalho é mesmo lindo.

Após uma jornada de várias horas, decidiram desembarcar. Iliana achou melhor dormirem e continuarem pela manhã. Era hora do entardecer, e o céu estava riscado de cor-de-rosa e dourado, tons que se derretiam até o roxo crepuscular.

— Obrigada pela conversa — disse Desafortunado para o marceneiro antes de desembarcar.

Aurelie viu uma faísca prata saindo da palma do príncipe ao se cumprimentarem, e não se surpreendeu ao reparar que trazia consigo uma tigelinha.

— Pensei que não tivesse dinheiro — comentou Aurelie enquanto passavam pela rua larga que cruzava o centro do vilarejo.

Quad e Iliana iam na frente, com a cabeça baixa e em uma conversa. Desafortunado parecia orgulhoso.

— Encontrei na bota.

— Poderíamos ter usado para pagar a comida!

— Naquela hora eu não sabia que estava lá — disse o príncipe, e então entregou a tigela. — Para você.

Aurelie piscou. Queria pegar e abraçá-la, mas, ao mesmo tempo, também queria bater nele com ela.

— E o que eu vou fazer com isso?

Desafortunado deu de ombros.

— Guardar frutas?

— É pequena demais para frutas.

— Depende da fruta. — Os olhos dele brilhavam. — Enfim, talvez venha a ser útil. E, se não for, ao menos é bonita.

Aurelie engoliu em seco.

— Infelizmente faço pouco uso de coisas inúteis.

— Por que não ter algo apenas para trazer alegria?

Porque tudo que Aurelie tinha, a sra. Basil tirava. *Tudo debaixo do meu teto é meu*, era como ela gostava de dizer. Aurelie preferiria ter que se desfazer do presente do príncipe do que dá-lo nas mãos da sra. Basil.

Não valia a pena explicar, então ela simplesmente falou:

— Dá para a Iliana, ela guarda no casaco.

A decepção transpareceu na expressão de Desafortunado, mas ele conseguiu sorrir mesmo assim.

— Sabe, um dia você vai desejar ter uma tigela.

— Vou me lembrar de você nesse dia.

O sorriso dele se expandiu.

— Espero que se lembre de mim antes disso.

Havia apenas uma pousada no vilarejo, e apenas um quarto vago naquela noite.

— Perdão, senhorita — disse o recepcionista para Iliana. — Estamos na alta temporada.

— Tudo bem. Pode ser só um quarto — respondeu Iliana. — Para mim e... meu irmão. — Ela apontou para Desafortunado. — E a esposa dele. — Indicou Aurelie. — E... a minha esposa. — Indicou Quad. — Somos... uma grande família.

Pegaram a grande chave de metal e subiam a escadaria bamba quando Quad se voltou para Iliana.

— Por que *eu* sou sua esposa?

— Porque ninguém acreditaria que sou esposa do príncipe.

— Ninguém aqui é casado, por que temos que fingir?

— Fala baixo, o dono da pousada pode ouvir.

— Pensei que você fosse perita em subterfúgio — comentou Desafortunado, achando graça.

Iliana o fuzilou com o olhar.

— Foi um longo dia, e não estou vendo ninguém sugerindo outras versões críveis.

— Por que precisamos inventar qualquer história? — quis saber Quad. — Por que simplesmente não pedimos um quarto para quatro pessoas e pronto?

— Porque as pessoas comentam. Quatros solteiros num quarto com...

A porta se abriu com tudo e revelou...

— Uma cama. Que pitoresco.

— Prefiro dormir lá fora — avisou Quad.

— Bem, eu prefiro que fiquemos todos juntos — disse Iliana, atravessando o quarto e fechando as cortinas.

— Eu durmo no chão — ofereceu Aurelie.

Desafortunado alarmou-se na hora.

— Não, você não deveria...

— Estou acostumada. E prefiro.

— Usa o meu casaco pelo menos — disse Iliana para ela. — É impressionante como é confortável dormir nele.

— Aposto que sim. E também que na lua cheia brotam eixos e rodas e ele se transforma em uma carruagem, né?

— É um casaco impressionante — falou Iliana, altiva.

— Você já disse isso.

Iliana colocou o casaco no chão, e quando Aurelie sentou-se nele, ficou surpresa e irritada ao perceber que era de fato bem confortável.

— Vou sair — declarou Iliana —, rapidinho. Confio que não vão se meter em encrencas. Quad, você está no comando, ok?

A porta fechou-se atrás dela e tudo ficou em silêncio.

Desafortunado foi o primeiro a falar:

— Uma de vocês deveria ficar com a cama.

— Eu não tenho necessidade de deitar — respondeu Quad.

— E eu já disse que fico muito bem no chão — disse Aurelie.

— Bem, eu certamente não posso dormir na cama enquanto você dorme no chão.

— Por que não?

Desafortunado parecia ofendido.

— Porque não é correto, ora essa. Seria uma total falta de cavalheirismo!

— Por que vocês não dividem a cama? — disse Quad casualmente, e Aurelie olhou feio para ela.

— Isso seria... Bem, suponho que... — Desafortunado olhou para a cama, depois balançou a cabeça com intento. — Não, isso não seria mais... cavalheiresco...

— Vou dormir — disse Aurelie, e se esticou toda sobre o casaco.

— Eu também — falou Desafortunado, e sentou-se no chão perto da lareira.

— Por que você não dorme na cadeira, pelo menos, já que é tão teimoso?

— Você também está sendo teimosa!

— Se os dois vão dormir na cadeira, poderiam muito bem dormir na cama — murmurou Quad. — Mais confortável, eu diria.

— Boa noite! — Aurelie falou alto e virou-se para a parede.

Quad expirou, mas, ao mesmo tempo que não foi uma risada, não deixou de ser uma risada.

Aurelie não conseguia dormir.

Iliana estava demorando a voltar, Desafortunado roncava no chão ao lado da lareira e Quad ainda estava no canto, ou ao menos parecia estar. Quad ficava tão imóvel que parecia uma peça da mobília.

Aurelie soltou um suspiro. Não adiantava continuar tentando dormir. Então sentou-se e observou o casaco.

Se Iliana estava mesmo falando a verdade — Aurelie não tinha certeza disso —, haveria um livro ali dentro. Ou, ao menos, um jornal. E ela só precisava achar.

O fogo crepitava baixo, então estava relativamente escuro no quarto. Por isso, fez um pequeno encanto, um dos primeiros que tinha aprendido com a srta. Ember: acendeu uma luz na ponta de cada um dos dedos. Não era uma chama, mas um brilho laranja sob a pele, da mesma forma como quando levantamos a mão na direção do sol para proteger os olhos num dia ensolarado. O brilho suave seria o suficiente para ler, ou melhor, para buscar.

A parte interna do casaco tinha mais de uma dúzia de bolsos no forro. Quando Aurelie enfiou a mão em um, descobriu que o espaço era maior do que aparentava — tanto que seu braço, quase até o ombro, coube ali dentro.

Explorou vários bolsos e encontrou: pão, moedas, uma garrafa (vazia), as pedras de busca, e, curiosamente, agulhas de linha de tricô.

No sexto bolso, encontrou uma faca.

Não era uma das adagas que Iliana trazia ao lado do corpo ou uma das que amarrava nas pernas. Essa tinha um cabo preto, sem adornos. A lâmina possuía uma série de círculos e espirais gravados. Quando ela segurou no cabo, pareceu se acomodar perfeitamente à mão. A lâmina pareceu cantarolar.

Aurelie não sabia explicar o porquê, mas sentiu-se incomodada.

Cuidadosamente, colocou a faca de volta no bolso e continuou a busca.

No bolso seguinte, encontrou pergaminhos dobrados em quadradinhos, cada um com um selo diferente, já rasgado — um círculo vermelho e dourado, e outro com uma árvore sem folhas na tinta preta.

Ela desdobrou um, que revelou dois papéis. Uma escrita sinuosa, no topo, dizia:

LEONINE FIEZEL
5O, 10P, 15C
VoM

No segundo papel, um rascunho, que ela já havia visto antes: o desenho de uma pessoa careca sorrindo.

Ela abriu outro, e outro, e depois mais dois, e descobriu que todos traziam nomes e denominações. Alguns possuíam desenhos, outros não — nesses casos, havia uma breve descrição. Aurelie pensou nas suas consultas com Iliana — *o homem tem uma cicatriz acima do olho esquerdo; esta senhora usa um chapéu com pena de pavão.*

Eram recompensas.

Aurelie encarava uma quando Iliana enfim voltou. Ela tropeçou quando entrou no quarto, e ao fechar a porta, não foi tão silenciosa quanto provavelmente gostaria.

— Iliana?

— Sim, estou aqui — sussurrou ela, alto demais.

— Está bêbada?

— Eu? Nem um pouco. — Ela se abaixou, mexendo nos cordões de suas botas. — É que o vinho do sul é bem melhor. Precisava tomar uma taça.

— Uma taça?

— Ou duas. Aquele vinho quente do norte... não é pra mim. O daqui é bem mais fresquinho. Este tinha um... — ela lutava com os cadarços, sem saber como desatá-los — ... buquê esplêndido.
— Um o quê?
— Deixa pra lá. Você está brilhando... Percebeu?
— Percebi.
— Digo, literalmente, não metaforicamente.
— Aham.
— Não que você não tenha seus momentos "brilhantes".
— Tenho?
— Ocasionalmente. Muito raro. — Ela se sentou ao lado de Aurelie, desamarrando uma das botas e chutando-a para longe, depois, partindo para a outra. — O que você tem aí?
Aurelie levantou uma das recompensas.
— Fuçando no meu casaco, é?
— Estava procurando um livro para ler.
— Quinto bolso do lado esquerdo.
— *Blaise o Salteador?*
Iliana assentiu.
— Ele não merece Isadora. Sinceramente, o pai dela está armando um desastre nessa pousada. Ela devia entregar o Blaise para as autoridades, pegar a recompensa e abrir a própria pousada em outro lugar.
Aurelie abriu um sorrisinho.
— Quem temos aqui? — Iliana espiou o papel nas mãos da outra.
— Ah. Ele.
Era o desenho de Elias Allred. E o valor da recompensa, algo que Aurelie não ficara sabendo até então.

30000O, 50000P, 80000C, *VoM*

— Trinta mil moedas de ouro. — O valor era inimaginável. — Cinquenta mil de prata. Oitenta mil de dobre.
— Sim — Iliana assentiu sem emoção.
— E *VoM*, o que significa?
— Vivo ou morto.
Aurelie falou devagar:

— Tipo, morto se for encontrado morto ou... morto porque... você o matou?

— Encontrado morto. — Iliana parecia horrorizada. — Nossa, depois de todo esse tempo que já passamos juntas, não pensei que precisaria explicar que meu negócio não é assassinato.

Aurelie se sentiu boba.

— Você já encontrou algum...? — Balançou a cabeça. — Não, deixa pra lá. Não quero saber.

Iliana pegou o papel dela.

— Se encontro alguém nessa condição, não dispenso a recompensa. E, enfim... — Ela observou o desenho. — As pessoas querem saber, de qualquer modo. O paradeiro de quem buscam, que fim levaram. — Engoliu em seco. — Bem, essa localização em particular está sendo um desafio, como você bem sabe.

— Você acha que ele está morto?

— Não sei — disse Iliana com surpreendente sinceridade. — Não o encontramos nas buscas, o que pode indicar que sim. Você mesma disse que os mortos não podem ser encontrados desta maneira. Embora suspeito que tenha dito isso só para me despistar.

Estava tudo quieto e confortável com apenas aquele brilho laranja nas pontas dos dedos, então Aurelie não se importou de parecer encabulada.

— Foi.

— Não posso culpá-la. Às vezes, eu sou... como é que minha mãe diz mesmo? Um martírio.

— Eu devia andar com uma garrafa de vinho do sul sempre comigo. Raramente você é tão sincera.

— Eu sou sincera até demais. Você é quem esconde as coisas.

Aurelie não disse mais nada.

— Enfim. — Ela colocou de lado a recompensa de Elias Allred. — Sendo os mortos localizáveis ou não, nós duas já sabemos que Elias Allred não dá em nada. Ele simplesmente... desapareceu. — Ela pegou outro pergaminho. — Já esse aqui, por outro lado — Iliana segurou o papel de LEONINE FIEZEL —, eu o encontrei em três horas.

— Como?

— Foi você. Que me falou que ele estava em um cômodo de chão branco e teto dourado. Lembra?

Aurelie lembrava.

— Eu sabia que era a taberna em Upper Abling. Tinha estado lá uma semana antes. Esse é o lance todo da busca, precisa de uma interpretação confiável. — Iliana começou a dobrar o pergaminho de volta em um quadradinho. Aurelie pensou se vinham assim ou era mania dela. — Meu irmão se acha o cientista, e diz que não basta coletar dados... que é preciso saber interpretá-los. Sorte a nossa, Padeira, que você é muito boa na busca, e eu, na interpretação.

— Você tem um irmão?

— Sim. Ele é insuportável.

— Só um?

— Só. — Iliana olhou para ela. Estava corada, principalmente no alto das maçãs do rosto. Era estranho vê-la assim. — E você? Algum outro padeirinho correndo por aí, fazendo tortas e iluminando as coisas?

— Só eu.

— Você não vê muito seus pais, né? — perguntou Iliana, e Aurelie fez que não. — Sente falta deles?

— Não.

— Eles sentem a sua?

Aurelie deu um sorrisinho.

— Não. — Ela não sabia o que a levou a continuar. Talvez o silêncio. Aquela abertura incomum na expressão de Iliana. — Meus pais nunca entenderam muito bem o porquê da minha existência.

Iliana franziu a testa.

— Como assim?

Aurelie deu de ombros.

— Eles nunca foram cruéis ou negligentes, nada disso. Eram amorosos, sim, mas meio... despreocupados. Gostam de ir ao pub, viajar, apostar. Eu não me encaixava na vida deles, sabe? Então eles me mandaram para a escola assim que completei a idade mínima, e suponho que me manteriam lá ao máximo se o dinheiro não tivesse acabado. Você descobriu sobre isso quando me investigou? A viagem inesquecível que marcou o fim da minha educação?

— Não. — Aurelie tinha certeza de que Iliana não admitiria sob outras circunstâncias. — Só sabia que você tinha deixado a escola para se tornar aprendiz.

Fizemos planos para uma viagem inesquecível, querida! Vamos passar o inverno todo fora e pensaremos muito em você. Foi uma das últimas cartas que Aurelie recebeu de seus pais, ainda na escola. Na verdade, a viagem inesquecível foi bem maior do que deveria ter sido, e Aurelie teve que arcar com as consequências. Era estranho pensar que as pessoas diziam que apenas a mágica tem consequências, quando, na verdade, tudo tem.

Aurelie examinou as mãos.

— Não os culpo. Não mesmo. Às vezes, as pessoas não conseguem se salvar de si próprias.

Houve silêncio por um momento. Apenas o som da respiração do príncipe, o farfalhar de seu movimento ao virar de lado.

E então Iliana pegou um dos quadrados e o entregou para Aurelie.

— Aqui. Por que não fica com esse?

Era a recompensa de Elias Allred.

— Por quê?

Ela deu de ombros.

— Pode praticar. Se encontrá-lo, fica com as trinta mil moedas de ouro.

Aurelie o analisou por um instante.

— O que aconteceu com ele?

— Não faço ideia. Por isso a busca. Meu Deus, achei que você estivesse ouvindo.

— Quais foram as *circunstâncias do desaparecimento*? — indagou Aurelie, seca.

Iliana já era normalmente irritante, bêbada então... difícil.

— Ele estava viajando com Copperend quando desapareceu — disse Iliana enquanto bocejava. — Por Underwood, claro.

— Por que "claro"?

— Onde mais as pessoas desaparecem?

— Bem, nós não desaparecemos.

— Nosso caso é diferente. Quad estava com a gente. E tinha eu, e você. E Desafortunado para levantar o moral.

Como em resposta, o príncipe roncou bem alto.

— Verdade — falou Aurelie depois de uma pausa. — E tínhamos seu arsenal, se necessário.

— Meu arsenal?

— Encontrei algumas das suas armas enquanto procurava o livro.

— Ah, sim. Bem. Estar preparada é crucial. Nunca se está elegante, nem armada demais.

— É o que dizem?

— É o que eu digo.

Aurelie sorriu brevemente, mas depois desviou o olhar.

— Uma faca em particular era... diferente. A que tinha o cabo preto?

— Era de se esperar que encontrasse, não? — Iliana enfiou a mão no casaco e, depois de um tempo procurando, tirou de lá uma estranha faca com gravações.

— De onde é? E por que é...

— Perturbadora? — completou Iliana. — Ainda bem que não sou só eu. Pensei que minha incapacidade mágica poderia... Bem, enfim... Essa é uma Faca Impossível.

— Como assim?

— Armas impossíveis têm mira certeira. Nunca erram. E se estiver prestes a dizer: "isso é impossível", a resposta é sim... daí que vem o nome.

— São encantadas?

— Muito.

— Onde a conseguiu?

— Peguei. Na emboscada.

— Quê? Por quê?

— É uma prova, claro. E eu queria.

— Ah, claro.

— É difícil encontrar uma dessas — acrescentou Iliana, na defensiva. — Uma combinação de preço e raridade que a torna inalcançável para uma colecionadora de armas finas como eu.

— Por que os agressores teriam armas Impossíveis?

A expressão de Iliana ficou séria.

— Queriam matar o príncipe.

— Mas não mataram. Erraram. Como uma faca de mira infalível pôde errar?

— Não sei, e isso anda me perturbando. — Iliana observou a faca por um instante, sua lâmina refletindo o brilho dos dedos de Aurelie, e então a guardou. — Um mistério para outro dia. Comentei que você está brilhante, Padeira?

— Já.

— Meu Deus, se fosse para todo mundo dormir no chão, era melhor termos ficado lá fora. — Iliana se ergueu, meio bamba. — Ele é cavalheiro demais, e você, teimosa demais.

— Fique à vontade, durma na cama, Iliana.

— E vou mesmo — disse ela, imediatamente se atirando em cima do cobertor.

Catorze

Na manhã seguinte — nem tão cedo assim para Aurelie, acostumada a acordar antes do nascer do sol —, o grupo deixou a pousada e avistou uma dupla de guardas do palácio no fim da rua.

Os dois conversavam com uma mulher e apontavam um pergaminho, gesticulando algo que parecia se referir à altura de alguém.

— Quer apostar que é uma imagem sua, príncipe? — murmurou Iliana.

Aurelie flagrou Quad observando Desafortunado com olhos semicerrados, como se verificasse se a altura dele correspondia àquela indicada.

— Espero que não a oficial — disse Desafortunado. — O retrato que fizeram de mim quando completei dezoito anos ficou terrivelmente...

— Ah, pelo amor de Deus, vai começar... — disse Aurelie, embora se divertisse um pouco com a história.

— Não chegaram nem *perto*.

— Bem, espero que não cheguem perto mesmo — disse Iliana, e silenciosamente seguiram na direção contrária.

No entanto, ao virar a esquina seguinte, foram recebidos pela visão de outra dupla de guardas debatendo algo. Antes que pudessem voltar, um deles fixou o olhar nos quatro.

O coração de Aurelie subiu até a garganta.

— Não se preocupem — falou Desafortunado, baixinho, e marchou até os guardas com um "olá, amigos" em alto e bom som.

Como uma pedra numa lagoa, o coração de Aurelie afundou rapidamente.

— O que ele está fazendo? — gemeu Iliana.

— Que dia lindo hoje! — exclamou Desafortunado ao se aproximar dos guardas. — Essa é a melhor estação nas Terras da Campina, não?

Um guarda parecia estar na meia-idade, com uma barba ruiva ficando grisalha. A outra era mais jovem, uma mulher alta com um rosto largo. Ambos olhavam Desafortunado com cautela.

— Muito lindo — concordou o homem.

— Então, o que os traz ao nosso humilde vilarejo? — perguntou Desafortunado, apontando para o pergaminho nas mãos da mulher, antes de tomá-lo delas. — Posso? Obrigado... Ah, que rapaz bonito. — Os olhos de Desafortunado se arregalaram. — É o príncipe? Sabe, ouvi dizer que ele é ainda mais bonito ao vivo. Esse retrato à moda antiga não costuma...

— Senhor... — começou a mulher.

— Ele está desaparecido? — Desafortunado pareceu chateado de repente. — Que notícia péssima. Sabe, o povo estaria bem mais familiarizado com o rosto dele se estivesse em uma moeda. Na minha opinião, ele combinaria muito com uma de cobre.

— Estamos de fato procurando...

Desafortunado baixou o pergaminho.

— Como posso ajudar? Me digam o que fazer. Tudo a serviço da coroa. Uma honra, de verdade, tê-los aqui em nosso cantinho do Reino. Acham mesmo que o príncipe está por aqui? Quem diria! Realeza passeando pela rua! Unha e carne com nossos amigos e vizinhos!

O homem olhou para Aurelie, Iliana e Quad.

— Posso saber... — começou ele.

— Minha linda família, é claro — disse Desafortunado, abanando a mão. — Mamãe, e minha esposa, e nossa querida menininha...

O que você está fazendo?! Aurelie queria gritar. Sentiu Iliana enrijecer ao lado dela.

— Completou seis anos nesta primavera! Dá oi para os guardas, querida — pediu Desafortunado, e, ao lado de Aurelie, Quad levantou um pouco a mão. — Ah, vejo que ficou tímida diante de verdadeiros guardas do palácio! — Desafortunado olhou de volta para os dois, sorrindo amigavelmente, embora Aurelie notasse uma faísca em seus olhos. — Vocês são verdadeiros guardas do palácio, não?

— Sim, é claro...

— A gente fica sabendo de cada coisa. Tudo quanto é tipo de impostor, crimes... Por favor, me contem no que posso ajudar. Devo ir de porta em porta com isto?

— Está tudo bem...

— Sou muito bem relacionado neste vilarejo. Posso reunir uma assembleia...

— Não é necessário.

— Precisam de comida, bebida? Repouso? Nossa casa é bem pequena... Mamãe dorme debaixo da escada, coitadinha! Mas ficaremos felizes em acomodá-los... Seria uma honra, na verdade...

— Senhor...

— Chega de formalidades! Meu nome é Bastian, e estou encantado por servir de embaixador para vocês aqui...

Quando a mulher falou, foi rápida e impaciente:

— Estamos apenas buscando informações sobre o paradeiro do príncipe.

— Não posso dizer que tenho alguma no momento, mas posso trabalhar nisso! Como posso contatá-los depois da minha investigação?

— Acho que temos tudo sob controle...

— Bem, acho que não, já que o príncipe está desaparecido.

O homem ficou irritado.

— Sim, mas não por culpa nossa...

— Não? Onde estavam quando ele foi levado? Na Capital, suponho, protegendo o resto da família real. Suponho que não seja mesmo culpa de vocês, afinal se trata de um trabalho muito exigente...

— Agradecemos pela ajuda — disse a mulher, puxando o pergaminho das mãos de Desafortunado. — Vamos prosseguir.

— Investigar o resto do vilarejo? Posso ir junto?

— Não — objetou ela. — É uma ordem. Fique onde está.

— E fico de vigia aqui? — Desafortunado falou solenemente, cutucando a cabeça. — Entendo perfeitamente.

Os guardas foram embora rapidamente na direção oposta enquanto Desafortunado continuava gritando:

— Voltem ao meio-dia! Vamos comparar nossos achados!

Os guardas desapareceram na esquina.

Desafortunado virou-se para as outras três.

— Bem, eram muito amáveis, não? — disse ele com um sorriso.

Quinze

Desafortunado não sabia explicar, mas isso não era novidade. Havia muitas coisas que ele não sabia explicar — por exemplo, por que ele achava morango uma delícia mas fruta-coração, horrível. Por que algumas coisas (como princípios de magia) entravam por um ouvido e saíam pelo outro, mas certas coisas (como a poesia da Carmine) grudavam na sua mente com clareza permanente.

Como ele havia convencido os guardas a verem o que ele queria que vissem? Não fazia ideia.

Quad ofereceu uma explicação enquanto iam embora correndo do vilarejo para pegar um barco no rio. Iliana liderava o caminho, Aurelie quase na mesma toada, enquanto Desafortunado e Quad seguiam atrás.

— Você os encantou. E com eficiência surpreendente.

Desafortunado sorriu.

— Bem, não é a primeira vez que me dizem que sou encantador. Ao menos, minha mãe costumava dizer...

— Não. Você os encantou com magia.

Desafortunado negou com a cabeça.

— Eu não tenho nenhum domínio de magia, que dirá de magia Incomum.

— Não Incomum — disse Quad. — Só... esquecida. Como a maior parte da magia mortal. Deixada de lado.

Iliana arrumou as passagens para o enorme barco de passageiros, e se sentaram num banco para quatro nos fundos — estavam no teto da embarcação de dois andares, um espaço aberto, cheio de cadeiras, perfeito para o verão —, então, ela olhou para o rapaz e falou:

— Tenta de novo.

— Tentar o quê?

— Usar magia. — Iliana franziu a testa de repente. — A propósito, por que eu era a mãe, hein? Eu pelo menos falei que você era meu irmão.

— Tá, mas isso não foi encanto — disse Quad. — Foi mentira mesmo.
— Dá na mesma!
— Não dá, não — rebateu Desafortunado, e olhou de esguelha para Quad. — Né?
Quad assentiu.
— Tenta.
— Não consigo. Eu nem sei o que fiz.
— Você saiu falando — disse Aurelie.
Ela não tinha falado quase nada desde a cena no vilarejo. Neste momento, observava a água, contemplativa.
— Exatamente — falou Desafortunado.
— Não, quero dizer... foi como um feitiço que você lançou apenas... falando com convicção.
— Tenta de novo, príncipe — incentivou Iliana. — Com convicção.
— Hum. — Desafortunado olhou em volta. — Que dia lindo.
— Bem, isso é apenas constatar o óbvio.
— Estou dizendo, eu não sei fazer isso!
— Conta alguma coisa — disse Aurelie, e quando Desafortunado olhou para ela, havia uma intensidade surpreendente em seus olhos. — Faça com que a gente veja.
Desafortunado balançou a cabeça, perdido. Voltou o olhar para a água e suas margens inclinadas de cada lado. De repente, uma memória surgiu: o aniversário de dezesseis anos de Galante. O rapaz, como era de seu feitio, desejara comemorar com uma *grande regata*. Pequenas reuniões familiares não eram seu estilo. (Nem de Desafortunado, pra falar a verdade. Ele fizera sete anos naquele ano e pedira para celebrar com, em suas palavras, "um espetáculo de pôneis".)
No dia da regata de aniversário, às margens do rio, na Capital, Desafortunado implorara à mãe que lhe permitisse passear no barco de Galante. A rainha negara.
— Vou fazer tudo direitinho — dissera ele. — Vou dar ouvidos ao Galante! Obedecer a tudo!
A rainha apenas dera um sorriso sábio, provavelmente se divertindo com a ideia de Desafortunado obedecer a *alguém*, ainda mais Galante.
Desafortunado olhou para suas companheiras de viagem e depois para a água.

— Que barco lindo — comentou ele, sem pensar.
— Onde?
— Bem ali. — Ele ficou de pé e se aproximou da grade, a brisa soprando seus cabelos. — Branco, com velas douradas, uma coisinha ligeira. O mais recente e na moda, claro, nada abaixo do último modelo vai servir. O irmão dele na proa, dando instruções. O barco passou voando por eles, nem deu tempo de acenar, mas lembrava-se claramente da imagem de Galante, a camisa estufada, a cabeça jogada para trás, rindo.
— Nunca vi um barco tão rápido — murmurou Desafortunado. — Não vamos conseguir acompanhar.
— Não estou vendo nada — disse Aurelie, quase pedindo desculpas, e Quad negou com a cabeça. Iliana olhava a água com cenho franzido.
Desafortunado murchou.
— Claro que não. Eu não sei o que estou fazendo.
Iliana apertou o ombro dele, consolando.
— Não se preocupe, príncipe. Ninguém aqui sabe.

Logo — rápido demais, na opinião de Desafortunado —, a arquitetura de ambos os lados do rio se transformou em algo familiar. Aproximavam-se da Capital.
Ele poderia ter esticado essa jornada. Esticado e muito.
Na infância, Desafortunado às vezes se sentia triste antes de um feriado ou aniversário, e ninguém entendia sua explicação: o fato de começar significar que já estava no final.
A aventura de Desafortunado logo chegaria ao fim, o que basicamente significava que já tinha acabado.
Ele tentou afastar a melancolia ao caminhar pelo barco para esticar as pernas. Encontrou um cantinho recluso no andar debaixo para observar a água. Para ter *grandes ideias* em solidão, como sonhara fazer na sua missão. Mas nenhum pensamento seu parecia grandioso.
Ele observava o topo dos prédios da Capital se aproximando quando Aurelie chegou perto dele e se apoiou na balaustrada.
— Eu não ficaria preocupada — disse ela.
— Hum?
— Com o encanto. Por não ter conseguido repetir.

Essa não era a preocupação principal de Desafortunado, mas havia isso também. Aquele momento mágico incomum.

— Mas é estranho, né?

Aurelie deu de ombros.

— Todo mundo começa fazendo magia que não compreende. Esse é o ponto do teste da pena, não? Simplesmente... acontece. A compreensão vem depois. — Ela olhou para a água. O barco a cortava lentamente, deixando em seu rastro um caminho de espuma. — Sempre pensei nas pessoas cujos testes não eram investigados. Pessoas que eram mágicas, mas nem sabiam direito. Ou não ligavam. — Fez uma pausa. — A srta. Ember, a professora que lia Carmine, sabe? Ela achava magia importante. Me ensinou tudo que sabia. E eu serei sempre grata a ela por isso.

Desafortunado olhou para Aurelie.

— Você é quem devia estar estudando magia. — Era a verdade. — É um desperdício comigo.

— Está com pena de si mesmo?

— Talvez, um pouco. — Ele contorceu os lábios. — Mas não quero que a aventura acabe. Não seria bom continuarmos?

Aurelie não respondeu. Quando Desafortunado olhou para ela, sua expressão era indecifrável.

— Não é uma aventura... E se for, a aventura é entregar você de volta.

— Então, melhor eu arranjar outra aventura.

— Talvez todas as boas aventuras sempre cheguem ao fim. — Ela sorriu de leve. — Talvez seja isso que as torne tão boas.

— Ah, sim. A beleza no efêmero e tudo o mais.

Aurelie fez uma careta.

— Que foi?

— Minha mãe falava algo assim. Talvez eu seja mais parecida com ela do que imagino. — Aurelie se endireitou. — Vou tentar me redimir. Há beleza no efêmero, sim, mas também há beleza na permanência, não?

— Você quer dizer... em construções e monumentos, algo assim?

— Pode ser. Mas essas coisas também podem desmoronar.

— O que é realmente permanente, então? Amor?

Ela caiu na risada.

— Eu diria que o amor é o menos permanente.

— O que você diria então?

Ela balançou a cabeça.

— Desculpa. Eu... — Parecia envergonhada. — Não sou autoridade no assunto. Mas às vezes acho que não saberia reconhecer o amor nem se ele estivesse bem debaixo do meu nariz.

Desafortunado pensou no que Aurelie dissera sobre seus pais para Iliana, na última noite na pousada: *Eram amorosos, é claro, mas também... despreocupados.*

Ela não sabia que Desafortunado estava acordado naquela hora. Ele não estava *bisbilhotando*, de forma alguma, só estava acordado e acabou ouvindo. Impossível evitar essa situação num quarto tão pequeno, não podia se sentir culpado.

E também não poderia se sentir culpado por querer saber mais sobre Aurelie. Ou pelo aperto no peito que sentia ao pensar em como ela falava de forma sensata sobre os pais que não davam bola para ela, sobre uma infância em que vinha em terceiro lugar depois de viagens e apostas.

Quando Desafortunado olhou para ela outra vez, os olhares se encontraram. Por um momento, ele sentiu...

E de repente os olhos dela se desviaram para algo atrás dele e se arregalaram.

Desafortunado franziu a testa.

— Que foi?

— Há guardas esperando no ancoradouro — disse ela baixinho. — Não olhe! — Ela agarrou Desafortunado pelos ombros quando ele ia se virar. — Olhe para mim.

O barco desacelerou, aproximando-se do píer.

— Tá tudo bem — disse ele. — Estou disfarçado.

Aurelie balançou a cabeça lentamente.

— Está começando a sumir.

— Está? A cor do meu cabelo? — Ele fez uma careta. — Tá ruim?

Aurelie o ignorou.

— Tenta usar sua magia de novo. Precisamos de um disfarce.

— Não vai funcionar.

— Com essa atitude, não mesmo. — Aurelie apertou ainda mais o ombro dele. — Estão olhando pra gente. — E depois: — Por favor, me desculpa por isso.

E então o beijou.

Dezesseis

Desafortunado estava sendo *beijado* — por Aurelie —, e, num instante, ele a beijou de volta.
    Era uma sensação... bem, as palavras não...
    Cada pedacinho dele se acendeu. Ele havia lido histórias sobre beijos que salvam vidas. Sobre o *beijo do amor verdadeiro*. Certamente aquele beijo era um desses casos. Certamente eram bem assim...
    Uma de suas mãos subiu até o cabelo de Aurelie.
    — Perdão! — falou alguém ali perto.
    Afastaram-se, e, por um segundo, tudo que Desafortunado podia ver era o rosto de Aurelie, olhando para ele com olhos brilhantes, o castanho quente como mel. Desafortunado soube naquele instante que jamais enjoaria dessa cor.
    Ela piscou, e então o olhar dela foi na direção de quem havia falado. Ela respondeu:
    — Pois não?
    A voz saiu tão sem fôlego quanto Desafortunado se sentia.
    Uma guarda uniformizada estava no deque próximo, com uma expressão de diversão e reprovação.
    — Vocês viram duas pessoas passando? Uma de casaco? A outra era Incomum?
    — Não. — A voz de Desafortunado soou estranha a seus ouvidos. Ausente. — Ninguém.
    — Acho que vocês não notariam nem se tivessem passado — disse a guarda. — Está meio cedo para cortejar, sabia?
    — O amor não sabe ver horas — declarou Desafortunado, sem pensar.
    A expressão da guarda pendeu definitivamente para a diversão.
    — Mesmo assim. Não é apropriado.

— Sim, senhora.
— Se eu passar aqui outra vez, não verei mais os dois, certo?
— Certo — concordou Aurelie.
— Vamos encontrar um lugar mais discreto — acrescentou Desafortunado, e levou uma cotovelada de Aurelie.
A guarda apenas sorriu.
— Claro que vão. — E partiu.
Por um momento, os dois apenas ficaram ali parados. O coração de Desafortunado martelando no peito, embora ele não soubesse se por conta da ameaça de ser descoberto ou...
Aurelie deu um passo, ficando mais longe do que ele gostaria.
— Me desculpe — disse ela. — Eu não...
— Você sentiu? Isso foi... Eu nunca... — Havia pensamentos demais na mente do príncipe. A preocupação no rosto de Aurelie. A sensação de seus lábios. — Aurelie. — Ele queria rir. — Isso foi... Quero dizer, foi...
— Mágico — completou ela.
— Sim!
— Não, quero dizer, *foi* magia. Eu... enfeiticei você. Foi um encanto.
Desafortunado piscou.
— O quê?
— Sinto muito. Não foi por mal. — Ela balançou a cabeça. — Não pensei muito, eu só queria disfarçar a gente, e devo... coloquei um pouco de magia. — Ela deu um sorriso torto ao olhar para ele. — Você vai me odiar em dobro daqui a uma hora.
— Claro que não.
— Psiu — falou alguém, e ambos viraram. Quad acenou do outro lado do deque. — Por aqui — sussurrou ela.
Iliana estava agachada bem atrás. Aurelie foi até elas imediatamente. A Desafortunado restou segui-las.

Dezessete

— **F**omos avistados quando o barco atracou — explicou Iliana enquanto costuravam as ruas pelo distrito do porto.
 Camuflados pela multidão desembarcando na Capital, conseguiram despistar os guardas.
— Falei pra você tirar o casaco — disse Aurelie.
— E eu falei que isso não fazia nenhum sentido.
— É verão! Você de casaco chama toda atenção!
— Não vamos colocar culpas desnecessárias em peças de roupa. Escapamos em segurança, não?

Aurelie não respondeu. Na verdade, escapar por pouco não era o que pesava em sua mente. Não conseguia parar de pensar no beijo.

Ela havia *beijado* o *príncipe*.

Não fora algo premeditado. Nem um pouco. Na verdade, Aurelie nunca tinha feito nada na vida com menos planejamento do que encostar seus lábios nos de Desafortunado.

E a sensação que deu...

Desafortunado tinha razão. Fora mágico e deve ter sido mesmo, porque o príncipe não teria ficado tão comovido por um beijo — pelo *seu* beijo — sem ajuda de magia.

Aurelie sentia-se culpada. Ela só quisera manter Desafortunado fora da vista dos guardas. Só isso. Uma distração. Um disfarce. E claro que sem querer ela lançou um encanto.

Só de lembrar, seus lábios formigavam.

A partir do porto, seguiram para terra firme, onde as construções eram grudadas umas nas outras, e ruas de pedra se ramificavam em alamedas estreitas. Atravessaram um bairro comercial agitado que aos poucos foi se transformando em área residencial, com casas grandes cercadas por jardins bem-cuidados.

Foi Iliana que os interrompeu na rua que levava ao palácio para dizer:
— Você fica por aqui, então, príncipe.

Desafortunado ficou surpreso.
— Nada disso. Certamente vocês irão até o palácio. Todas vocês. É o mínimo que posso fazer para retribuir. Serão minhas convidadas.
— Convidadas acusadas de sequestro? — questionou Quad.
— Agora que estamos aqui, vou explicar o que aconteceu. Não será problema.

As três trocaram um olhar.
— Eu *gostaria* de conhecer um palácio — admitiu Quad. — Invenção mortal e tal. É o auge de sua arquitetura.
— É, sim! O auge! — concordou Desafortunado. — Iliana? Aurelie?

Aurelie olhou o príncipe e não conseguiu lidar com a franqueza — a esperança — que viu nele.

Era uma péssima ideia, claro. Mas não podia evitar.
— Tudo bem.

Desafortunado sorriu. Olhou para Iliana com olhos faiscantes.
— Sabe, acho que Lady Alma deve estar por lá.

Iliana revirou os olhos.
— Você é muito óbvio, sabia?
— Eu sei. É uma das minhas qualidades.

Iliana sorriu de má vontade.
— Está bem, príncipe. Você vai na frente.

᎗

Tudo no palácio era grandioso, embora Aurelie já esperasse por isso. Porém, nada poderia tê-la preparado para o nível de detalhe: os tetos com afrescos, o chão imaculado, as cortinas suntuosas de veludo com grossos cordames dourados, as elaboradas arandelas de cristal. O valor de uma maçaneta certamente alimentaria uma família no vilarejo de Aurelie por meio ano.

Aurelie, Iliana e Quad seguiram Desafortunado por uma série de corredores largos, com tetos altos e abobadados, enquanto ele detalhava o ambiente ("Este afresco foi restaurado recentemente, apesar do esforço contrário de minha irmã, que diz que é horrível") e apontava pontos interessantes ("Foi bem aqui que vomitei na Duquesa Piedosa quando eu tinha cinco anos. Ela não ficou contente, mas ficou surpresa, o que já é alguma coisa!").

Atravessavam um lobby central quando uma mulher emergiu de uma arcada oposta. Ela usava um vestido maravilhoso de seda cor-de-rosa, repleto de laços e bordados e pequenas joias redondas que reluziam. O cabelo castanho-escuro estava preso em um penteado elegante. Ela parou ao ver o príncipe, depois andou até ele graciosamente.

— Vossa Alteza — disse, fazendo uma reverência profunda.

— Duquesa Brilhante. — Desafortunado inclinou a cabeça.

A mulher se endireitou, e seu olhar fez uma varredura em todas, pousando em Iliana.

— Querida, não esperava por você.

— Só vim entregar o príncipe — respondeu Iliana, com uma nota de petulância que Aurelie nunca ouvira em sua voz.

A autoconfiança, a segurança e o gingado costumeiros tinham evaporado. De repente, Iliana parecia... repreendida, como uma criança flagrada comendo doce antes do jantar.

— Bem, não é assim que se fala da Sua Alteza Real, é? — indagou a duquesa.

— Eu vim entregar *Sua Alteza Real* — retrucou Iliana, enfatizando as palavras, e acrescentou, baixinho: — O príncipe.

— Ora, já não estamos mais nesse ponto — disse ele. — Desafortunado está bem.

As elegantes sobrancelhas da Duquesa Brilhante se ergueram.

— Que bom saber que estão tão... íntimos. — Ela parecia se divertir com aquilo. — E que bom saber que está bem, Alteza. Ouvimos cada coisa horrível sobre seu paradeiro.

— Estou muito bem — confirmou Desafortunado com um sorriso estonteante. — Nem um pouco sequestrado, e muito menos morto.

Ao lado de Aurelie, Quad emitiu um ruído que poderia ter sido o início de uma risada.

A duquesa não pareceu notar, e se virou para Iliana.

— E você? Não vai dar um beijinho na mamãe? Ou já virou *independente* e *cosmopolita* demais para isso?

Iliana bufou baixinho, e respeitosamente se aproximou e beijou o ar ao lado da bochecha da duquesa.

Para Aurelie, foi mais uma confirmação do que uma surpresa. Claro que Iliana era da nobreza; só isso justificaria sua atitude. Qualquer outra pessoa certamente teria que ter trabalhado por anos para chegar onde ela estava mesmo sendo apenas um pouco mais velha que Aurelie. Autossuficiente e fazendo o que lhe desse na telha, ela já se aventurava pelo Reino. Havia uma leveza em Iliana, algo que Aurelie não conseguiu definir antes, que exalava a ausência de fardos — financeiros ou sociais.

Iliana não olhou para Aurelie nem para Quad ao se afastar da duquesa. Em vez disso, seu olhar dirigiu-se a um jovem que se aproximava. E então revirou os olhos com mais força do que Aurelie pensava ser possível, parecia até acometida por uma possessão demoníaca.

O jovem usava belos colete e paletó pretos, bordados em prata. O cabelo caía logo acima dos ombros, macios e brilhantes, e seu rosto era bonito, sua postura cheia de si. Ele se aproximou de Iliana e da duquesa com braços abertos.

— Desafio — falou a duquesa com carinho ao abraçá-lo. — Sua irmã acabou de chegar.

Iliana fez uma cara feia.

— Que maravilha! — disse Lorde Desafio. — Uma reunião de família.

— Tenho certeza de que você está adorando — murmurou Iliana.

— E a quem devo o prazer de conhecer? — Ele voltou-se para Aurelie e Quad, desviando de Desafortunado com um leve meneio de cabeça. — Vossa Alteza.

— Esta é Quad, e Aurelie, a Padeira, ambas do Reino Setentrional — informou Iliana.

Desafio se inclinou diante da mão de ambas. Permaneceu um pouco mais de tempo sobre a de Aurelie, encarando-a com persistência. O beijo que pousou sobre a mão dela fez algo dentro de sua barriga se revirar. Ficou aliviada quando ele largou sua mão.

— Os amigos da minha irmã são meus amigos.

— Ah, sério? — disse Iliana com alegria fingida. — Nesse caso, não vou mais apresentar meus amigos.

— Pare com isso — ordenou a duquesa. — É raro para seu irmão conhecer gente nova. Ele passa tempo demais com livros e experiências.

— É estudante? — perguntou Desafortunado.
Desafio lhe lançou um olhar estranho.
— Sim. Na universidade. Fizemos o curso de redação iniciante juntos.
Desafortunado olhou-o vagamente.
— Ah, sim. — Depois olhou com mais afinco. — Você ficava perto da janela, certo?
A expressão do lorde azedou.
— Sim, eu mesmo.
— Não se preocupe, príncipe — disse Iliana. — As pessoas sempre dizem que o rosto de Desafio não é *memorável*.
Aurelie duvidava muito. Lorde Desafio era muito bonito, assim como Iliana.
— Vossa Alteza se sentava na frente, não? Para *absorver* o conhecimento, imagino?
— Desafio... — começou Duquesa Brilhante.
— Talvez se sentasse perto demais — Desafio não parou —, por isso o conhecimento — ele fez um movimento ligeiro com a mão — passou reto.
Desafortunado pareceu magoado (não tinha jeito, ele era transparente).
Aurelie falou antes de pensar nas consequências de suas palavras:
— Imagino que tenha se sentado bem na frente nas aulas de etiqueta, Lorde Desafio.
Desafortunado emitiu um som que transformou em tosse.
Desafio olhou para Aurelie enquanto falava com Desafortunado, em um tom afiado:
— Perdão, Vossa Alteza. Estou só brincando.
Iliana se divertia.
— Bem, a conversa está *ótima*, mas precisamos ir, certo? Não podemos deter o príncipe. Muita coisa a fazer e tudo o mais...
— Falando nisso — começou Desafortunado —, preciso fazer as rondas: minha família, o Mordomo etc. Resolver essa confusão de "possivelmente morto", sabem como é...
— Na verdade, não sei — murmurou Quad, e Aurelie sorriu.
— Vou levar você para uma saleta e providenciar algo para comer e beber... — continuou Desafortunado.

— Melhor comermos na cozinha mesmo — disse Aurelie.
Quad lhe deu uma cotovelada.
— Fale por si.
— Eu arranjo tudo — falou Iliana para o príncipe.
— Volto loguinho. — Desafortunado acenou enquanto andava de costas. — É rapidinho!
Observaram-no atravessando o lobby e desaparecendo por uma porta abobadada.
— Também preciso ir — disse Lorde Desafio. — Negócios me aguardam.
Iliana o observou de soslaio.
— Que tipo de negócio?
— O tipo que não é da sua conta — foi a resposta. Ele improvisou uma reverência para as outras duas. — Prazer em conhecê-las. — O sorriso foi meio duro. — Mãe, *querida* irmã, logo terei o prazer de reencontrá-las.
— Não tenha tanta certeza — murmurou Iliana enquanto os passos de Desafio se afastavam. Ela se virou para a duquesa. — Precisamos ir também. Famintas por conta da jornada e tal.
A duquesa franziu a testa.
— Você nunca me disse como...
— Até breve.
— Vai voltar para casa, então?
— Até... mais ver — corrigiu Iliana, e então liderou o caminho para as amigas.
Aurelie olhou mais uma vez para a mulher antes de entrarem por uma porta.
— Nem um pio — instruiu Iliana quando Aurelie se aproximou.
— Você é cheia de surpresas, não é mesmo?
— Isso não foi surpresa nenhuma pra você.
Aurelie suprimiu um sorriso.
— Não mesmo.
— Eu estou um pouco surpresa — disse Quad.
— Ah, é?
— Sim, com o quão mal você disfarçou sua nobreza.
— Fala sério! Eu passo muito bem por uma excêntrica!
Aurelie deu um sorrisinho.

— Uma vez você me disse que *qualquer lar decente precisava ter talheres para toranjas.*
— Ah, isso é senso comum.
— Um dia você sugeriu que eu devia ter um hobby, como *orquídeas.*
— É um hobby muito normal!
— Nem vou falar da questão das corridas de cavalos.
— Só porque eu falei que uma equipe dos Campos Ardentes é *essencial...*
— Sério, você é a pior nobre disfarçada de todos os tempos.
— Pior que Bastian, o príncipe? Balançando os braços na feira e anunciando que as mangas de sua camisa de trabalho ficariam *bem mais chiques* com debrum de renda?
Aurelie não conseguiu mais segurar a risada e soltou um ronco pelo nariz, e a cara de assombro da Iliana valeu a pena.
— Perdão, isso foi *indecoroso,* Vossa Senhoria?
— Juro por tudo que é mais sagrado...
— Não muito cortês, né? — disse Quad.
— Odeio vocês duas.

Dezoito

Desafortunado não diria que sua irmã estava muito *contente* de vê-lo. A expressão no rosto de Honória quando ele apareceu na porta de sua sala de estar foi principalmente de alívio, embora mesclada com um tanto de irritação.

— Surpresa — disse ele, um pouco envergonhado.

— Eu deveria te dar uma bronca — foi a resposta de Honória, antes de atravessar a sala e abraçá-lo, rápido e com força. Então se afastou a um braço de distância, analisando-o com aquele seu jeito direto que o fazia se sentir como uma espécime sob uma lente, espetada para uma observação. — Você está bem?

— Estou.

— Bem mesmo? Nada de maldições, feitiços? Bateu a cabeça? Amnésia...

— Nada.

— Que bom. — Algo em seu olhar suavizou-se. — Não sei o que vamos fazer com você. Sequestrado! — Então, *algo* em seu olhar endureceu outra vez. — E logo antes do anúncio do meu noivado!

— Você ficou noiva? E ninguém me contou?

— Você estava na sua missão! Como íamos contar?

— Uma carta?

— Ah, sim, é claro que eu iria mandar um pobre de um carteiro para aquela selva do norte só para contar que decidi me casar.

— Não tinha nada de *selva*. Nem passamos de Underwood.

— Sim, mas só porque você foi sequestrado.

— Eu não fui *sequestrado*.

— Te emboscaram e te levaram embora, Desafortunado, é claro que você foi sequestrado.

— Por que meus sequestradores seriam meus amigos?
— Isso é comum nos sequestros. Simpatia pelos bandidos. Você ainda deve estar em choque.
— Estou muito bem. Está tudo bem. Até trouxe meus amigos para...
— Você trouxe seus sequestradores pra *cá*?

A criada de Honória, Noelle, entrou com uma bandeja de chá e lanchinhos.

— Honória, elas *não* são minhas...
— É verdade, as sequestradoras estão na ala leste. A Felizia acabou de me contar. — Noelle fez uma reverência para Desafortunado. — Perdoe a interrupção, Vossa Alteza. — Noelle era mais amiga do que criada, e propensa a interrupções.

Desafortunado abanou as mãos.

— Me deixem explicar...
— Já encontrou Galante? — perguntou a irmã, que também era propensa a interrupções.
— Não.
— Vá procurá-lo. Ele ficou muito preocupado.
— Sério?
— Sim, e se tem mesmo certeza de que está bem, vá lá contar tudo a ele. Preciso me preparar para hoje à noite. Adam e sua família estão para chegar, e precisamos causar uma boa impressão.
— Eles é quem deveriam nos impressionar, não?
— Os pais dele são *acadêmicos*. Não se impressionam com títulos de nobreza ou joias ou... — Ela acenou com a mão, indicando o cômodo lotado do melhor e mais recente design de interiores. Ao menos era o que dizia Honória. Desafortunado não seguia a última moda da decoração como fazia no vestuário. — Essa coisa toda. E nem o Adam se impressiona, e é por isso que quero me casar com ele.

Desafortunado pensou por um momento. Talvez Honória entendesse um pouco sobre amor. Não conseguiu se segurar:

— Como a gente sabe que um beijo foi de amor verdadeiro?

Ela o olhou de esguelha.

— Quem você beijou?

Desafortunado ignorou a pergunta.

— Como a gente sabe?

— Sabendo.

— Então, se eu *acho* que é, deve ser, certo?

— Quem você beijou? — insistiu ela.

— Felizia contou que a filha da Duquesa Brilhante é uma das sequestradoras — disse Noelle, prestativa.

— A filha da Duquesa Brilhante... Ah, Desafortunado, sério? Você sabe que não faz o tipo dela.

— Não foi... enfim, só quero saber. Deve ter sentido isso com o Adam.

— Não acho apropriado discutir esse tipo de coisa.

— Você discutiu comigo — soltou Noelle, e Honória olhou feio para ela.

— Vá procurar o Galante — disse a princesa com firmeza, pondo um fim na conversa.

Desafortunado foi até o escritório de Galante. Os aposentos privados da família ficavam na ala sul do palácio. Honória amava essa ala para plantar seus vasos — ela dizia que a luz meridional era essencial. Também continha as melhores vistas. À distância, via-se o rio, que desaguava em uma enorme baía na fronteira austral do Reino. Desafortunado, quando criança, amava observar os barcos compridos navegando.

A porta para o escritório de Galante estava entreaberta. Desafortunado bateu duas vezes até ouvir um "entre" dito distraidamente.

O escritório não esbanjava a decoração de Honória. Não parecia ter mudado nada desde que fora o escritório da mãe — uma mesa enorme em madeira escura em frente a prateleiras de livros que iam do chão ao teto. Janelas largas cobriam uma das paredes, mas Galante costumava deixar as pesadas cortinas fechadas. *A luz do sol estraga os livros*, dizia ele.

Então, mude os livros de lugar, dizia o pai. *A gente precisa de luz.*

A principal mudança foi o retrato da mãe, que Galante, ao assumir o trono, pegara da galeria e colocara no escritório. Tinha sido feito para a coroação da rainha — a rainha tinha apenas vinte anos, o rosto mais redondo do que o que Desafortunado conhecera, os olhos vivos.

Sentava-se a uma cadeira, segurando uma maçã em uma mão e um cálice dourado na outra.

Eu não sabia de jeito nenhum o que fazer com as mãos, dissera ela. *O pintor queria que eu as mantivesse cruzadas, mas era impossível.* A rainha era do tipo que estava sempre em movimento — Desafortunado tinha poucas lembranças de quietude com a mãe (somente as finais, as quais mantinha bem guardadas). *Ele estava quase desistindo quando sua tia chegou para me fazer companhia e compartilhou um lanche comigo!*

Galante era o oposto, mais parecido com o pai. Firme. Imóvel. O melhor na brincadeira de estátua quando eram pequenos. Não que ele brincasse muito — era oito anos mais velho que o irmão, afinal, e sempre soube que seria o sucessor. Desafortunado não conseguia imaginar como era ser o mais velho. Viver a vida — a infância! — sabendo que um dia teria que cuidar de um Reino inteiro. A mera ideia dava frio na barriga. Galante não conseguia sequer ter um bichinho de estimação. A experiência com um gato tinha sido um desastre e o Mordomo precisara adotá-lo.

Galante estava sentado à mesa, coberta por pilhas de livros, rolos de pergaminho e montes de jornais. Desafortunado evitava ler jornais desde que vira um com o retrato dos três irmãos que dizia: o herdeiro, a suplente e o resto. Ele seria o primeiro a admitir que havia um grau de verdade, mas era um golpe duro no ego.

Galante levantou os olhos, voltou a baixá-los, e depois os ergueu rápido ao reconhecê-lo.

— Desafortunado, você voltou.

— Voltei.

Galante ficou de pé num salto.

— Você está... o que aconteceu? Está bem?

Desafortunado assentiu.

— Não foi nada. Bem, foi alguma coisa... teve uma emboscada...

— Ouvi falar. — Galante balançou a cabeça. — Eu disse desde o começo, aquela floresta não é segura. Ser levado do seu séquito assim, em plena luz do dia...

— Mas eu fui embora com minhas amigas. Elas me protegeram. Acharam que ficaria mais seguro com elas. — Desafortunado se aproximou da mesa. — Já interrogou os malfeitores?

Galante franziu o cenho.

— Nenhum deles voltou. Apenas os membros do séquito. Mordomo e os guardas...

— Mas foram *guardas* quem fizeram a emboscada!

— Está me dizendo que seu séquito se voltou contra você?

— Não meu séquito em si, as pessoas que apareceram... — Desafortunado balançou a cabeça. — O Mordomo não contou? Usavam as fardas do castelo. Mas minhas amigas lançaram um encanto que os fez adormecer...

A expressão de Galante era de incompreensão.

Desafortunado ficou arrepiado. Os bandidos em Underwood... o que havia sido feito deles? Como seu séquito *perdeu* os guardas falsos no trajeto entre a floresta e a Capital?

Ou será que os deixaram ir e os guardas falsos tomaram o lugar dos verdadeiros? Se sim, e o...

— Mordomo... Onde ele está?

Galante abanou a mão.

— Por aí, fazendo o que ele costuma fazer quando você está fora.

— Que é?

— Não fico a par da agenda dele — disse Galante com sua voz de *Vossa Majestade*. Uma das piores vozes. — Vamos conversar com ele, se é o que você quer. Talvez você tenha se enganado. Afinal, é propenso a esse tipo de imbróglio, e sabe como você é às vezes...

— Como?

O rosto de Galante se suavizou.

— Com certa tendência à confusão, de vez em quando. É compreensível. Ninguém te culpa...

— Você está sendo condescendente.

— Não estou. Só estou dizendo que, talvez, no momento em que essas suas... *amigas*... chegaram, você tenha ficado confuso...

— As três viram o que eu vi. Pode falar com elas, vieram comigo.

Galante ficou sério.

— Pra cá?

— Sim. Me acompanharam. Fale com elas e verá...

Galante negou com a cabeça.

— Não será necessário. — Ele saiu de detrás da mesa, marchou até Desafortunado e colocou a mão sobre seu ombro. — Vamos resolver essa questão. Por enquanto, esqueça esse assunto.

— Como esquecer?

— Você está de volta, em segurança. Vamos agradecer e nos preparar para o próximo evento traumático.

— Próximo evento traumático?

Galante deu um sorrisinho torto e pareceu mais jovem do que o seu normal.

— O casamento da Honória, é claro. O noivado é só o começo, certo? Logo seremos engolidos por preparativos de todos os tipos. As roupas que ela vai nos obrigar a usar! Os parentes distantes com quem seremos obrigados a conversar!

Desafortunado tentou, mas não conseguiu sorrir de volta.

Dezenove

Aurelie, Iliana e Quad bebiam chá em uma sala de espera de um roxo agressivo. Paredes roxas, tapete roxo e móveis roxos. Havia até uma enorme pintura de uma mulher com vestido de cetim roxo. Aurelie ficou pensando se tinha sido encomendado especificamente para aquele cômodo, ou era ele a inspiração. Havia algo encantador na expressão da mulher de roxo, como se ela soubesse de uma fofoca excelente e estivesse prestes a contar.

Aurelie observava o quadro enquanto as três devoravam os sanduíches que lhes foram servidos. Ela estava no seu quinto lanchinho de pepino quando Iliana a olhou com uma xícara quase tocando os lábios.

— Vamos falar do assunto? — disse ela antes de um gole.

— Que assunto?

— O beijo no príncipe.

Aurelie quase derrubou a comida.

— Como você...

Iliana pousou a xícara no pires com mais delicadeza do que Aurelie pensava que ela fosse capaz.

— Sério, Padeira? Já devia ter sacado que sou vidente. Onisciente. Claro que eu vi.

— A gente estava à procura dos dois — explicou Quad entre duas bocadas num doce.

— Foi uma tentativa de disfarçar nossa presença — disse Aurelie.

Iliana estava se divertindo à beça.

— Usando a boca?

Aurelie ficou vermelha.

— Eu entrei em pânico, ok?

Houve uma batida na porta. Um mensageiro anunciou:

— O mordomo do príncipe.

O homem da floresta — pai de Elias Allred, de acordo com Iliana — apareceu e as cumprimentou com uma leve reverência.

— Agradeço por trazerem Sua Alteza ao palácio. Como podem imaginar, o retorno dele em segurança era nosso desejo.

— Ah, sim, *nosso* desejo. — Quad ergueu a xícara no ar, e Aurelie quase engasgou com uma risada.

Mordomo parecia inabalável.

— O príncipe ter chegado justo hoje foi uma bela coincidência, pois a Princesa Honória planeja anunciar formalmente seu noivado.

Aurelie olhou Iliana, que parecia um pouco surpresa. *Vidente e onisciente o caramba*, pensou.

— Sua Alteza tem compromissos familiares — continuou o homem. — Ofereço transporte para onde quiserem. Depois do jantar, é claro, estarei ao seu dispor.

Iliana franziu a testa, mas assentiu.

— Certo.

— A senhoria é convidada para o baile de noivado — acrescentou Mordomo, inclinando a cabeça na direção de Iliana.

A expressão de Iliana endureceu.

— Prefiro arrancar meus olhos com uma...

— Obrigada — falou Aurelie — pela hospitalidade.

Mordomo fez outra reverência e saiu.

— *Senhoria* — disse Quad, zombeteira.

— Chega. — Iliana estava com um olhar perigoso ao se levantar e enfiar uns bolinhos no bolso. — Vamos embora daqui.

— Mas ele disse que podemos ficar para jantar e que está ao nosso *dispor* — lembrou Quad.

— Na linguagem da realeza, isso significa "vão embora o quanto antes".

— Mas Desafortunado falou que ele iria... — começou Aurelie.

— Agora ele está com a gente dele, Padeira. Não leve para o lado pessoal.

— Mas e a emboscada em Underwood? Ele está seguro aqui?

Iliana pareceu em conflito por um momento, depois negou com a cabeça.

— Tenho certeza de que o rei irá investigar. Nada acontecerá ao príncipe.

Mesmo sabendo que Iliana devia estar certa, Aurelie ficou apreensiva. E, por trás disso, decepcionada. Iriam embora sem rever o príncipe. Sem nem se despedir.

Não devia importar, mas importava.

Vinte

Desafortunado estava a caminho de encontrar as amigas quando foi interceptado pela criada de Honória.

Sua mente estava ocupada pela conversa que acabara de ter com o Mordomo. *Não me lembro de ter levado os criminosos*, dissera ele quando Desafortunado o encontrara. *Me lembro apenas do grupo que o levou.*

Não fui levado. *Fui por vontade própria...*

Quando magia Incomum está envolvida, não dá para ter certeza.

Talvez tenha sido o que Aurelie dissera: a magia de Quad tinha voltado e deixado o Mordomo duas vezes mais desconfiado. Talvez tenha afetado a memória dele. Mas ele parecia convencido de que Desafortunado ficaria seguro no palácio. *Tenho certeza de que seu irmão fará de tudo pela sua segurança.*

Desafortunado nem notou Noelle se aproximando. O tom mal-humorado de seu "Vossa Alteza" demonstrava que ela estava chamando a atenção dele fazia tempo.

— Sim?

— Lorde Adamante e os pais dele chegaram — explicou ela, apressada. — Sua Alteza está alterada. Ela me mandou procurá-lo.

Desafortunado cumpriu seu dever e voltou à saleta de Honória, onde agora um jovem de aparência bem cuidada, mas meio ansioso, sentava-se ao sofá. Um casal mais velho estava no sofá diante dele, e Honória sentava-se, endurecida, em uma poltrona dourada.

— Desafortunado — disse ela, com certo excesso de entusiasmo. — Que maravilha se juntar a nós!

Desafortunado achou melhor não apontar que não tinha tido escolha.

— É um prazer.

— Desafortunado, estes são Lorde e Lady Impetuosos, e este é o filho deles, Lorde Adamante.

— Ah, sim, é claro! — disse Desafortunado durante a troca de reverências. Tentou se lembrar de quando Honória falara dele pela primeira vez. — Você e Honória se conheceram... quando ela viajava para as Terras do Leste, certo, Adamante?

— Por favor, Vossa Alteza, apenas Adam.

— Adam, sim, claro.

— Exatamente — continuou Adam. — E desde então trocamos correspondência. — Ele olhou com carinho para a moça. — Pensei que a princesa me acharia ousado demais se mandasse a primeira carta, então, fiquei encantado quando ela iniciou a troca...

Nesse momento, Desafortunado olhou pela janela que dava para o pátio abaixo.

— Adoro correspondências — comentou ele, distraído. Lá fora, via Aurelie, Iliana e Quad atravessando o pátio. — Um manda uma carta, o outro responde... as pessoas vão se conhecendo aos poucos... Adoraria me corresponder também.

— É mesmo?

Quando ele se voltou, a expressão de Honória era tanto de diversão quanto de leve embaraço.

— Perdão? — disse Desafortunado.

— Você estava enumerando as virtudes da correspondência.

— Bem, sim. Foi o que uniu os dois, não? — Desafortunado se aproximou e segurou a mão de Adam com um firme aperto. — É uma honra tê-lo na família, Adam. É um prazer conhecê-los, Lorde e Lady Impetuosos. — Então beijou o rosto de Honória. — Sinto muito, irmã, mas preciso ir. Aguardo o anúncio e coisa tal.

— Desafortunado...

— Sinto muitíssimo!

O lacaio mal conseguiu abrir a porta antes de Desafortunado e fez um esboço de reverência antes que o príncipe saísse correndo pelo hall.

Aurelie se esforçava para não sofrer pelo fato de que provavelmente nunca mais fosse ver o príncipe enquanto saíam do castelo.

E subitamente, como se o tivesse invocado (Tinha? Seria capaz?), Desafortunado apareceu na arcada do pátio, com uma das enormes portas de carvalho batendo atrás dele. Ele correu até as amigas.

— O que estão fazendo? — Ele parou, meio sem fôlego. — Estão indo embora?

— Sim — disse Iliana. — Você tem seus compromissos familiares... Desafortunado agitou a mão.

— Esses compromissos são eternos.

— Bem, mais cedo ou mais tarde, precisaremos levar Aurelie para o norte. Antes que a terrível mentora dela volte.

Os olhos de Desafortunado encontraram-se com os de Aurelie. Havia algo selvagem na expressão dele, sem contar que parecia ter vindo correndo de longe.

— Eu poderia... ter uma conversa a sós... com Aurelie...

As sobrancelhas de Iliana se ergueram nas alturas.

— É, claro.

— Mas... — começou Aurelie.

— Vamos esperar por você perto da fonte — disse Iliana. — Aquela horrorosa com a escultura sem braço.

— Honória quem encomendou essa fonte — contou ele com um sorriso.

— Eu falei horrorosa? Eu quis dizer... esteticamente ousada.

— Isso é melhor que horrorosa? — perguntou Quad.

Aurelie as observou indo, sentindo-se... incerta sobre como se sentia. De repente, acesa por dentro. Consciente de tudo. As mãos penduradas ao lado do corpo, a mancha no avental, os pontos descosturados no sapato esquerdo.

Os olhos de Desafortunado. Castanhos e atentos. E o sorriso titubeante.

— Me desculpa — falou ele. — Fui meio abrupto. Mas... vocês precisam mesmo ir embora agora?

Aurelie assentiu. Sentia-se incapaz de falar. Iliana tinha razão: ela precisava voltar para a padaria. Prolongar as coisas ali não alteraria este fato.

— Você não pode ficar só um pouco mais... — Desafortunado engoliu em seco. —Poderíamos ir juntos para o norte, na minha volta às aulas.

Outra aventura. *Juntos.*

Outra versão do que ele dissera no barco: *Não quero que a aventura acabe. Não seria bom continuarmos?*

Era assustador notar o quanto ela queria isso.

Mas a verdade escapou de seus lábios, um reflexo irrefreável.

— Preciso voltar para a padaria. Tenho que terminar meu curso de aprendiz e...

Desafortunado respirou fundo e se aproximou.

— Aurelie. — Ele pareceu que ia pegar a mão dela, mas hesitou no último instante, e seus dedos envolveram o ar. — Eu... eu sei o que você disse sobre o que aconteceu no barco. Mas não pareceu... — Ele balançou a cabeça. — Não acha que...

De repente, Aurelie lembrou-se da vez em que acompanhou Jonas em uma visita à Chapdelaine, a padaria rival da Basil. Lembrou-se da força do sorriso de Jonas ao observar Katriane pela vitrine. A chama no sorriso de Katriane em resposta. Aquilo era quase mágica.

O olhar que trocaram, o sorriso refletido, era algo forte, cheio de significado. Algo com muito valor. Esse era o potencial do olhar que trocava com o príncipe naquele momento.

Mas também havia o potencial para muitas outras coisas... para muita coisa dar errado.

Aurelie respondeu, com suavidade e educação:

— Desafortunado, aquilo foi só um encanto.

— Então, por que eu quero repetir? Por que não paro de pensar nisso?

Aurelie negou com a cabeça.

— Eu preciso ir.

Ela se obrigou a virar e ir embora. Deu vários passos até que...

— Vou te escrever! — soltou Desafortunado. — Se você quiser.

Quando Aurelie olhou por cima do ombro, viu a expressão mais sincera do príncipe.

— Você... gostaria?

Ela não pôde evitar:

— Gostaria.

Desafortunado pareceu decidido. E muito mais feliz do que antes.

— Então conte com isso.

Aurelie ansiava por isso, e se sentiu mal pelo que disse em seguida:

— Mas... na padaria, a sra. Basil lê toda a correspondência. Ela lê tudo que recebo. E eu não... saio muito, então não poderia...

— Vou enviar um mensageiro — disse ele. — Podemos criar um código ou algo do tipo, como espiões dos romances Corte da Intriga. — Os olhos dele estavam tão alegres. — Eles levam uma carta, depois voltam no dia seguinte com a resposta. Será que... daria certo?

Péssima, péssima, péssima ideia.

— Acho que sim.

Desafortunado sorriu e foi como um raio de sol.

— Excelente.

INTERLÚDIO

No qual cartas são trocadas

Vinte e Um

Querida Aurelie,

Quis cumprir minha promessa de escrever o quanto antes. Minha irmã, Honória, fala que a correspondência é como um jogo de bola: é preciso sacar logo. Enquanto escrevo, você foi embora há menos de um dia. Espero que sua jornada esteja indo bem. Esta carta vai seguir seu rumo para o norte e espero que a alcance assim que chegar na padaria. Espero que a receba com alegria.

Logo, voltarei às aulas, mas, nesse meio-tempo, ocorrem os preparativos para o noivado. Haverá um baile daqui a dois dias, para celebrar o anúncio. Minha irmã insiste em chamá-lo de "pequeno encontro íntimo", embora a lista de convidados ultrapasse os duzentos nomes. Estremeço só de pensar no casamento em si. "De bom gosto" é como Honória o declara. Estamos na sala de estar dela, onde há uma ótima escrivaninha com vista para os jardins. Infelizmente, também tem uma pintura assustadora que retrata um rebanho de ovelhas com rostos humanizados sinistros. Cada uma delas espia a gente em um silêncio julgador. Juro que aquela bem na esquerda quer me machucar pra valer.

(Já perguntei para Honória sobre essa pintura, e ela insiste que é uma "obra de arte", e acrescentou "você não tem a sua própria sala? Por que fica abusando da minha?" A verdade é que não tenho uma sala de estar própria, embora tecnicamente deva haver uma alocada para meu uso no palácio. É que raramente recebo visitas formais. Acho que sou desastrado demais para receber um dignitário, sou capaz de derrubar o chá nele, e posso cometer o tipo de gafe que ameaça as questões do Estado.)

(Por sorte, nós dois não nos envolvemos em questões do Estado, então acho que não vou estragar nada. E, embora eu desgoste da nossa distância, pelo menos assim não posso derrubar chá em você.)

O mensageiro que entregou esta carta vai voltar para buscar sua resposta. Ele vai bater aí na padaria e pedir um pão dormido. Não se sinta pressionada a responder, é claro. Mas eu adoraria ouvir de você e saber mais sobre sua jornada de volta com Iliana e Quad. Admito que sinto inveja.

Atenciosamente,
Desafortunado.

(Ou devo dizer Príncipe Desafortunado, Duque do Reino Setentrional, Estudante da Cidade Acadêmica, para ser apropriado? Que palavrão, certamente. Propus um acrônimo certa vez — PDDdRSEdCA —, mas foi veementemente rejeitado. Vai entender... Acho que, se precisamos carregar o fardo dos títulos, podemos escolher como utilizá-los.)

Querido Desafortunado (ou seria melhor querido PDDdRSEdCA?),
Obrigada por sua carta, e pela discrição do mensageiro, que foi de fato muito furtivo na entrega. (Foi realmente como acontece nos romances da Corte de Intriga!) Espero que o retorno com minha resposta não seja difícil demais. Ouvi diversos clientes comentarem que foram proibidas as viagens por Underwood. Gostaria de saber se o caso da emboscada foi resolvido. E desejo um retorno seguro às aulas.

Não aconteceu nada de interessante na nossa viagem de volta para casa. E agora, para mim, resta retomar a vida cotidiana. As coisas andam mais sérias na padaria, já que o funcionário, Jonas, não conseguiu se tornar mestre-padeiro. Para falar a verdade, não acredito que a sra. Basil iria mesmo deixá-lo tentar conseguir o título. Ele está tristonho, o que me deixa triste também. Porém, meu lado egoísta ficou feliz por ele continuar aqui. Que coisa terrível de se admitir.

Obrigada por sacar a bola. Nunca joguei bola antes, então este é um tipo de saque mais fácil para eu devolver. Nunca fui boa de esportes.

Atenciosamente,
Aurelie.

Querida Aurelie,
A única coisa em que já fui bom na escola eram os esportes! Também gostava de música, embora, admito, fosse péssimo. Quando éramos crianças, Honória estudou instrumentos de cordas, e eu, percussão. Imagine o pior dueto de violoncelo e tambor do Reino.

Não se preocupe com os mensageiros. Há uma rede de norte a sul, então nenhum deles precisa viajar para muito longe, apenas o suficiente para encontrar o mensageiro seguinte. Galante prefere esse sistema, pois ele almeja a eficiência. Talvez nossos pais devessem ter lhe dado outro nome. Rei Eficiente soa bem, não acha?

Nosso Rei Eficiente de fato baniu viagens através de Underwood, pelo menos até que a Corte se reúna para discutir o que poderá ser efeito a respeito da segurança na floresta. Quanto à emboscada, Mordomo me garante que Galante está investigando e insiste que ficarei seguro na escola e que devo focar nos estudos. Mas devo admitir: foi um negócio tão estranho que é difícil esquecer o assunto.

Não se sinta culpada por ficar feliz que seu colega ainda esteja com você, já que ele divide as tarefas e faz companhia. Tenho certeza de que não se compara à alegria que você sentiria se ele tivesse se tornado mestre-padeiro.
Como é esse Jonas, afinal? Ele é alto?

Querido Desafortunado,
Acho que o Jonas é alto, sim. A esposa dele é bem baixinha. O topo da cabeça dela bate bem no meio do peito dele. Sempre pensei... Bem, é meio bobo, mas suponho que seja menos vergonhoso escrever do que falar em voz alta... Mas imagino que, na primeira vez em que Jonas e Katriane se abraçaram, a cabeça dela deve ter se aninhado direitinho no peito dele. Sempre imagino como se sentiram nesse momento. Talvez tenham pensado que é assim que as pessoas se encaixam e combinam.
Retiro o que eu disse. É ainda pior escrito...

Querida Aurelie,
A esposa de Jonas parece muito legal. Uma esposa! Que legal mesmo. Não acho seus pensamentos nem um pouco bobos. Porém, admito que não te via como uma romântica...

Querido Desafortunado,
Não sou romântica.

Querida Aurelie,
Tem certeza?

Vinte e Dois

Querida Aurelie,
  Fico feliz em contar que cheguei bem à Cidade Acadêmica. A viagem para o norte não apresentou nada mais perigoso do que um guisado malpassado em uma pousada de Greenshire. (A indigestão provocada foi inconveniente, mas sobrevivi.)
  Embora fique muito feliz que agora estejamos ambos no Reino Setentrional, devo admitir que meu retorno às aulas não foi tão revigorante quanto eu esperava. Minhas aulas este semestre são um tédio. Por que estudar magia implica estudar matemática? Não faço ideia. Pior que nessa matéria eu preciso sentar atrás de Lorde Desafio, que (como você deve lembrar) é agressivamente desagradável.
  Acho que nunca tive a oportunidade oficial de agradecê-la pelo que disse a ele no palácio. Foi muito satisfatório...

Querido Desafortunado,
Acho que a justificativa é a de que a compreensão do mundo natural facilita o estudo da magia e que a matemática pertence ao mundo natural. Não? Enfim, qualquer que seja a justificativa, espero que a cabeça enorme de Lorde Desafio não atrapalhe sua visão. Ele e eu tivemos apenas um encontro breve, mas tenho certeza de que o que falei foi justo.

Isso me leva à pergunta: você deve ter se encontrado com Iliana e Lorde Desafio várias vezes ao longo dos anos. Por que nunca mencionou o título dela durante nossa aventura?

Querida Aurelie,
Pensei que não era da minha conta se ela não queria falar. Entendo a vontade de deixar um título para lá. Ser outra pessoa, pelo menos por um tempinho. Se Iliana queria isso, eu não tiraria a oportunidade dela...

Querido Desafortunado,
Quem você seria se pudesse ser outra pessoa?

Querida Aurelie,
Eu seria Bastian Sinclair.
Acho que você vai rir de mim por isso, mas a história que mais amo neste mundo é *A história de um pobre*. Bastian Sinclair é uma inspiração única para mim. Ele começa do zero e se torna mais bem--sucedido do que qualquer um poderia imaginar. E todos que duvidaram dele... erraram!
Meu querido Mordomo interpretou o papel certa vez, com boas críticas. Na verdade, ele era meu substituto. Mas a produção ficou melhor com ele, pois um Bastian de onze anos seria meio esquisito. A cena na cervejaria com Madame Vermillion teria sido bem diferente.
Mas interpretar Bastian Sinclair... viver aquela história! Admito: dá vontade.
(Não obstante a cena na cervejaria.)
Quem você seria, Aurelie? O que faria?

Querido Desafortunado,
Te garanto que não faço ideia. Não sei o que isso diz sobre mim, além da minha pouca imaginação...

Querida Aurelie,
Pelo contrário, acho que você tem uma imaginação prodigiosa! É preciso, para fazer magia, não? Meu mentor, Professor Frison, lamenta minha falta de imaginação. Pensei que talvez depois da nossa aventura — daquela estranha demonstraçãozinha de magia da minha parte — eu teria mais sucesso com a disciplina, mas sinto informar que meus estudos não progridem. E não só na magia. Meus trabalhos andam recebendo nota baixa. Não sou apenas ruim de magia, mas escrevo mal também. Um duplo fracasso!

Querido Desafortunado,
Discordo de você... Está escrevendo estas cartas, não? E elas não estão mal escritas. Você expressa seus pensamentos muito bem...

Querida Aurelie,
Isto é diferente! Escrever cartas é... ou melhor, escrever para você... é bem diferente.

Querido Desafortunado,
Imagine seus trabalhos como cartas para mim, então. Imagine que está me contando sobre tudo o que aprender. (Estarei ansiosa para ouvi-lo.)

Vinte e Três

Querida Aurelie,
 Qual é sua lembrança mais antiga? Andamos discutindo esse assunto nos meus estudos com o Professor Frison, e ele não pareceu gostar da minha lembrança: quando joguei as bonecas da Honória escadaria abaixo. Acho que ele esperava algo que pudéssemos interpretar mais, como um desenho que se transformasse sobre minha cama, ou algum cachorro misterioso que eu visse pela janela numa noite de neblina. Eu devia ter inventado outra coisa...

Querido Desafortunado,
Minha primeira lembrança... acho que é do tapete da sala na casa dos meus pais. Tinha desenhos de flores de muitos tamanhos e formatos. Eu me lembro de ficar deitada em cima dele, tracejando as flores com os dedos. Algumas pareciam amigáveis, como se sorrissem para mim.
Não sei o que seu professor acharia dela, se isso tem alguma influência na minha magia. Fazia tempo que eu não pensava naquele tapete. Mas sempre gostei dele.

Querida Aurelie,
O que aconteceu com o tapete? Sua mãe mudou a decoração? Minha mãe não gostava de decoração. Acho que ela transmitiu essa inclinação por completo para Honória, que decoraria até dentro das xícaras, se pudesse.

Querido Desafortunado,
Não sei o que aconteceu com ele. Não vou pra casa há... quase cinco anos. Acho que venderam há muito tempo.

Querida Aurelie,
Tem saudades de casa? Cinco anos é muito tempo.

Querido Desafortunado,
Não posso dizer que sinto saudade. Mas... às vezes sinto falta da minha antiga escola. Era meio perto da Cidade Acadêmica, ao sul das Montanhas do Norte. Os invernos eram terríveis. Quando o tempo esfria, penso nela. Eu gostava da rotina do ano letivo, das aulas, da minha professora... Senhorita Ember. Sinto falta de estudar magia com ela. E também... Bom, gostava de conversar com ela. Era fácil. Sinto falta disso também.

Querida Aurelie,
Espero que tenha outras pessoas com quem conversar agora. Espero que eu seja uma dessas pessoas.

Querido Desafortunado,
Obrigada. Isso foi muito gentil da sua parte.

Querida Aurelie,
Mas é a verdade.

Querido Desafortunado,
Eu sei. Isso torna ainda mais gentil.

Vinte e Quatro

Querida Aurelie,
Sinto falta da minha mãe nesta época do ano. Quando o inverno está quase chegando. Antes de entrar na universidade, era quando minha família e eu íamos visitar a lápide dela na Capela Real, levar flores. Posso ser sincero com você? Sempre achei estranho, pois minha mãe nunca deu bola para flores. Ela gostava de caminhadas à beira do rio e bons concertos de piano e de merengue de limão. É bobo, mas gostaria de levar algo de que ela gostasse de verdade. Não que ela possa aproveitar qualquer coisa em seu estado.

Querido Desafortunado,
Não sei em qual estado essa tortinha de merengue vai chegar. Mas, se possível, aproveite em homenagem à sua mãe. Ela iria gostar muito disso.

Querida Aurelie,
Chegou só um pouco amassada e totalmente deliciosa.
Obrigado, obrigado e obrigado.

Vinte e Cinco

Querida Aurelie, escreveu Desafortunado, e olhou para as palavras na página.

Ele queria escrever *Minha adorada Aurelie*, mas achava que ainda não era o momento. Se ao menos houvesse uma versão mais sutil. *Aurelie queridinha*, talvez?

Voltou-se para a janela do dormitório, que dava para o campus. O céu estava de um cinza que anunciava neve, mas nenhuma havia caído ainda. As provas finais chegavam ao fim e as férias de inverno estavam quase chegando. Em alguns dias, Desafortunado voltaria para a Capital e ele estava pronto para focar totalmente na sua próxima grande empreitada.

Sua segunda missão.

A missão original tinha sido um fracasso. Pelo menos em teoria. Não encontrara a Pedra Solar. E também houve a emboscada em Underwood, que ainda o perturbava. Mas o restante da missão tinha sido muito bom. Ele conhecera Aurelie, e isso, em si, era um sucesso.

No começo do semestre, enquanto desfazia os baús, tinha se deparado com uma edição encadernada dos Pergaminhos Jurados. (Não estavam disponíveis para o público em pergaminhos, o que era um pouco decepcionante, embora a Biblioteca Real tivesse os documentos originais.)

Folheara e se deparara com uma página intitulada "A Pedra da Circunspecção". Algo na passagem chamara sua atenção. Desafortunado sentou-se na cama para ler uma segunda vez, agora com mais atenção.

Estava escrito em uma linguagem rebuscada (claro, essas coisas sempre estavam escritas assim), mas o resumo era: a Pedra da Circunspecção via através dos encantos. Quem estivesse em posse dela poderia usá-la para demonstrar que não havia sido vítima de magia.

Digamos, por exemplo, no caso de um beijo. Um excelente e inesquecível beijo que havia mudado tudo.

Parecia a ferramenta ideal para o seu caso. E então a segunda missão de Desafortunado começara.

Precisaria terminar o semestre primeiro, é claro. Mas, nos momentos livres daquele outono — entre aulas e lições com o Professor Frison e as cartas para Aurelie —, Desafortunado ia para a biblioteca. Lia os Pergaminhos originais, comparava-os com sua edição, rastreava menções à pedra. Fazia referência cruzada com outros documentos, cartas e velhos tomos encadernados em couro.

E agora o semestre chegava ao fim e, no caminho de volta à Capital para as férias de inverno, Desafortunado planejara propor um desvio.

— Só meio dia de viagem a mais! — assegurou ele ao Mordomo enquanto o séquito se preparava para deixar o campus. — Um desvio curtíssimo!

Mordomo pareceu exasperado — já que Desafortunado era sua responsabilidade —, mas, por fim, cedeu.

Então, viajaram para o oeste, bem mais longe do que a estrada ao redor de Underwood exigia, e talvez precisando de mais que um "meio dia" de viagem, mas deu certo: Desafortunado os guiara com sucesso para a Baía da Lanterna. Depois de uma elevação de rocha sobre o mar, uma caverna estreita, diversas tochas e uma escalada precária, encontraram a pedra. (E sem serem vítimas de uma emboscada sequer, para a alegria de Desafortunado.)

Os Pergaminhos a descreviam *escura como a meia-noite*, e talvez a dele fosse um pouco mais clara que a meia-noite — talvez um índigo? —, mas Desafortunado estava certo de que era a Pedra da Circunspecção.

Depois das férias de inverno, ele a levara para o Professor Frison avaliar, e ele se interessara. No começo. Depois de dúzias de tentativas de extrair algum efeito da pedra, nem tanto. Ela não desfazia nem o mais simples dos feitiços.

— Não é para *desfazer* — insistira Desafortunado —, mas para *ver através*.

— Para ver através de um encanto, é preciso quebrar o encanto — dissera o professor. Era um homem de aparência digna, daquela de um acadêmico de renome, com um olhar penetrante e cabelo cor da neve. Ele observara a pedra uma última vez e a colocara diante de Desafortunado sobre a enorme mesa de madeira. — Temo que isto que encontrou, meu garoto, seja apenas uma bela pedra. Nada mais.

— É ela! — Desafortunado não tinha escalado aquela caverna para nada. — Sei que é.

Ele não saberia explicar, mas simplesmente tinha certeza. Talvez fosse como Aurelie descrevera a magia: *você simplesmente... busca algo em você e está lá*. Desafortunado buscara dentro de si e não encontrara nada além da certeza de que aquela era a pedra certa.

Então ele a colocara em um anel. Não de noivado. Primeiro, era largo demais — tinha feito para si mesmo, afinal. E, de qualquer modo, noivado era algo que vinha depois. Noivado era algo para pessoas com a idade de Honória, no mínimo, ou de Galante, é claro, embora achasse que talvez o irmão nunca fosse se casar. (Havia uma chance real de não existir no Reino ninguém que Galante amasse mais do que o Reino em si.)

Mas o anel — a pedra — era para provar a Aurelie que Desafortunado era para valer. Ele pretendia contar tudo isso a ela.

Assim que fosse capaz de provar que a pedra era tão real quanto os seus sentimentos.

Vinte e Seis

Uma série rotativa de mensageiros levava as cartas de Desafortunado para Aurelie. Entre eles, um rapazinho de cabelo bem curto e uma sombra de bigode que era perito em entregas furtivas em retirar cartas, como um espião da Corte de Intriga. No começo da primavera, a correspondência entre os dois estava tão frequente que o garoto já havia provado de tudo na padaria. Tal e qual Iliana, ele era fã dos pãezinhos de canela que Aurelie assava diariamente.

— Tem gosto de infância — disse ele, certa tarde, enquanto Aurelie lhe entregava um pão por cima do balcão e ele discretamente entregava-lhe uma carta. — Minha avó assava uns iguaizinhos para ocasiões especiais. Ela só colocava mais canela.

— Dica anotada — disse Aurelie.

— Não, não, não mude nada! O seus são bem bons. — Ele baixou a voz: — Talvez até melhores, mas não conte para a vovó.

Aurelie sorriu.

O sino acima da porta soou quando o mensageiro foi embora.

Aurelie começou a limpar o balcão, com a carta bem guardada no bolso do avental. Um momento alegre no dia.

Sempre que um dos mensageiros chegava trazendo a inteligência e as observações de Desafortunado, suas reclamações, piadas e pensamentos sobre o que Aurelie havia escrito, suas perguntas, seus parênteses (*Vi uma pintura hoje que achei que você gostaria, do mesmo artista das ovelhas malucas da Honória.*), Aurelie não podia evitar sentir um... um calorzinho no peito. Parecia magia, mas, ao mesmo tempo, não era como a magia que conhecia, que só vinha de dentro. Estava fora de Aurelie também, um feitiço que não podia ser jogado sozinho.

— O que quer que tenha em mente, nunca vai dar certo — disse a sra. Basil.

Aurelie se virou. Não sabia que a mulher estava por perto, mas lá estava ela na porta da cozinha, olhos estreitos para Aurelie. Jonas estava fora, buscando ingredientes para uma encomenda especial. Não havia outros clientes, a típica calmaria da tarde.

— Não entendi.

— Acha que não notei esse seu *cliente que sempre volta?* — disse ela, acenando para a porta.

Aurelie piscou.

— Pensei que clientes que voltam fossem algo bom.

Antigamente, Aurelie sequer sonharia em falar algo assim. Quando chegou ali, aos catorze anos, tudo era novo e diferente e parecia depender somente da generosidade da chefe. Mas agora Aurelie tinha quase dezoito. Ainda estava comprometida com seu aprendizado — é claro —, mas agora algo a incomodava. Algo que era difícil segurar.

A sra. Basil apenas olhou.

— Você está numa idade em que pensa ter algo de atraente. Mas posso te garantir que ninguém vai pedir sua mão em casamento, não importa quantos sorrisos lhe ofereça. Ele simplesmente sabe o que você é.

Aurelie olhou para a porta, embora o mensageiro já estivesse distante. A sra. Basil achava — mas que ridículo...

A mulher se aproximou de Aurelie, parando bem à frente dela. Eram quase da mesma altura. Aurelie enxergava cada linha do rosto da outra.

— Com muito esforço, você poderia ser considerada razoável. Mas não tem estudo, nem família, nem dinheiro. Não tem nada. Não é *nada*.

O rosto de Aurelie se avermelhou, tomado por ressentimento, raiva, vergonha.

A sra. Basil continuou:

— Eu vejo tudo isso e resolvi aceitar você mesmo assim. Oferecer algo que ninguém mais vai te oferecer. Que é independência. Foi o que eu mesma consegui para mim. Não foi o sr. Basil que criou esta padaria, sabia? O sr. Basil teve a audácia de morrer há muito tempo. *Eu* sou mestre-padeira. Eu construí isto. E um dia, talvez, se você tiver muita sorte, se trabalhar sem descanso e me obedecer, e parar de ficar dando sorrisinho para os homens, poderá ter algo seu também.

O olhar da mulher permaneceu sobre Aurelie por mais um instante. Então ela se retirou. Logo antes de atravessar a porta para a cozinha, estacou e se voltou:

— Pode achar que estou sendo dura demais com você, mas eu garanto que é para o seu bem. Um dia vai entender o impacto que tive em sua vida e vai me agradecer.

Aurelie não falou nada. Não conseguia, pois sua garganta estava apertada.

A sra. Basil saiu.

Assim que a padaria fechou, Aurelie foi para os fundos. Falou para Jonas que ia comer, mas enfiou o bolinho no bolso e tirou a carta de lá.

Rasgou o selo e começou a ler.

Minha querida Aurelie,
Ando pensando em você. Na verdade, parece que só faço isso. A escola está péssima e nossas correspondências ajudam a suportar. Queria me lembrar dos ensinamentos dos meus professores como me lembro do seu beijo. Sei que você disse que foi um acidente — sei que disse que eu te odiaria em dobro depois —, mas isso não aconteceu. Nunca aconteceria. Nunca acontecerá.

Escreva o quanto antes, para que eu possa responder. Sou idiota e estou doente de saudade.

O seu,

D.

— Aurelie?

A porta detrás se abriu, e Jonas colocou a cabeça para fora.

Tinha escurecido. As mãos dela estavam duras e frias. Ainda segurava a carta.

Minha querida Aurelie, dizia.

— Aurelie — Jonas chamou de novo, e Aurelie ouviu-o muito distante.

— Hum?

— Está tudo bem?

Vou te escrever. Se você quiser, dissera o príncipe, e que mal haveria em uma simples troca de cartas, exceto que era com o príncipe? E Aurelie?

Ela sentia um vazio no peito.

Você não tem nada. Você não é nada.

— Está, sim — respondeu.

Jonas foi até o beco.

— O que é isso? — Ele apontou a carta. — É dos seus pais? Aconteceu alguma coisa?

— Não. — Ela enfiou a carta no bolso do avental. — Não é nada.

— Tá bem... — Jonas não tinha muita certeza disso. — Já terminei lá dentro. Daqui a pouco vou embora. — Ele pausou. — Por que não janta com a gente hoje? Faz tempo que você não vem, né?

Aurelie sacudiu a cabeça e forçou as palavras para fora:

— Ainda tenho serviço. Mas obrigada.

— Então vamos marcar algum outro dia, hein?

Ela tentou sorrir.

— Quem sabe...

Jonas não pareceu convencido, mas assentiu e voltou para dentro.

Aurelie pegou a carta de volta. Uma carta, de muitas. De tantas. Cartas demais. Ela havia deixado aquilo ir longe demais, por tempo demais. Sentira conforto — e alegria e prazer e diversão, uma gama de sentimentos aos quais nunca tivera acesso antes, certamente nunca nada tão forte — em algo ao qual não tinha direito de sentir. E não tinha sido só loucura: tinha sido egoísmo.

Dá para pisotear brasas, não as chamas, a sra. Basil gostava de falar.

Aurelie soltou magia pela palma da mão, trazendo calor.

Tocou o canto da carta, que logo pegou fogo e se enroscou numa chama, caindo ao chão enquanto escurecia até virar cinzas.

Vinte e Sete

Vossa Alteza,
   Obrigada pelas cartas tão atenciosas, mas creio ter passado uma mensagem equivocada ao aceitá-las. Não tinha intenção em nada mais que nossa amizade após a viagem do verão passado. Por favor, não me escreva mais.
   Atenciosamente,
   Aurelie.

PARTE DOIS

Em que nada sai conforme o planejado

Vinte e Oito

Desafortunado encontrava-se outra vez em uma carruagem.
A mente dele estava sobrecarregada. O principal pensamento àquela tarde: a questão da escola. O semestre tinha acabado de maneira insatisfatória.

— Como foram as provas, Vossa Alteza? — perguntara o Mordomo enquanto os cocheiros carregavam os baús.

— Elas aconteceram, de fato! — respondera Desafortunado com uma risada.

— E as notas?

— Registradas para a posteridade!

Quando alguém fala algo suficientemente agradável, as pessoas reconhecem o entusiasmo primeiro, e o conteúdo apenas depois, e talvez deem risada, e talvez esqueçam a indagação original.

A verdade era que Desafortunado era um fracasso. Uma piada, no máximo. Com certeza o único de sua geração a ter simplesmente destruído sua jornada acadêmica.

Pelo menos, até onde ele soubesse. Sentado e assando na carruagem, ele pensava se os guardas que o acompanhavam haviam tido uma trajetória acadêmica além de... guarda, ou o que quer que precisassem estudar para alcançar seus postos. (Depois da emboscada, ele ficara pensando quão fácil seria se tornar guarda, mas o Mordomo assegurara que o processo era "muito rigoroso".) Talvez algum deles tenha feito curso de cerâmica para expandir os horizontes e tenha ido muito mal. Talvez a mãe ainda guardasse seus vasos malfeitos.

Desafortunado não tinha vasos — pelo menos, nenhum feito por ele. Certamente havia vasos em seus aposentos no palácio (provavelmente? Havia flores, às vezes. Precisavam ser colocadas em algum lugar.) Não havia nada para exibir dos últimos nove meses de estudo.

Mas ficaria tudo bem. Sempre ficava. O pai seria compreensivo. Galante tiraria os olhos dos documentos para dizer: *Boa sorte na próxima, amigão.* (Provavelmente não tiraria os olhos, isso era acréscimo da imaginação, mas, se é pra sonhar acordado, melhor sonhar que alguém lhe dá atenção, pra variar.) Honória seguraria as bochechas dele e sorriria com os lábios virados para baixo e diria que ele fez seu melhor, não fez?, e era isso que importava. E o pior: eles acreditavam mesmo nisso. Que isso era o melhor de que ele seria capaz.

Se ao menos ele não fosse tão burro... Se ao menos aprendesse a prestar atenção...

Seus dedos coçavam. Desafortunado queria descer. Queria correr mais de um quilômetro. Queria escrever uma carta que não poderia enviar. Queria enviar mesmo assim.

Esta era outra questão, o outro peso em sua mente, o peso que ameaçava superar todo o resto, se lhe permitisse.

Sua correspondência com Aurelie havia terminado.

Havia dois meses que terminara, mas ele não parava de pensar nela, em seus olhos límpidos, e em sua rejeição tão cortês.

"Por favor, não me escreva mais.

Atenciosamente,

Aurelie".

O "Atenciosamente" tinha sido o pior. Antes, as cartas dela eram assinadas simplesmente como "Aurelie" (em uma escrita muito uniforme, calculada e sem floreios desnecessários. Desafortunado amava um floreio desnecessário, mas também adorava a simplicidade da caligrafia de Aurelie. Ele amava tu... mas de que adiantava, né?). Ela fazia questão de que ele soubesse o quanto ela estava sendo sincera sobre a amizade deles, sobre como ele estava com sentimentos deslocados.

Às vezes, ele sentia que as cartas de Aurelie foram o que o mantiveram de pé ao longo daquele semestre. Se uma carta dela o esperava no quarto, era uma reviravolta no seu dia. Saber que poderia compartilhar um pouco de seus pensamentos, sentimentos, saber que segurava na mão uma carta que ela, havia pouco, tivera nas mãos dela. Tudo isso era só amizade? Tinha sido tudo um mal-entendido? Ele era mesmo tão incapaz assim?

Encarou a renda nos punhos das mangas. Espetava para fora dos punhos justos do paletó, de um roxo profundo. Que cor horrível. Parecia um machucado. O que estava pensando quando escolhera aquilo? Será que ele sequer pensava? Sobre qualquer coisa?

Desafortunado se sentia um miserável.

Foi nesse humor que chegou à frente da Casa Encantadora. Um pequeno grupo de criados e lacaios estava à espera, ao lado de Honória. Ficou tocado ao vê-la ali para recebê-lo. Não era o tipo de coisa que costumavam fazer.

— Tem tanta coisa para fazer — disse ela à guisa de cumprimento enquanto o irmão descia, com as pernas duras após passar tantas horas sentado.

— Que bom ver você também — disse ele.

Os olhos da moça estavam alegres ao observá-lo e pousar um beijo sobre sua bochecha.

— Está parecendo uma berinjela.

— Obrigado.

— Onde estão as sedas e listras?

— Já era.

— Azul-marinho?

Desafortunado ainda se sentia desgraçado.

— Nunca mais vou usar azul.

— Bem, você vai ter que usar azul e branco para o casamento, então só faça essa promessa depois dos votos.

— Azul e branco?

— É claro. As cores do Reino.

— É só que é meio tradicional.

— Ora, eu *sou* a princesa herdeira. — Ela franziu a testa. — O que você achou que eu vestiria?

— Nada. Só queria causar uma cena incrível.

Honória parecia duplamente animada e irritada.

— Temos muito a fazer.

— Você acabou de falar isso.

— E ainda continua sendo verdade.

Desafortunado esticou a mão.

— Certo, me diga o que preciso fazer.

Honória apertou os dedos dele enquanto subiam a escadaria da Casa Encantadora.

— Que bom que você chegou.

O comentário deixou Desafortunado levemente feliz.

Vinte e Nove

A louça não acabava nunca.

Aurelie estava diante da pia com um tacho parcialmente limpo na mão e parou para gesticular sobre a água, quente demais. Nem se virou quando alguém entrou (de forma bem furtiva e provavelmente com muito orgulho disso). Não havia motivo para parar de limpar, apesar da visita. Na verdade, a visita dava ímpeto para que continuasse.

Por fim, a pessoa soltou um pigarro.

— Eu sei que você sabe que estou aqui.

— Não sei de nada.

Restos de açúcar estavam grudados no fundo do tacho, restos de uma fornada excepcionalmente boa, e Aurelie esfregou com força.

— Que humildade enfim assumir.

Não havia nada a fazer a não ser suspirar e se virar para Iliana, que agora se apoiava casualmente sobre a enorme bancada central da cozinha.

— O que você quer?

— Ser um palmo mais alta — disse Iliana, desconversando. — Ou ter uma equipe nos Campos Ardentes. Qualquer um dos dois serve, ou os dois, se estiver se sentindo generosa.

— Iliana.

— Sim? — Ela inspecionou as unhas como se estas significassem mais do que um meio de arranhar.

— Por que está aqui?

— Para uma consulta. Ou algo do tipo.

Havia um tempo que Aurelie não "dava consultas" para Iliana. Iliana aparecia entre idas e vindas e, nas últimas vindas, Aurelie estivera ocupada, cansada ou indisposta demais para buscar.

Agora, a ideia de conjurar mais magia além do necessário para esquentar a água lhe causava indisposição.

— Você sabe que não consigo...

— Sim, é claro. Você anda terrivelmente chata nestes últimos dois meses e mais comprometida do que nunca com a padaria, não é mesmo? — Enfim o olhar de Iliana penetrou Aurelie. — Mas estou aqui por causa do príncipe.

O coração de Aurelie ficou apertado.

— O que houve? Aconteceu alguma coisa?

— Nada. Ainda.

— Sem charadas, Iliana.

— Mas essa é a minha especialidade.

— *Iliana*.

— Se a repetição do meu nome é para invocar magia, fique à vontade e me deixe um palmo mais alta.

— Vou pegar esse tacho e...

— A Princesa Honória vai se casar. Na Casa Encantadora. A residência da família real na região oeste. Suponho que já saiba disso.

O palácio não serve para o casamento de Honória, escrevera Desafortunado alguns meses antes. *Ela prefere nossa casa de veraneio, a Casa Encantadora, com seus lindos jardins e estufas, e o lago e um labirinto de sebe. E será uma dificuldade viajar da Capital até lá e, como diz Honória, vai "aparar a lista de convidados, deixando apenas os mais dedicados".*

— Eu fui convidada — continuou Iliana. — E gostaria de levar você como minha acompanhante.

Aurelie riu sem fôlego.

— Sério?

— Por que não?

— Posso pensar em muitos motivos.

— Tipo?

Aurelie apontou a cozinha.

— Sou meio ocupada, para começo de conversa.

— Ah, sim. Essas panelas não se lavam sozinhas.

Aurelie não conseguiu se impedir:

— Sei que você não acha meu trabalho importante, mas nem todos têm o luxo de fazer o que bem entendem, *Vossa Senhoria*.

Iliana se endireitou.

— Tenho motivos para acreditar que algo desagradável possa acontecer no casamento — disse Iliana com dureza. — Desafortunado pode estar em perigo. Pensei que gostaria de me ajudar.

— Em perigo — Aurelie repetiu. — Como assim?

— Ando suspeitando faz um tempo. Alguma coisa naquela emboscada não me cheira bem.

— Sim, foi uma *emboscada*, afinal de contas.

— Por que usaram armas Impossíveis e não atingiram Desafortunado? A não ser que a intenção não fosse atingi-lo. Se miraram e erraram, significa que *queriam* errar. E se quisessem apenas levá-lo?

O pensamento deu um nó na garganta de Aurelie.

— Levá-lo? Para onde? Por quê?

— E Elias Allred — continuou Iliana, como se Aurelie nem tivesse falado. — Tudo a respeito de seu desaparecimento... a própria natureza dele, desaparecendo do séquito de Copperend em Underwood... Eu acho... — Balançou a cabeça. — Acho que o que aconteceu com ele pode vir a acontecer com Desafortunado. Enquanto ele estava na escola era impossível, porque estava sempre cercado de gente. Mas agora, na Casa Encantadora, um lugar remoto, e com um evento grande para disfarçar...

— Que provas você tem? — perguntou Aurelie. — De que ele corre perigo?

— Não tenho. É só... uma sensação.

Aurelie olhou ao seu redor, sem saber o que fazer.

— Não posso largar tudo por causa de uma *sensação*.

Havia algo de súplica na expressão de Iliana, que não lhe era característico.

— Não sei usar magia, nem um pouco, e você sabe disso. Mas talvez *isso*... essa intuição, talvez seja um tipo de magia? Eu só... sei que precisamos estar lá. *Você* precisa estar lá. Se precisarmos encontrar

Desafortunado, poderá buscá-lo. Se algo der errado, ele vai te escutar. Você tem magia. Você é esperta. É minha parceira nisso.

— Sua parceira? Sério? Uma parceira que ganha vinte por cento? Uma parceira que recebe uma *fração* de informação daquilo que você acha que mereço...

— Você gosta dele — interrompeu Iliana. — Sabe que sim. Acha que não percebi a troca de cartas?

— Iliana...

— Preciso que venha comigo, Padeira.

A voz de Aurelie falhou um pouco:

— Não posso.

Por um instante, Iliana olhou Aurelie do mesmo modo como a olhara da primeira vez, naquela primeira visita à padaria, quando Aurelie recusara as pedras de busca. *Sinto muito, acho que deve ter se confundido.* Um momento de avaliação. A mente sendo convencida.

— Tá bom — disse Iliana, e se virou para sair.

※

Tudo era bem menos complicado antes da aventura.

De manhã cedo, após a visita de Iliana, Aurelie estava deitada em seu colchão de palha, encarando o teto do quartinho. Uma mosca voava, zunindo preguiçosamente, o único som no escuro pré-alvorecer.

Aurelie tentou não pensar em Iliana — que se danasse Iliana, na verdade — ou em Desafortunado, mas era difícil depois de começar. Um pensamento levava ao outro, ao tempo que passaram juntos, ao último verão, ao beijo, a tudo que aconteceu depois...

Não precisava nem pensar.

Aurelie se obrigou a pensar em outras coisas. Logo mais, seria promovida a funcionária. A sra. Basil tinha dito:

"Jonas foi promovido em seu quarto ano como aprendiz."

Aurelie temera falar algo e afugentar a ideia da mente da chefe.

"Acho que preciso arrumar outro aprendiz", dissera a sra. Basil com a testa franzida, e então pensara em voz alta: "Dois funcionários."

Aurelie não podia ir atrás de Iliana outra vez. Simplesmente não era certo. Não era apenas uma promoção, era seu futuro que estava em jogo. Não podia arriscá-lo por conta de uma *sensação*.

Pelo menos foi isso que disse para si mesma, deitada no colchão.

Precisava se levantar. Preaquecer o forno. Assar a massa preparada no dia anterior. Começar a preparar massa fresca para os pãezinhos e enroladinhos de canela. Preparar os ingredientes para Jonas. Muitas coisas em que focar e nenhuma delas era Desafortunado ou a possibilidade de ele estar em perigo. Ou seu sorriso. Ou o perigo desse sorriso.

E certamente nenhuma delas era sua última carta.

Aurelie tinha queimado todas antes da chegada da sra. Basil. Se ela encontrasse alguma, certamente tentaria vender para o jornal que pagasse mais. Aurelie já podia ver as manchetes:

A POBRE AMADA DO PRÍNCIPE É AJUDANTE DE PADARIA!

Ou pior:

PRÍNCIPE SEDUZIDO POR PADEIRA COM PODERES MÁGICOS: UMA MORDIDA E PRONTO!

Aurelie nunca tinha dado bola para fofocas da realeza, mas, desde a aventura, seus ouvidos se atentavam a qualquer menção feita à família real pelos clientes. Ouviu falar da vitória do Rei Galante na Corte, conseguindo a aprovação para sua estrada em Underwood. Ouviu sobre os preparativos para o casamento da Princesa Honória e o debate acerca de ela convidar ou não Sylvain Copperend para o evento (se ele fosse mesmo tio dela, disse um dos aldeões, seria rude não chamá-lo). E ouviu sobre o Príncipe Desafortunado, o estudante sem futuro, amado porém ignorante. Era evidente que todos o consideravam um bobalhão. Toda família real tinha um desses: bonito e bobo, como um cachorro que suja a cozinha com as patinhas de lama e depois é perdoado ao balançar o rabo e inclinar a cabeça. Impossível não amar.

Mas Aurelie sabia a verdade: o sorriso do príncipe era indomável, sua conduta, impecável, ele se preocupava demais com as coisas desimportantes e de menos com as importantes. Sempre que pensava nele — e tentava desesperadamente não fazer isso — era com uma mistura enfurecedora de carinho, saudade e desânimo.

Sentou-se abruptamente, saiu rapidamente de cima do colchão, levantou-o e pegou a carta.

Passou o dedo no selo rompido — um tom escarlate profundo com a impressão de um girassol. *Não posso usar o selo real, posso?*, dizia uma das primeiras cartas. *Tentando manter a furtividade e tal. Além disso,* sempre gostei deste. Girassóis eram as flores preferidas da minha mãe, e eu sou piegas nesse nível.

Aurelie abriu o pergaminho. Começava com *Minha querida Aurelie*, mas o *minha* estava riscado. A caligrafia do príncipe era elegante mas descuidada. Muitos floreios. Tinta respingada por tudo.

M̶i̶n̶h̶a̶ Querida Aurelie,

Os floreios no Q e no A eram exagerados.

> Acabei de receber sua carta. Quero apenas contar que foi recebida e que não quero provocar mais agravos. Peço perdão. Fui ousado. Por favor, me perdoe.
> Desejo-lhe o melhor, em tudo. Desejo-lhe o mundo, pois é isso que você merece.
> Sinceros cumprimentos do seu,
> Desafortunado

Não havia por que reler — já estava há muito decorada. Aurelie conhecia a curva de cada letra, cada respingo de tinta. A cada vez que olhava, sentia o impulso de queimá-la, como queimara as demais. Cada uma assinada *Príncipe Desafortunado*, depois *Desafortunado*, depois simplesmente *Seu, D*. Até essa última.

Não devia ter guardado essa. Era como cutucar uma ferida, mas ela não conseguia evitar.

Conjurou magia, esquentando a palma da mão, mas não gerou chama. Guardou-a de volta sob o colchão.

Levantou-se, lavou-se, vestiu-se, prendeu o cabelo numa trança.

Então se ajoelhou e pegou a carta outra vez, dobrou-a e guardou no bolso do avental.

Foi até a cozinha e se pôs a esquentar o forno, preparar os ingredientes, começar a massa. Jonas chegou, acenou e se pôs ao trabalho sem falar nada. Em geral, havia tanto a fazer que não sobrava tempo para conversa. Mas às vezes os dois trabalhavam silenciosamente lado a lado na cozinha por escolha. Era tranquilo, mais relaxante do que uma conversa propriamente. Podiam ficar em silêncio juntos, havia uma intimidade, um conforto que Aurelie prezava muito. Permitia que ficasse a sós com seus pensamentos. O que por vezes era bom. Outras vezes, não.

Seu, D!, pensou ao abrir um saco de farinha e despejá-lo em uma tigela grande.

Atenciosamente seu era uma coisa. *Humildemente seu*... Eram cumprimentos educados. Quase impessoais, na verdade. Mas *Seu*! Sem mais nada. Significava apenas uma coisa. E *D*! Não era o nome, não tinha um título, apenas a primeira letra, sua forma mais básica, mais íntima.

O príncipe não sabia o que estava fazendo. Talvez fosse um bobalhão mesmo.

Mais um motivo para se encontrar com Iliana. E se ela tivesse razão? E se ele estivesse mesmo em perigo e algo terrível fosse acontecer e Aurelie pudesse evitar? Nunca se perdoaria.

Por fim, Jonas falou:

— O que acontece com a massa quando a gente fica encarando?

— Como é?

Jonas sacudiu a cabeça com um sorriso nos olhos.

— Parece preocupada.

— Nada, é só que...

Aurelie observou Jonas medir uma xícara de açúcar, depois mais uma, e misturar tudo em sua tigela.

Desejo-lhe o mundo, pensou ela. E *Seu, D.*

— Meu... amigo... está com problemas — começou ela, hesitante. — Acho. Não sei. — Uma pausa. — Em todo caso, acho que é o tipo de problema que só dá pra ter *certeza* quando é tarde demais...

Jonas levantou os olhos, que estavam arregalados.

— Ah. — O tom dele era delicado. — Talvez... pudesse falar com Katriane...

Katriane estava grávida. Quando Jonas contou para Aurelie, meses antes, ele reluzia.

— Não isso! — exclamou ela. — Não... não é esse tipo de problema. É um amigo mesmo. — Embora isso também não fosse a verdade verdadeira. — Alguma coisa está errada... Talvez... Não sei ao certo...

— Bem, nesse caso você deveria tentar ajudar — disse Jonas. — Se estiver ao seu alcance.

— O problema é o tempo. Acho.

Jonas levantou a sobrancelha.

— É urgente?

Aurelie assentiu, olhando para a escada. Os aposentos da sra. Basil ficavam em cima da padaria. Ela não ia aparecer pelo menos até o meio da manhã.

— É a sua amiga buscadora? — perguntou Jonas.

— Não. — Aurelie mordeu o lábio. — É... outra pessoa.

— Ah. — Jonas observou Aurelie por um longo momento e então falou: — Não se preocupe. Eu me entendo aqui com a sra. Basil.

— Mas...

— Vá ajudar seu amigo. — Ele deu um sorrisinho. — Depois vocês podem dar um passeio pelo parque.

Aurelie sentiu o contorno da carta no bolso do avental. Não havia dúvidas do que precisava fazer. Já sabia que faria antes mesmo de se levantar naquela manhã.

Mentira: ela soube no instante em que Iliana apareceu. Ou, sendo ainda mais sincera, já sabia quando resgataram o Príncipe Desafortunado da emboscada, já no momento em que ele se ajeitou e olhou para elas com um sorriso tímido que atingiu Aurelie como uma dúzia de cavalos correndo nos Campos Ardentes.

— Obrigada — agradeceu Aurelie, querendo segurar a mão de Jonas (ou algo assim, mas se controlou). Em vez disso, fez uma pequena reverência, que levantou os cantos da boca dele, e então ela zuniu para o quarto em busca de seus pertences. Não sabia quanto tempo ficaria fora, nem sabia como iria encontrar Iliana, ou a Casa Encantadora sem ela. Em todo caso, estava decidida.

A caminho da saída, pegou um saco vazio de farinha e dele caiu um papel dobrado.

Saio às sete da manhã do prédio do Marquês. Se mudar de ideia.

(Sei que vai.)

(Eu sei de tudo, lembra?)

Trinta

O prédio do Marquês era alto, com vários andares, feito de pedra vermelha e com grandes janelas arcadas e uma porta preta imponente. Aurelie permaneceu imóvel em frente a essa porta enquanto o sino da praça badalava: um, dois...

Péssima ideia.

Três...

Aurelie se virou e começou a rumar de volta para a padaria.

Quatro, cinco...

Mas Desafortunado...

Seis...

Desejo-lhe o mundo...

Sete.

Aurelie parou e decidiu ir até lá.

De repente, a porta se abriu, e uma dama muito elegante saiu por ela. Segurava uma maleta de couro e usava um vestido elegante de seda coral, arrematado com costura turquesa nos cotovelos e no pescoço. O cabelo dela estava preso e adornado com uma tiara que trazia uma pena branca quase cômica de tão grande.

Seu olhar fuzilava.

— Nem uma palavra, Padeira.

— Por que...

— Já foram duas palavras. Aqui. — Iliana girou a maleta para Aurelie. — Pode se trocar na carruagem.

— Quê...

O galope regular dos cascos sobre a rua de pedra soou à distância. Aurelie olhou para trás e viu uma carruagem enorme, puxada por um time de grandes cavalos castanhos, surgir no final da rua. As cabeças se viravam para acompanhar o progresso que fazia rua abaixo até parar em frente a Aurelie e Iliana.

— Precisei dar o endereço da minha mãe para conseguir isso — explicou Iliana enquanto um cavalariço descia para abrir a porta. — Agora vou precisar me mudar.

Aurelie observou enquanto o cavalariço ajudava Iliana a subir. Então ele se virou para Aurelie e, depois de um instante de hesitação, estendeu a mão enluvada para ajudá-la também.

— Obrigada — disse Aurelie ao se sentar em frente a Iliana. O interior da carruagem era tão chique quanto o exterior: assentos de veludo, madeira escura nos adornos. A porta se fechou e Aurelie encarou Iliana no banco oposto:

— Posso perguntar o que está acontecendo?

— Vamos a um casamento, se lembra? Um casamento *real*. Não podemos aparecer em uma carroça, né? — Iliana ergueu as mãos como se fosse arrumar a pena, porém largou-as sobre o colo. — Melhor ir se acostumando com essas roupas horrorosas. Vamos ter que vestir isso por uma semana ou mais.

— *Uma semana?* — repetiu Aurelie enquanto a carruagem se punha em movimento.

— Claro. Tem a viagem, depois todas as pompas desse tipo de evento... Um casamento não é apenas uma cerimônia, sabe...

— Vou ser mandada embora assim que voltar.

Iliana balançou a mão.

— Vai ficar tudo bem. Desafortunado pode enviar uma carta real ou quem sabe visitar a padaria em pessoa, e a desgraçada da sua patroa vai ficar tão descompensada que vai se esquecer dessa escapadela.

Aurelie não tinha tanta certeza. Nenhuma certeza. Ainda dava para voltar. Saltar da carruagem, correr para a padaria, e a sra. Basil nunca ficaria sabendo de nada.

Depois de pensar um pouco mais, Aurelie entendeu que... não era isso que queria fazer.

— Tá bom. — Ainda havia o futuro a se pensar. Ser contratada como funcionária. Então, acrescentou: — Mas depois chega.

— Como assim?

— Vou ao casamento, mas depois acabou. Acabou assim que acabarmos.

— Acabou o quê?

— Isto. — Aurelie gesticulou entre as duas. — Essa coisa de você aparecer e eu largar tudo e *arriscar* tudo e acontecer alguma coisa horrível!

— Não vai acontecer nada horrível.

— Por que está falando isso? Tem coragem de provocar o destino assim?

— O destino não tem poder sobre mim — disse Iliana, e provavelmente acreditava nisso mesmo.

O vestido que Iliana trouxera para Aurelie era mais caro do que qualquer coisa que ela já houvesse vestido na vida. Também era longo demais, o que ficou claro quando desceram para almoçar numa pousada. Aurelie pôs o pé para fora da carruagem e imediatamente tropeçou e caiu.

Iliana estava se divertindo demais para ajudar a amiga a ficar de pé.

— Não sabe segurar a saia?

— Caso não tenha reparado, não sou tão alta quanto você.

— Tudo bem, todo mundo tem defeitos.

— Bem, você não vai me enfiar num desses — disse alguém atrás delas.

Aurelie se virou e viu...

— Quad!

Aurelie viu Quad mais vezes do que imaginara depois da aventura no verão passado. Na primeira vez, Aurelie estava no beco devorando o jantar com pressa quando uma voz surgira, parecia que emergindo da pedra do muro. A alma de Aurelie quase saíra do corpo de susto.

— Você come rápido — dissera a voz, e então um par de olhos piscara, e uma figura saíra da parede. Era Quad, que se sacudiu como que para se secar, perdendo a cor da pedra e se transformando na Quad de sempre. — É por que não tem com quem conversar?

— Eu... — Aurelie sabia a verdade: comia rápido para voltar ao trabalho. Mas por algum motivo não admitira isso: — Acho que sim.

Quad assentira, e depois de uma longa pausa, dissera:

— Já vi uns becos melhores pela cidade.

Quando ficara claro que Quad não prosseguiria, Aurelie falara:

— Ah, é?

— Coisa de mortal, becos. Não precisamos deles. Não se tem becos quando não se tem construções.

— Não tem construções? Onde você mora?

— Eu moro onde estou. Estou morando aqui, agora.

Aurelie sorriu.

Naquela noite, Aurelie oferecera sua refeição para Quad, que experimentara e considerara "aceitável". Quad lhe fizera companhia e depois fora embora sem falar nada sobre voltar. No entanto, várias semanas depois, outra vez: Quad aparecera, comera um pouco e fora embora sem alarde. Então, retornara outra noite. E de novo. Às vezes, com alguns dias de intervalo, outras vezes, semanas. Aurelie começara a levar petiscos variados para Quad provar: as sobras do dia que podia recolher sem ser notada. Quad opinava sobre tudo. Os salgadinhos eram salgados demais. A tortinha de limão tinha sabor suave. Os bolinhos eram perfeitos.

— Você deveria ser crítica gastronômica — dissera Aurelie certa vez.

— O que é isso?

— Alguém que dá opinião sobre as coisas.

— Ah, eu seria boa nisso.

Aurelie se acostumara às refeições esporádicas com Quad. Quanto ao que a amiga fazia no meio-tempo, não tinha ideia. Nunca a via com Iliana. Mas passara a apreciar a companhia silenciosa, as perguntas ocasionais e a crítica abundante aos alimentos oferecidos.

— Vocês estão horríveis — disse Quad à frente da pousada, achando graça.

— Oi pra você também — retorquiu Iliana. — Achei que eu tinha mencionado que havia um traje.

— Coisa de mortal — foi a resposta de Quad. — Vamos comer ou não?

Almoçaram na pousada e depois partiram juntas. Quad ocupando o assento ao lado de Iliana, pois, como ela mesmo dissera:

— Não posso ficar olhando pra você por tantas horas seguidas. Vou morrer de rir.

A viagem adentrou pela tarde. Aurelie observava a paisagem transformando-se aos poucos, as árvores mudando de formato e configuração, as montanhas se aplainando. Nunca tinha ido tão para o oeste.

Depois de muitas horas olhando pela janela, voltou-se para Iliana. Aquela pena ridícula balançava para cima e para baixo quando a carruagem passava por buracos.

Aurelie lembrou-se da pena sobre a mesa da Diretora, naquele dia de sua infância. A pena de Iliana era bem mais chamativa. Voltaria para um pássaro mais exibido, sem dúvida, em algum lugar que se destacasse com suas cores vibrantes.

— Ei! — berrou Iliana do nada, tentando pegar a pena que se separava da tiara.

Aurelie levou um susto.

— Desculpa!

Quad agarrou a pena que levitava na direção da janela.

— Desculpa — repetiu Aurelie, envergonhada. — Estava só pensando.

— No quê?

— No teste da pena — disse ela. Quad a olhou, interrogativa. — É a maneira de verificar se a criança tem poderes mágicos.

— Como funciona?

— Você olha uma pena e a imagina diferente.

Quad meditou a respeito.

— Penas são bem maleáveis. Acho que é um bom começo. — Ela entregou a pena para Aurelie. — Quero fazer o teste.

— Por quê? — questionou Iliana. — Você já sabe que tem magia.

— Não tem mais nada pra fazer aqui, tem?

— Não é verdade. Podíamos jogar cartas.

— Você trouxe o baralho? — perguntou Aurelie.

O rosto de Iliana fez algo que se assimilava perigosamente a um beicinho.

— Não.

— Pode fazer o teste também — disse Quad com carinho.

— Já fiz quando era criança! E, para surpresa de ninguém, falhei espetacularmente.

— Não tem como falhar espetacularmente — disse Aurelie. — Ou algo acontece ou não acontece. — Ela se achegou para o lado e pousou a pena sobre o assento ao lado. — Tenta, Quad.

Quad analisou a pena enquanto Aurelie observava com interesse. Nunca tinha visto ninguém fazendo o teste. Olhou para Quad, depois para a pena...

E *puft*, a pena desapareceu.

— O que você fez com ela? — perguntou Iliana.

Aurelie passou a mão no assento, sentindo apenas o tecido...

E a pena reapareceu.

Quad deu um sorriso rápido.

— Você fez desaparecer — disse Aurelie. — É a mesma coisa que...
— Ela engoliu em seco. — O que Desafortunado disse que aconteceu com a gente. Ele queria que desaparecesse.

— Faz sentido — disse Quad. — Ele tem magia antiga.

— Como assim?

— O encantamento que lançou nos guardas, por exemplo. O disfarce na pousada também.

Aurelie franziu o cenho.

— Mas foi você que o disfarçou.

Quad negou com a cabeça.

— Não, ele se disfarçou primeiro.

Algo surgiu na consciência de Aurelie. Algo que Desafortunado dissera naquela manhã nas Terras da Campina, repetidas vezes:

— "Tenho certeza de que ninguém vai me reconhecer" — murmurou Aurelie.

— Como já o conhecíamos, estávamos imunes ao encantamento — explicou Quad.

— E, como você conhece magia antiga, sabia que ela estava lá.

Quad assentiu.

— Que bom pra ele — disse Iliana. — Agora, cadê minha pena?

Aurelie entregou a pena.

— Por que se importa tanto com ela? — perguntou, observando Iliana recolocar a pena na tiara.

— Minha mãe falou que combina comigo. Acrescenta *interesse visual*.

— Meu Deus, você está parecendo o Desafortunado.

— A verdade é que eu *não* ligo para isso, mas sou da opinião de que, se é pra fazer algo, melhor fazer direito.

Aurelie não podia contestar o argumento.

Trinta e Um

Na opinião de Desafortunado, o problema com casamentos é que não eram só a troca de votos, mas sim uma sucessão de eventos por dias e dias seguidos. Havia o baile dos amantes. O café da manhã em família. A cerimônia, o banquete, o desfile, a recepção. E por aí vai, sem fim. Honória queria fazer alguns dos rituais mais antigos e arcaicos, coisas do tipo jogar areia e acender velas, a guirlanda ancestral, a corrida de raposas...

Era quase uma semana de festividades. E Desafortunado não se sentia nem um pouco festivo.

Precisaria simplesmente fingir.

— Divino! — exclamou ele ao espiar nos aposentos de Honória. Ela estava em frente a um espelho enorme enquanto Noelle e Felizia pulavam de cá pra lá, alisando a barra e os amassados invisíveis do véu. — Maravilhosa! O ápice da moda e da elegância!

Honória olhou para ele pelo espelho.

— Qual é o seu problema?

Talvez fingir precisasse ser algo mais sutil.

— Nem eu sei.

Noelle mal disfarçou o riso quando outra das madrinhas de Honória apareceu.

— A Duquesa Veloz chegou com os primos — anunciou ela. — E a Duquesa Brilhante, com os filhos e duas convidadas.

O coração de Desafortunado agitou-se.

— Iliana chegou?

— Sim.

— E as convidadas, quem são?

Não havia motivo para imaginar que Iliana traria... Desafortunado não devia ousar pensar...

E, no entanto...

— Não sabemos — disse Honória, olhando Desafortunado pelo espelho. — É bem o tipo de coisa que todo mundo quer no próprio casamento, não é mesmo? Desconhecidos. A incerteza, a imprevisibilidade, tudo acrescenta certa emoção a um evento já por si só estressante, não é mesmo?

— Será maravilhoso — disse Desafortunado rapidamente.

— Nem vem.

— O que eu fiz?

— Está tentando me acalmar, igual ao Galante. Vocês dois, às vezes, eu juro...

— Não sou igual ao Galante.

— São mais parecidos do que pensa.

— Por que está sendo tão cruel?

Honória sorriu, apesar de tudo.

— Não podemos fazer troça do nosso irmão.

— Mas é tão divertido. — Desafortunado voltou-se para a madrinha: — Sabe onde a Duquesa Brilhante e sua família vão ficar?

— Na ala leste. Acima do pátio, creio eu.

— Obrigado — disse Desafortunado, e depois fez uma reverência para Honória. — Você está nos trinques! Está radiante e tudo o mais! — E disparou porta afora.

A ala leste, porém, era bastante grande.

A Casa Encantadora era grande, mas os aposentos privativos, onde Desafortunado passava a maior parte do tempo, eram razoáveis. Não precisava de mapa e compasso para percorrê-los.

Já a ala leste era um labirinto de corredores e portas e escadas e varandas, dava para se perder grandiosamente. Desafortunado espiou em cada porta aberta e bateu em cada porta fechada. (Acabou se enrolando numa conversa de quinze minutos com Lorde Valor, que fora interrompido enquanto se barbeava e parecia não se importar de bater papo com a cara cheia de espuma.) E então se lembrou que a família Brilhante estaria com vista para o pátio, mas acabou se confundindo com o lado certo e... Demorou nessa busca.

Mas valeu a pena porque, no fim, deparou-se com uma sala de estar com a porta entreaberta de onde saía uma voz bem familiar...

— Sério, Padeira, a sua é bem melhor.

Desafortunado não parou para pensar que deveria bater ou se anunciar, ou fazer qualquer coisa racional ou prática, ele simplesmente abriu a porta e foi entrando, como se as pessoas lá dentro fossem desaparecer se ele não agisse com rapidez.

Era uma sala pequena, com um teto dourado de decoração elaborada e um amontoado de móveis cor-de-rosa e brancos. Sobre uma mesa baixa de centro, uma variedade de sanduíches e bolos. Quad e Iliana estavam sentadas num sofá, bebendo chá. Perto da lareira, observando um bibelô de cerâmica, Aurelie.

As três olharam para o príncipe que surgiu do nada. Iliana pareceu surpresa. Quad, totalmente plácida. E Aurelie, assustada, derrubou o bibelô. Que caiu ao chão e se quebrou em pedaços.

— Ah, droga — disse ela, depois cobriu a boca com a mão.

Por um lado, Desafortunado não tinha certeza sobre que tipo de recepção esperava. Por outro, estava apenas simplesmente feliz por ver as três.

— Príncipe. — Iliana ficou de pé. Não estava vestida para uma aventura, como sempre, mas estava muito bem-vestida. — Não esperávamos sua presença.

— Não, eu sim... quero dizer, pensei que eu... — Desafortunado aproximou-se de Aurelie, abaixada para recolher os cacos. — Não se preocupe com isso.

Ela sacudiu a cabeça.

— Posso tentar consertar...

— Não é nada. A Honória espalha essas coisas por aí. Eu tenho umas duas dúzias de bichinhos de cerâmica no meu quarto e não sei o que fazer com eles.

Gentilmente, ele pegou os cacos das mãos de Aurelie. (As mãos de *Aurelie... Aurelie* está aqui!) Era um condutor de carruagem em um veículo em formato de abóbora, agora separado em diversos fragmentos.

Desafortunado queria desesperadamente dizer algo... ser charmoso, mas mantendo um certo ar de indiferença. Carismático, mas despreocupado.

Mas tudo o que disse foi:

— Acho que eu não gostaria de andar dentro de uma abóbora.

E fez uma careta.

Mas então Aurelie o olhou nos olhos.

— Não?

— Não. As sementes deixariam tudo muito apertado. E laranja é uma cor péssima para mim.

Por um instante, Aurelie pareceu que iria sorrir.

Então, Quad pigarreou alto. Desafortunado olhou para ela.

— Desculpa. O bolo está muito seco.

Iliana sorriu.

— Feliz por nos ver, príncipe?

— Sim. — Empolgado, demais? — Acho. — Olhou de volta para Aurelie, mas ela havia se afastado na direção de uma das cadeiras. Desafortunado colocou os cacos do bibelô em uma mesinha de canto.

— Sim — repetiu ele. — Não sabia que você viria.

— Sim, bem, sempre gostei da sua irmã.

— Ah, é?

— Acho que sim. De uma forma abstrata. — Iliana deu um gole do chá. — Enfim, estamos aqui para homenageá-la.

— Irão ao baile dos amantes hoje?

— É claro.

O olhar de Desafortunado deslizou para Aurelie. Ela encarava as janelas.

— Todas vocês?

— Eu não perderia por nada — disse Quad, pegando outro pedaço de bolo.

— Você não disse que estavam secos? — perguntou Iliana.

Quad deu de ombros.

— Não foi uma acusação.

Desafortunado esboçou um sorrisinho.

Trinta e Dois

— Eu me sinto... exagerada — disse Aurelie, lado a lado com Iliana e se observando no espelho de corpo inteiro do quarto de vestir. Tanto o vestido que Iliana usava quanto o que tinha emprestado para Aurelie eram... excessivamente adornados. Cheios de laços, rendas, fitas, miçangas perolados e todos os outros tipos de decoração.

— O baile dos amantes é uma ode ao namoro do casal — explicou Iliana. — Os convidados precisam refletir... como posso explicar... o *ardor* do namoro por meio de suas vestes. Um vestido simples seria um insulto.

Quad, sentada em frente à penteadeira sobre um pufe estofado, deu uma risadinha.

— Eu preferia ser insultada.

— Você precisa dar um jeito nas suas roupas também — disse Iliana. Quad suspirou e se enfiou entre as duas diante do espelho. Ela pegou uma pontinha de cada saia.

Aurelie observou, hipnotizada, quando a cor de cada uma subiu pelas mãos de Quad, até sua túnica e calça, transformando o tecido em um padrão rodopiante. Miçangas e brilhos seguiram pelo mesmo caminho, pontilhando a gola e os punhos.

— Melhor assim? — disse ela, e Iliana assentiu, impressionada.

Aurelie observou seu próprio reflexo outra vez. Era um absurdo. Não podia deixar de imaginar o que Desafortunado estaria vestindo, e a partir daí não podia evitar pensar na expressão dele quando entrara na sala mais cedo, nas mãos dele pegando os cacos com gentileza da mão dela. Havia tanto que ela queria falar, porém nada poderia ser dito. Não estava ali para descobrir como ele passara os últimos meses, o que acontecera na escola ou os novos looks de seu guarda-roupa de primavera. Se ele estava bem. Se estava feliz. Nada disso era da conta dela.

Havia apenas a possibilidade de perigo. Não podia perder isso de vista, o motivo pelo qual estava lá.

— O que devemos fazer no baile? — perguntou para Iliana.

— Nos divertir. Agir como convidadas.

— Só isso?

— E ficar de olhos e ouvidos bem abertos — acrescentou Iliana. — É claro.

Por fim, desceram a escadaria — um processo mais longo do que o antecipado por Aurelie. Chamar aquele local de *Casa* era subestimá-lo. Era maior do que a rua principal do vilarejo de Aurelie.

Juntaram-se ao grupo indo na direção do salão de baile, e Aurelie ficou um pouco para trás das amigas pois estava tendo dificuldades com a barra de sua saia. (O vestido era comprido demais.)

Foi então que alguém a chamou.

— Aurelie? É você mesmo?

Aurelie virou-se e foi recebida pela visão inesperada de um rosto conhecido — um rosto de muitos anos antes, que já fora redondo e rosado e agora estava mais maduro. O sorriso, no entanto, permanecia o mesmo, contente e genuíno.

— *É você!* — Marthe gritou e pegou as mãos da moça. — Nossa, olha só pra você. Olha pra gente!

Aurelie foi imediatamente transportada para a infância, a escola, as noites no dormitório em que eram colegas de beliche. Marthe sempre fora gentil e ensolarada, tão generosa com sorrisos e gargalhadas quanto com laços de cabelo e os doces enviados por seus pais.

Aurelie piscou, surpresa.

— Marthe! O que está fazendo aqui?

— Estou acompanhando minha tia-avó — respondeu ela com orgulho. — Sou a cuidadora dela agora, não é maravilhoso? A Titia é bem rica, e, por acaso, fomos visitá-la num verão, dois anos atrás, e nós nos demos muito bem, muito bem mesmo, então ela decidiu ficar comigo!

Se alguma das amigas de escola de Aurelie fosse se tornar herdeira, Aurelie ficava feliz por ser Marthe. Não tinha dúvidas de que ela se daria muito bem vivendo no conforto, sendo agradável e hospitaleira e usando roupas lindas.

— Que maravilha! — disse Aurelie.

— E você? Ficamos tão tristes quando largou a escola, mas eu tinha certeza de que faria coisas incríveis.

— Até parece.

— Como não? Está aqui, afinal! No *casamento real*! Ah, quero ouvir tudo sobre...

— Marthe!

Lá na frente, uma mulher mais velha com um vestido incrivelmente elaborado chamava Marthe.

— Preciso ajudar a Titia, mas vamos conversar mais lá dentro, tá bom? Quero saber de tudo. — Marthe apertou a mão de Aurelie, depois saiu apressada para se juntar à tia.

Antes da primeira dança, todos prestaram atenção enquanto Galante acompanhava Honória e Lorde Adamante até o trono para apresentá-los como casal.

— Um casamento destinado a felicidade e prosperidade — proclamou Galante, esforçado. Honória estava reluzente, e Adam parecia satisfeito.

Desafortunado estava feliz por eles, de verdade, mas não conseguia ignorar a sensação que aumentava dentro dele: o desejo de procurar Aurelie, conversar com ela, entender o que tinha acontecido, explicar sobre a Pedra da Circunspecção...

Mas Desafortunado tinha *deveres* a cumprir. Conversou com diversas duquesas (amigas de sua mãe, muito gentis, mas propensas a cabeças inclinadas e olhos tristes, como se ele ainda fosse um menininho de luto) e conversou com Visconde Hábil sobre as colheitas da estação (o visconde tinha o bigode mais impressionante que Desafortunado já vira e, sob ele, um semblante agradável, os quais ajudavam a suavizar a chatice dos assuntos de sua costumeira conversa), e rezou para que a música começasse logo e assim tivesse uma desculpa para dar uma escapada e enfim procurar as amigas.

Por fim, a primeira dança foi iniciada. Desafortunado analisou o salão mais uma vez em busca de Aurelie, Iliana e Quad, mas nem sinal delas. A multidão era imensa. Acabou preso a uma dança com a filha do Visconde Hábil, vários anos mais jovem do que ele e cuja conversa era bem mais animada que a do pai. No espaço de uma dança, Desafortunado ouviu sobre cada amiga dela na escola, quem era a melhor amiga de quem, e por que todas estavam apaixonadas pelo filho mais novo de Lady Etiqueta e não pelo mais velho, que tinha ganhado uma carruagem com teto solar de aniversário — mas não das melhores — e ficara muito metido por causa disso.

— Nossa — disse Desafortunado, e: — Verdade? — E também: — Não creio! — E: — Fala sério!

A srta. Hábil apertou a mão dele ao fim da dança e disse, sem fôlego:

— Você é muito mais interessante do que seu irmão, não importa o que dizem sobre você ser bobo. — E partiu às pressas, deixando Desafortunado tanto lisonjeado quanto confuso.

Quase não houve pausa na música desde então. Antes que Desafortunado pudesse se desvencilhar e procurar Aurelie, a dança seguinte começou e ele se pegou de frente a Lady Alma. A amante de Iliana.

Lady Alma era muito bonita, de uma maneira que Honória consideraria "convencional demais". Honória dizia que a verdadeira beleza carecia de um ou dois traços dissonantes para ser *realmente encantadora*. Não havia nada de dissonante em Lady Alma. Tinha olhos castanhos profundos e cabelo comprido e castanho, preso em um penteado elaborado, com cachinhos que emolduravam seu rosto.

Desafortunado a conhecia, mas não era íntimo, o mesmo tipo de relação que tinha com tantos outros membros da nobreza. Amontoados em eventos como esse ao longo dos anos, dançando ou conversando, mas nunca se aprofundando para além das cortesias superficiais. Ele sabia que Lady Alma era agradável, mas discreta; parecia analisar uma pessoa com um simples olhar, algo que deixaria Honória orgulhosa. Alma devia ter sido da turma de Desafortunado na universidade, mas decidira permanecer na Capital e continuar seus estudos de música com um tutor particular. Era uma violinista hábil e desejava uma carreira na Filarmônica Real.

Desafortunado queria saber o que ela estava achando da orquestra naquela noite. Notou um esgar em seus lábios quando a seção de cordas tomou conta da melodia, mas não soube dizer se indicava uma reação negativa ou positiva.

— Já viu Iliana hoje? — perguntou ele por fim enquanto dançavam.

Alma assentiu.

— Está aqui. Com uma amiga a tiracolo.

— Aurelie.

Alma inclinou a cabeça.

— Ela é gente boa, a Aurelie — disse Desafortunado. — Muito... ela é muito...

Havia tantas coisas cativantes a respeito de Aurelie. Não sabia quais caíam na categoria de verdadeira beleza de Honória — o ângulo do maxilar, talvez, ou aquela curvinha no lábio inferior — mas, somando-se tudo, Aurelie não era apenas linda: ela era a pessoa mais interessante que ele conhecia.

A expressão de Alma não se alterou, a não ser pela diversão em seus olhos.

— Ah, muito. — Olhou por cima do ombro de Desafortunado. — Iliana parece gostar muito dela.

— Elas não são... Quero dizer... Não acho que Iliana... embora Aurelie seja... muito...

— Você já disse — replicou Alma com um sorrisinho. E balançou a cabeça. — Não estou com ciúmes.

— Nunca presumiria isso.

Os olhos dela brilharam.

— É claro que não.

※

Do outro lado do salão, Aurelie observava.

— Aqui. — Iliana retornava para o canto delas com duas taças de champanhe.

Uma dupla de meninas parou por perto e Aurelie pode ouvi-las murmurando:

— É a filha da Duquesa Brilhante. A doidinha.

Iliana brindou com Aurelie.

— A ser doidinha. — E deu uma golada.

Aurelie olhou feio para as duas meninas, que nem pareceram notar.

— Não se dê ao trabalho — disse Iliana. — Minha mãe sempre diz que se falam de você é porque pensam em você. E pensarem em você é o maior elogio do mundo a meu ver. Seja intencionalmente ou não. — Arrematou a bebida e olhou a de Aurelie.

Aurelie revirou os olhos e trocou sua taça cheia pela vazia de Iliana. Então voltou a atenção para o meio do salão.

Avistou Desafortunado dançando com a garota que só podia ser a famosa Lady Alma. A mesma que vira havia tanto tempo, na primeira busca com Iliana. *Camille*. Continuava a mesma, embora de algum modo ainda mais elegante ao vivo, com movimentos graciosos e seguros. A personificação da nobreza.

A música chegou ao fim, e Desafortunado reverenciou sobre a mão de Lady Alma.

— Ele gosta de você, sabia? — disse Iliana ao seguir o olhar de Aurelie. — Caso não tenha ficado superóbvio.

— Ele gosta de você também. E da Quad, e do Mordomo e do cocheiro, certamente, e de todos os camareiros e lacaios, e de todos os membros do séquito, daqueles doces, daquela estátua. Ele gosta de tudo e de todos; chega a ser cansativo.

Iliana olhou para ela.

— Você gosta dele também.

Lady Alma retirou a mão e permaneceu conversando com Desafortunado enquanto outra música começava.

— E você? — perguntou Aurelie. Era justo.

— Ah, por favor. Desafortunado é como um primo pra mim.

— Estou me referindo a Lady Alma.

Iliana negou com a cabeça.

— Ah, isso não é nada.

— Sério? Então por que carrega a luva dela?

— Pro caso de eu sentir frio na mão.

— Você é teimosa demais.

— Vindo de você, isso é quase um elogio. Você é a pessoa mais teimosa que eu já conheci na vida.

— Pensei que rolasse algo entre vocês duas.

Aurelie e Iliana observaram enquanto Lady Alma fazia uma reverência ao príncipe e se virava para atravessar a multidão.

— Talvez — murmurou Iliana. — Mas nada sério. Somos muito diferentes.

— Você é uma hipócrita.

— O quê?

— *Hipócrita* — repetiu Aurelie. — Você... Que vive falando que Desafortunado e eu...

Quando Iliana voltou seu olhar para Aurelie, havia uma tristeza inesperada nele.

— Alma não é Desafortunado. Ele... é gentil e sincero, e não liga para certas coisas que deveria ligar. Mas Alma é... muito prática. — Voltou a olhar a multidão. — Não me entenda mal... Faz parte do charme dela. Ela sabe...

— Sabe o quê?

— Que eu nunca poderia ser parte disso aqui. — Balançou a cabeça. — Nunca poderia voltar.

— Você está aqui agora.

— É diferente. Estou aqui a passeio, como em uma viagem para os Pântanos de Avila no inverno. Três dias é gostoso, dois a mais é tolerável, no sexto dia você já está de saco cheio dos insetos e fedendo a pântano e a única coisa que quer fazer é voltar para sua vida de sempre. Largar aquela vida emprestada. — Sacudiu a cabeça. — Tudo aqui é emprestado. Não me serve direito.

— Nunca saí de férias — disse Aurelie após uma pausa. — Muito menos fiquei enjoada de férias.

— Foi uma metáfora péssima, admito. — Iliana deu um sorriso amargo. — Perdão, Padeira. Odeio estar aqui. Traz à tona meu pior lado.

— Eu perdoo se me contar seu nome de Corte — disse Aurelie.

Os olhos de Iliana subiram na direção do céu. Ela suspirou com força.

— Iliana — pressionou Aurelie.

— Sabe, nunca sei se você está me abençoando ou amaldiçoando quando fala assim.

— *Iliana*.

— É uma graça, sabe? Com esse sotaque do norte. As vogais ficam mais *redondas*...

— Seu nome.
Ela sacudiu a cabeça. Deu outro suspiro, maior ainda. Capaz de lançar uma frota de navios.
— Tá bom. É... Adorável.
— Sem dúvida. Mas me conta.
— Não. Esse é o nome. Adorável. Lady Adorável.
— Ah — disse Aurelie. E depois: — *Ah*.
— Nem mais uma palavra.
— Essa deve ser a melhor coisa que já ouvi na vida.
— Então precisamos melhorar *muito* a sua vida, não?
— Sério, como seus pais poderiam ser mais sem noção? — disse Aurelie. Era para ser uma piada, mas desfez o sorriso de Iliana.
— Sempre me perguntei a mesma coisa — disse ela, depois de uma pausa. — Bem, certamente não poderiam ter me chamado de Lady Decepção Total Que Largou a Vida na Corte em Troca de Recompensas.
— Lady Irritante seria mais certeiro.
— Hilário.
— Lady Metida. Lady Quase Intolerável. Lady Totalmente Mediana Exceto Pelos Olhos.
— Meus olhos? — Iliana parecia contente.
— Lady Ego Inflado. Lady Irritantemente Confiante. Lady Satisfeita Demais.
— Só estou ouvindo coisas positivas. — Iliana virou o último gole da segunda bebida e olhou para Aurelie. — Acho que você devia começar a pensar no seu nome de Corte. Caso as coisas deem certo com o príncipe.
Aurelie negou com a cabeça.
— Eu te odeio.
— Falando nele...
Aurelie olhou, e lá estava Desafortunado, atravessando a multidão. Bem na direção delas.

Trinta e Três

Aurelie e Desafortunado foram para o terraço e ficaram ali, em silêncio.

Tinha sido sugestão do príncipe, depois de se aproximar de Aurelie e Iliana e falar tudo o que se espera que alguém fale num salão de baile (ou, ao menos, o que Aurelie imaginava que falassem). Elogiou os vestidos delas (a cara de Iliana era de quem queria matar o príncipe), comentou sobre o número de convidados e como sua irmã estava mais feliz do que nunca.

— Lorde Adamante é um sujeito muito bacana — dissera ele, e Aurelie tinha certeza de que o mesmo poderia ser dito de Desafortunado.

Após um tempo ali no salão, Desafortunado inclinara-se para Aurelie e sugerira:

— Qual tal tomarmos um pouco de ar noturno?

— O ar noturno é diferente do ar diurno? — disse Aurelie, a única coisa em que conseguira pensar e imediatamente se arrependera.

— Totalmente — atalhara Iliana. — Vai lá conferir. Vou atrás da Quad.

E então, convenientemente, Iliana desaparecera na multidão, apesar de Quad estar ali perto o tempo todo, de "vigia", como ela mesma dissera, bem camuflada na parede.

E o ar noturno estava lindo demais. A temperatura perfeita. Um cheiro doce na brisa, de...

— Fruta-coração — disse Desafortunado quando Aurelie comentou (depois de uma longa pausa sem ninguém falar nada, alguém tinha que comentar alguma coisa). — A variedade cor-de-rosa cresce somente na Capital. Alguma coisa a ver com a água do rio, que vem das montanhas, e do tipo de rochas no leito...

Silêncio outra vez.

— Aurelie, eu queria dizer... — Desafortunado limpou a garganta. — Eu queria dizer que você está muito bonita.

— Você já disse lá dentro — falou Aurelie, sem conseguir segurar o sorriso.

Desafortunado sorriu de volta.

— Eu disse que seu vestido era muito bonito. Mas estou falando de *você*...

— É longo demais. O vestido — interrompeu Aurelie. Afirmando o óbvio. — É da Iliana. Ela mandou eu cortar a barra, mas achei que a duquesa ficaria histérica.

— Iliana não valoriza a alta-costura.

— Valoriza, sim... mas precisa ser algo que dê pra vestir e ao mesmo tempo ir matar um urso.

— Ah, sim, coisas com espetos e correntes, e...

— Bolsos. Não se esqueça dos bolsos.

— Ela ama mesmo bolsos.

Silêncio.

— E o que está achando do baile? — perguntou ele por fim.

— Cheio. — Foi a primeira coisa que veio à sua mente. Aurelie empalideceu. — Está bonito, é claro. Parece algo saído de um conto de fadas. — Ela havia tirado as luvas e agora as retorcia na mão. Até o fim da festa, estariam totalmente amarrotadas. — Mas imagino que para você seja uma noite comum.

— Bem, só se casa a irmã uma vez. — Então, reconsiderou. — Ou assim se espera.

Aurelie sorriu.

— Qual é o melhor baile em que já foi?

— Hmm. — Desafortunado jogou a cabeça para trás, pensando. O céu acima estava preto com pintinhas estreladas. — Lady Sinceramente fez uma festa de verão excelente há alguns anos. Galante e Honória beberam vinho demais, e Galante desafiou um dos filhos Sinceramente para um duelo.

— E aí?

— Galante vomitou e não conseguiu fazer mais nada depois disso. Aurelie segurou a risada.

— É... — O sorriso de Desafortunado diminuiu um pouco. — É raro vê-lo à vontade. Depois que minha mãe... depois que ele virou rei, ele se tornou... Bem, ele sempre foi sério, mas ficou ainda mais do que antes. Até a Honória... ambos têm um senso de dever que eu... não entendo, acho. Escapei dele por pouco ao nascer em terceiro. E por nascer eu mesmo, suponho. Ninguém realmente me leva a sério. — Silêncio por um momento. — Nem deveriam. — Desafortunado sorriu... em meio a uma careta. — Mas agora me diga, tem alguma coisa que queria ver no oeste enquanto estiver por aqui?

Houvera um momento ali — uma oportunidade — que passara rápido demais. Desafortunado atravessou-o, sem permitir que se demorasse, sem dar uma chance a Aurelie de considerar refutá-lo. Não poderia voltar o assunto; não tinha coragem nem habilidade para isso. Mas gostaria de ter.

— Não parei pra pensar a respeito — foi o que ela falou.

— Admito que... fiquei muito surpreso em ver você aqui. — Parecia que Desafortunado estava mais próximo agora... Como isso aconteceu? Estavam lado a lado na balaustrada. Aurelie sentia a manga dele roçando seu braço. — E contente. É claro.

— Bem, eu... queria conhecer a Casa Encantadora. — A voz de Aurelie ficou presa na garganta. — Outro... ápice da arquitetura da nobreza.

— Posso te perguntar uma coisa? — Desafortunado olhava-a intensamente.

— Sim.

Ele remexia um anel na mão esquerda, girando-o.

— Eu... estraguei tudo... Exagerei? Foi demais? Por isso você quis parar de escrever?

Foi a saudação, para começar: *Minha querida Aurelie.*

Foi: *Ando pensando em você.*

E: *Te escrever ajuda a suportar.*

E: *Queria me lembrar dos ensinamentos dos meus professores como me lembro do seu beijo.*

Aurelie lera essas palavras repetidas vezes. Olhara para o pergaminho por tanto tempo que as letras começaram a virar curvas e ângulos inexpressivos.

Desafortunado engolira em seco.

— Porque eu posso... ser menos, sabe? Posso... ficar como você, ou como você quiser.

— Não quero.

— Não *me* quer?

— Não quero que você seja menos. — A voz de Aurelie estava rouca. — Não é... não é isso.

— Então o quê?

Aurelie pensou no dia em que se conheceram. Depois de salvarem o príncipe, Iliana havia aconselhado que ele abandonasse o séquito — e ele concordara sem nem pensar. Ele sempre tinha *certeza*. Sempre ficava calmo, sem preocupações, e provavelmente por isso tinha ido parar numa emboscada, por não ter se preocupado com a floresta perigosa, com a viagem arriscada, talvez por nem ter se dado conta dos riscos.

Então, talvez o príncipe pensasse que gostava dela, e talvez gostasse agora, com sinceridade, mas não o suficiente para pensar além do momento presente. O resultado de crescer sendo parte da realeza é não ter que nunca pensar nas consequências.

Para Aurelie, só havia consequências. E a consequência de ser uma pobre ajudante de padaria era ficar sem ter para onde ir se largasse tudo por conta de um príncipe e esse príncipe largasse você depois.

E é o que aconteceria, inevitavelmente. Não por malícia. Nem de forma intencional. Desafortunado era alegre e exuberante e entusiasmado, mas também era despreocupado. Simplesmente aconteceria assim que ele se empolgasse com outra coisa, outra aventura.

A perguntava pairava entre os dois. Então, Aurelie sacudiu a cabeça.

— Precisam de mim na padaria — disse ela, e sua voz soou dura aos seus próprios ouvidos.

— Você sequer gosta de ser aprendiz?

Aurelie falou antes de pensar:

— Não é questão de gostar. Tenho um objetivo. Gostar é um luxo.

Desafortunado negou com a cabeça.

— Não entendo por que você se esforça tanto para isso quando poderia estar fazendo tantas outras coisas. Poderia estudar. Magia.

— Havia honestidade no que ele dizia, em seus olhos suplicantes. Mas a sensação que ficou no peito de Aurelie foi de indignação, de... nojo.

— Você não sabe como a vida funciona, não é? — Desafortunado apenas piscou. Devia ter sido chamado de Inocente. Devia ter ficado preso numa torre, para seu próprio bem. — Como eu me sustentaria? O que eu poderia fazer?

— Você pode trabalhar em outro lugar! Algum lugar melhor!

— E onde estão todas essas opções? — Aurelie ergueu as mãos.

— Precisei largar a escola... meus pais certamente não vão conseguir pagar meu retorno. E aí? O que eu faço? Procuro ouro de fada nos bosques? Faço sopa de casca de árvore e durmo num tronco e *torço pelo melhor*? Como você pode ser tão ingênuo? A sua vida é realmente tão fora da realidade assim? Sabe quantas pessoas neste Reino têm ainda menos opções do que eu?

Desafortunado parecia confuso, castigado. Ele experimentou continuar:

— Meu irmão fala que... que as pessoas só precisam trabalhar duro para colher os frutos...

De repente, Aurelie lembrou-se de outra carta de Desafortunado:

Bastian Sinclair é uma inspiração única para mim. Ele começa do zero e se torna mais bem-sucedido do que qualquer um poderia imaginar.

— Ah, então aí está a solução. Entendi. Eu é quem não estou *trabalhando duro o suficiente...*

— Não foi isso que eu quis dizer! Eu quis dizer que...

— Que o quê? Que estou colhendo os frutos que mereço?

— Que você é brilhante! — explodiu ele. — Você dá duro... Trabalha tanto... E devia ter uma recompensa. Devia ter tudo que quisesse e, se não está feliz lá, então devia... devia ir embora Aurelie. Não devia voltar...

— E ir pra onde?

— Para a Capital. — Ele estava decidido. — Comigo. Por favor.

Silêncio.

— Não precisa ser... *Nós* não precisamos ser... nada. Mas você poderia viver lá, no palácio, ou... poderia ir pra universidade. Poderia fazer o que quisesse...

Aurelie tentou começar a falar.

— Eu posso comprar uma casa pra você — continuou ele. — E um tapete com flores. Se você deixasse, eu faria. Então, por favor... deixa.

Era verdade. Estava claro no rosto dele, mas Aurelie apenas fez que não.

Desafortunado engoliu em seco.

— Por que não?

— Porque daria no mesmo. Eu ainda assim ficaria em dívida com alguém. O trabalho que faço agora é justamente para sair dessa posição.

— Não seria a mesma coisa...

— Ao menos a sra. Basil entende o que está fazendo. Você não sabe como nada funciona! Você diz que seu mordomo é como se fosse parte da família, mas o chama de Mordomo... Aposto que nem sabe o nome dele! Não sabe quanto custa um pão ou quantos *anos* demora para se tornar mestre ou sequer entende por que alguém desejaria se tornar mestre! Não posso largar minha chance de ter um futuro para ficar e te fazer companhia até você enjoar de mim.

Desafortunado piscou, parecia chocado. Ferido. Uma brisa bagunçou o cabelo dele, trazendo doçura outra vez.

— O que eu posso fazer? — perguntou ele depois de uma longa pausa. — Como posso ajudar? Apenas... me fale o que devo fazer, e farei.

Aurelie ignorou o aperto dolorido no peito e falou:

— Mande um mensageiro até a padaria com uma carta real dizendo que precisei me ausentar porque vim ajudar você.

— Considere feito.

— Não posso levar a carta comigo pois a sra. Basil vai pensar que forjei com magia...

— Não precisa explicar. O que mais?

— Só isso. — Era a sensação mais desconfortável: a pressão atrás dos olhos, pinicava. — Obrigada.

Então, Aurelie foi embora.

Trinta e Quatro

Desafortunado estava sem vontade alguma de voltar ao baile. Ficou no terraço por mais um tempo, observando os jardins. Quando enjoou da vista, virou-se, recostando-se à balaustrada, e observou o salão de baile pelo vidro. Estava muito iluminado, reluzia com o movimento dos dançarinos, a multidão girando, vestidos e capas varrendo o chão. Observou Honória dançando com Adam, o rosto corado e brilhante. Observou Galante conversando com colegas do Reino do Leste, a postura dura e imóvel.

Desafortunado notou o Mordomo se aproximando e não se surpreendeu ao vê-lo abrir as portas e juntar-se a ele no terraço.

— Está tudo bem, Vossa Alteza?

— Tudo ótimo, obrigado. — Era uma mentira na cara dura, mas o que a etiqueta recomendava. — Só queria um pouco de ar fresco.

O Mordomo inclinou a cabeça.

— Por favor, me avise se precisar de algo.

Desafortunado tentou recrutar um sorriso.

— Já estou com bastante ar. Mas obrigado, aviso sim.

Mordomo fez menção de ir embora.

— Espere. — Desafortunado endireitou-se. — Posso...? Tudo bem pedir uma coisa?

— É claro.

Ele não sabia como expressar o que queria dizer, mas falou mesmo assim:

— Seu filho, Elias... ele seria meu mordomo.

Se Mordomo ficou surpreso com o assunto, não demonstrou. Sua expressão nunca demonstrava nada, o homem era imperturbável.

— Correto.

— Mas ele escolheu ser aprendiz.

Mordomo inclinou a cabeça.

— Por que ele... Sabe o porquê?

Desafortunado lembrou-se de Elias, ou ao menos da impressão que ficou dele de sua infância. Uma época em que qualquer pessoa mais velha parecia mais esperta e importante e capaz, Elias, porém, era ainda mais do que tudo isso. Estava sempre lendo. Tinha respostas rápidas. Desafortunado às vezes achava que Elias considerava-o um fardo, que se tivesse ficado a serviço da família real teria escolhido prestar serviço a Honória ou Galante.

Após um instante, Mordomo respondeu:

— Ele queria ter escolha. Forjar o próprio caminho, suponho, em vez de tê-lo... prescrito.

— O que há de errado com algo prescrito? Minha vida inteira é prescrita. Eu não escolhi, e, no entanto... — Ele parou abruptamente.

O Mordomo deu um leve sorriso.

— Acredito que meu filho apontaria a diferença inerente entre uma vida prescrita como príncipe e uma vida prescrita a serviço de um. — Desviou o olhar. — Mas Elias sempre foi um espírito livre, com sua própria noção de como o mundo deve ser, ambições próprias que eu tentava compreender, de verdade, mas confesso que sempre terminava em discussão... — Balançou a cabeça. — Eu acredito que servir é uma honra. Gostaria que ele sentisse o mesmo. Até hoje gostaria. Se ele tivesse ficado, se tivesse seguido seu destino... — Engoliu em seco. — Poderia estar aqui com você agora.

— E você estaria aproveitando a aposentadoria.

— Fiquei por escolha própria. Como disse, para mim, é uma honra servir. Só quis dizer que, se Elias tivesse ficado, não estaria desaparecido.

— Ele ainda pode ser encontrado.

— Poucos que somem em Underwood retornam.

— Nós voltamos.

— Voltamos. — Mordomo se endireitou. — E, graças ao rei, a floresta ficará ainda mais segura para as próximas viagens.

Os olhos de Desafortunado se voltaram para os vidros que davam para o baile, para onde Galante estava.

— Ele está bem contente com a aprovação da estrada, né?

— Sim, é uma vitória, certamente. O senhor teve seu papel nela, e por isso sou realmente grato.

— Que papel?

Mordomo piscou.

— Bem. A emboscada. Creio que influenciou muitos membros da Corte.

— Galante nunca me contou o que aconteceu aos agressores — murmurou Desafortunado. — Ou o que queriam. Deve ter achado que eu me esqueceria do assunto. — Franziu a testa. — Suponho que não esteja inteiramente errado.

— Certamente ele cuidou de tudo.

— O que isso significa? Cuidou de tudo como?

Mordomo demorou um pouco para responder:

— Eu não saberia dizer.

Desafortunado olhou para o Mordomo e depois pelo vidro, observando Galante no salão.

— Com licença — disse ele, passando pelo Mordomo e voltando para o salão.

O ar estava quente e abafado, com velas demais, pessoas demais. O colarinho apertou o pescoço dele, o colete apertou a cintura.

Galante segurava uma taça de vinho na mão enquanto conversava com um dignitário.

Desafortunado marchou até ele.

— Posso interromper?

— Desafortunado. O que está...

— É rapidinho, obrigado — disse Desafortunado, puxando Galante para o terraço.

— O que deu em você...

— Foi você? — À medida que as peças se encaixavam em sua mente, o coração de Desafortunado batia mais rápido, ribombando em seus ouvidos. Ele estava vermelho, fumegando como uma panela prestes a transbordar. — Ordenou o ataque que sofri?

— O quê? — Galante parecia chocado.

Nesse momento, Mordomo reapareceu, trazendo consigo um breve ribombar do som do salão quando a porta se abriu e depois se fechou, e ele entrou no terraço. Galante apenas lançou um olhar para ele antes de voltar o foco ao irmão.

— Em Underwood. A emboscada. Foi você quem armou tudo aquilo?
— Que absurdo.
— Fala a verdade — disse Desafortunado. Ele sentiu que o que Galante falasse ou fizesse em seguida seria a coisa mais importante que jamais aconteceria entre eles.

Galante tentou sorrir.
— Sério, Desafortunado. As ideias que você tem de vez em quando...
— Não! Não ouse!
Mordomo deu um passo adiante.
— Vossa Alteza, por que nós não...
— Se alguém não me contar a verdade neste instante, eu vou embora para nunca mais voltar. Nunca. Eu juro.

O rosto do Mordomo demonstrou dor.
— O senhor precisa entender — disse ele lentamente. — Nunca correu perigo algum. Garantimos... tínhamos *certeza*... de que era... apenas teatro. Apenas para demonstrar que Underwood não é segura, porque *não é*, e Sua Majestade achou que um acontecimento desses poderia persuadir a Corte... em nome da segurança do povo.

Desafortunado não sabia se ria ou chorava. Galante virou-se na direção dos jardins.
— Vocês nem se deram ao trabalho de *tirar o uniforme*. — Parecia que as palavras vinham de longe. — Me subestimam tanto. Minha inteligência. Não se deram nem ao trabalho de se vestir como bandidos! Pensaram que eu iria me esconder na carruagem, de cabeça baixa, enquanto seus guardas encenavam uma emboscada. É o que realmente pensam de mim.

— Desafortunado...
— Que eu sou um idiota, e talvez eu seja, de verdade, por não enxergar algo tão óbvio simplesmente porque nunca considerei que meu próprio irmão faria, seria *capaz*...

— Vossa Alteza... — Mordomo começou, mas Desafortunado não tirava os olhos de Galante, da linha rígida de seus ombros.

— Você me usar assim. — A voz dele soava mais lamentosa do que queria. Desafortunado queria ser forte, *honrado*, mas de repente só sentia o nó na garganta e uma sensação profunda de luto, embora não soubesse explicar o que exatamente tivesse perdido.

— Desafortunado... — Galante soou cansado, mas não se virou.

— Não. — Desafortunado sacudiu a cabeça. — Nem tente.

E foi embora.

Desafortunado andou pelas alamedas entre os canteiros de flores bem-cuidados. Parecia mais decidido do que alguém simplesmente passeando sob a luz do luar. Não podia evitar caminhar como alguém apressado para chegar a um destino, embora não houvesse local algum em mente. Só queria distância. Distância do Mordomo, de Galante, de tudo. Quantas pessoas sabiam que a emboscada tinha sido totalmente armada? Ele nunca correra perigo, ao menos aos olhos deles: até Iliana, Quad e Aurelie chegarem e arruinarem o grande plano.

Desafortunado marchou pelo jardim das rosas, sob treliças de glicínias, pelo bosque de fruta-coração, florescendo em rosa e branco.

Foi ali que ouviu passos.

Ele parou, e os passos também pararam. Olhou à sua volta e não viu ninguém.

Então continuou, a luz da lua salpicava por entre as folhas das árvores acima.

Ouviu um galho quebrar.

Virou-se rapidamente.

— Quem está aí?

Lorde Desafio saiu detrás de uma árvore.

Não era segredo que o príncipe não ia com a cara dele. Desafortunado não conhecia a família Brilhante muito bem, mas participara de eventos com Iliana e Desafio o suficiente para ter uma ideia sobre eles (embora Iliana usasse seu nome de Corte à época, o qual não lhe caía nada bem. Não que Iliana não fosse adorável, apenas não era o primeiro adjetivo que vinha à mente ao se pensar nela.).

Desafio sempre estava ouvindo a conversa dos outros, guardando para si fofocas e opiniões que considerasse imbecis para depois trazê-las à tona. Ele participava de diversos círculos: parte por conta do título, parte por conta da aparência, que, diga-se de passagem, era *simétrica*.

Mas não era preciso muita convivência para perceber que ele era um sujeito traiçoeiro.

— O que está fazendo aqui fora? — perguntou Desafortunado.

Desafio deu de ombros.

— Se quer mesmo saber, esperando uma amiga.

— Aqui?

— Eu sou muito discreto.

— Hum.

Desafio sorriu.

— Você fica engraçado desconfiado. Parece um cachorrinho tentando fazer uma equação.

— Será que você pode ir para outro lugar, por favor? — perguntou Desafortunado. Não era sua intenção ficar naquele bosque, mas agora que Desafio estava lá não queria ceder a ele.

— Acho que não. Não vou desistir do meu encontro, ainda mais por sua causa.

O tom da voz... aquelas palavras...

Desafortunado levantou o olhar rapidamente.

O jovem guarda em Underwood. *Não desejo morrer hoje, e certamente não por sua causa.*

Não podia ser. Claro que não. Sem chance... de jeito nenhum...

Desafortunado olhou para Desafio. E baixou o olhar. Ali, desenhado no chão, logo atrás de Desafio, viu o círculo de busca.

Desafortunado franziu a testa. "Será..."

Foi seu último pensamento antes de tudo escurecer.

Trinta e Cinco

Aurelie estava indo embora. É claro. Tinha que ir. Mas primeiro precisava consertar o bibelô que tinha quebrado, aquele do homem na carruagem de abóbora.

No contexto todo, era algo desimportante, ela sabia muito bem. Mas não poderia ir embora da Casa Encantadora tendo estragado absolutamente tudo. Precisa consertar *alguma coisa*, se estivesse ao seu alcance.

Se bem lembrava, a sala ficava na galeria cheia de janelas, três portas depois do quadro de um homem sério com pantalonas de cetim...

Chegou à porta e abriu, e lá estava a sala cor-de-rosa e dourada. Vários abajures estavam acesos. Que luxo inimaginável, deixar luzes acesas em cômodos que ninguém usaria.

O herói de Desafortunado, Bastian Sinclair, nunca seria tão extravagante.

Bastian Sinclair não existe, Aurelie falou para si mesma ao entrar na sala sob aquele brilho suave. *E eu sou uma idiota.*

Enquanto Aurelie ralhava consigo mesma, começou a procurar os restos da estátua de cerâmica, mas não estavam em lugar nenhum. Procurou pela sala toda, mas em vão.

Tinha ido até ali em vão. Lágrimas idiotas e constrangedoras subiram aos olhos. Pior: quando tentou segurá-las, aí sim é que rolaram.

Esse deve ser o momento mais idiota da minha vida toda, pensou. *A reação mais irracional à situação mais absurda.*

Tudo ficaria bem se ao menos você conseguisse consertar uma *coisa*, falou outra voz ameaçadora dentro dela.

E então surgiram vozes no corredor.

— Ali, na esquerda, está aberta.

Passos aproximaram-se, e mais uma decisão sem sentido: Aurelie correu para trás das cortinas.

— Viu só? Vazia. Falei que ninguém estaria aqui. — A voz era inconfundível. Iliana.

— Não tem instrumentos aqui. Não posso tocar pra você. Só na sala de música.

Aurelie não conhecia a outra voz. Era agradável, mais macia e suave do que a de Iliana.

— Podemos pensar em outra coisa para fazer — disse Iliana alegremente.

— Adorável...

— Alma. Você é a única que pode me chamar assim, sabia? Mas até vindo de você eu odeio.

— Iliana — corrigiu Lady Alma.

— Camille — respondeu Iliana.

— Você é a única que pode me chamar assim — murmurou Lady Alma.

Estou no lugar errado, na hora errada, pensou Aurelie, e era verdade em tantos níveis.

Era tarde demais para avisar. Para sair detrás das cortinas. Aurelie, contudo, não queria testemunhar algo tão... íntimo.

De repente, silêncio, e então, barulhos suaves que só podiam significar alguém beijando e outro alguém gostando de ser beijado.

O pânico de Aurelie só aumentava quando Lady Alma falou, meio sem fôlego:

— Isso não...

— Hmm?

Os sons continuaram.

— Isso não é uma boa ideia — disse Lady Alma, e então o barulho do farfalhar de tecido, uma cauda de vestido se arrastando pelo tapete à medida que a dama se afastava.

— Por que não? — Iliana nunca tinha soado tão desconcertada.

— Por que não? — repetiu Lady Alma. — Posso te dar dez motivos.

— Fique à vontade, esclareça a questão para mim.

— *Um*, estamos na Casa Encantadora, com *dois*, nossas famílias, e *três*, a família real inteira, sem contar quase todos os membros da Corte logo ali...

— Me parece um motivo só, e você está trapaceando ao dividi-lo em três assim.

— *Quatro*, você foi abominável comigo na última vez em que nos vimos...

— Achei que tinha sido ótimo.

— Sim — falou Lady Alma depois de uma pausa, e Aurelie pensou no que Iliana dissera mais cedo: *Nada sério. Somos muito diferentes.* — Sim, foi ótimo. Mas não queria continuar daquele jeito...

— Então por que veio aqui comigo? Se não tinha desejo?

Um silêncio carregado.

Mais farfalhar. E os sons outra vez.

Iliana foi quem parou dessa vez.

— Seus sinais estão bem confusos, minha querida.

— Você me deixa louca — respondeu Lady Alma.

Movimento. Ajeitaram-se no sofá.

Aurelie olhou por cima do ombro para a janela atrás de si. Conseguiria abrir sem chamar atenção?

Mas então:

— Da última vez eu disse que era a última vez — começou Lady Alma, e mais sons de movimento, de se afastar, ficar de pé, dar um espaço entre elas. — Eu falei sério.

— Vamos só nos divertir.

— É divertido, sim, mas eu quero mais.

— O que é melhor do que diversão?

— Amor.

Silêncio.

Quando Iliana falou, o tom era casual, mas Aurelie notou uma fragilidade também:

— Não entendo muito do assunto.

— Pode crer que eu notei.

Outro momento de silêncio.

— Preciso voltar — disse Lady Alma por fim.

— Eu quero ouvir a sonata qualquer dia desses.

Lady Alma não respondeu e Aurelie ouviu quando a porta abriu e se fechou.

Quando Iliana falou, a voz dela soou bem mais próxima do que o esperado.

— Quad, se estiver na cortina, eu vou ficar muito brava.

Obediente, Aurelie puxou a cortina.

O cabelo de Iliana estava uma bagunça.

— Ah, pior ainda. — A expressão dela estava sombria.

— Desculpe, eu não queria ouvir...

— Você não queria ouvir detrás da cortina onde se escondeu para não ser vista?

— Eu entrei em pânico.

— Por quê? — Iliana apertou os olhos. — Cadê o Desafortunado? O que aconteceu? Por que você está aqui, afinal?

— Queria consertar a abóbora.

— O quê?

— A carruagem, que quebrou. — Aurelie desviou de Iliana e foi para o outro lado da sala.

— Do que você está falando?

— Preciso ir embora, Iliana.

— Como é?

— Preciso voltar para a padaria.

Iliana foi para a frente do espelho com moldura dourada e começou a ajeitar o cabelo. Naquela sala, sob aquela luz, com o vestuário luxuoso e a joia reluzindo no pescoço, Iliana parecia outra pessoa, completamente diferente. Uma versão de outra dimensão, que frequentava bailes e se preocupava com o penteado.

— Tudo em seu devido tempo, Padeira.

— Iliana, eu preciso ir *agora*. Não posso ficar aqui nem mais um dia.

— A essa altura, não faz muita diferença, né? Ou sua mentora vai te demitir ou não vai.

Aurelie sentiu a voz presa na garganta.

— Você disse que ficaria tudo bem.

— E tenho certeza de que vai ficar. Não creio que ela vai dispensar seu trabalho gratuito tão fácil assim. A maioria dos aprendizes hoje em dia não aceitam trabalhar em troca de teto e comida. Você é um achado.

— Qual é o seu problema?
— Nada. — Iliana virou-se para olhar Aurelie. O cabelo tinha melhorado, mas muito pouco. — Sou a mesma pessoa desagradável de sempre. E vou te ajudar a voltar, sério, mas não agora.
— Por que não? Nada está te prendendo aqui mesmo.
A expressão de Iliana virou pedra.
— O príncipe ainda pode estar em perigo. Tem mais coisas rolando do que você sabe...
— É claro que tem, e você nunca me *conta nada*! E ainda assim espera que eu te siga pra cima e pra baixo, que basta chamar. Não é à toa que a Lady Alma se cansou de você, é *exaustivo*...
Foi então que a porta se abriu e Lady Alma, como se convocada, apareceu. Hesitou ao ver Aurelie.
— Eu...
— Não é... — Iliana deu dois passos largos para longe de Aurelie, embora já não estivessem próximas.
— É que... Não é... — Alma negou com a cabeça. — É seu irmão, Iliana. Vem rápido.
Iliana foi até Alma, mas depois voltou-se para Aurelie quando alcançou a soleira.
— Fique aqui, Padeira. Não faça nada de idiota. Só... me espera.

Trinta e Seis

Mas Aurelie não esperou. Não esperou para ver qual infortúnio havia ocorrido com o irmão de Iliana. Em vez disso, fugiu assim que Iliana e Alma desapareceram no corredor.

Soava dramático, *fugir*, mas, na verdade, não fora tão rápido quanto ela gostaria — progredia a passos lentos naquele vestido grande demais. Já no quarto, deu um jeito de sair daquele vestido e tirou os grampos chiques que Iliana havia lhe emprestado. Colocou de volta suas roupas normais. Amarrou o avental.

Agora tinha que descobrir onde ficava a saída da Casa Encantadora.

Por fim, chegando ao pórtico sob o ar quente da noite, tinha que descobrir como fugir de fato. Estava no meio de uma propriedade imensa. Não conhecia nada do território ao redor. Não tinha ideia nem de como arranjar um transporte.

O pânico começava a aumentar dentro dela quando escutou uma voz:

— Aurelie?

Ela se virou, e lá estava Marthe perto da enorme entrada arqueada, junto à mulher mais velha que a tinha convocado anteriormente, e que agora se apoiava no braço da jovem.

— Você está bem? — perguntou Marthe.

— Eu, uh. Sim. Sim, estou.

— Titia queria fumar cachimbo — explicou Marthe, e Aurelie notou o cachimbo elaboradamente decorado na mão da mulher. — Achei melhor buscarmos um lugar mais privativo. Mas parece que você queria um pouco de privacidade também? — Ela se virou para a mulher. — Titia, esta é Aurelie, minha amiga da escola. Aurelie, esta é minha tia-avó, a Baronesa Prumo. — Baronesa Prumo deu um leve aceno de cabeça e Marthe prosseguiu: — Vejo que trocou de roupa, Aurelie. Tem certeza de que está tudo bem?

— Tenho. Só preciso... ir embora. Agora.

— Mas as festividades mal começaram! Ouvi dizer que vão fazer a corrida de raposa, sobre a qual só li em...

Aurelie balançou a cabeça.

— Não posso ficar. Preciso voltar para o meu vilarejo. Mas não...

— Precisou se esforçar muito para dizer em voz alta: — Não sei como.

Marthe pensou a respeito, enquanto a Baronesa Prumo, claramente desinteressada na conversa, acendia seu cachimbo.

— Se precisa ir... — Marthe hesitava — ... há um vilarejo a alguns quilômetros daqui. Lá deve ter transporte. Pode usar nossa carruagem para ir até lá, se quiser.

Aurelie não sabia por quê, mas sentiu vontade de chorar. Porém, em vez disso, apenas assentiu e disse com a voz entrecortada:

— Seria muito bom. Obrigada.

— Imagine. Vou encontrar um lacaio para fazer os arranjos. Faça companhia para a Titia, por favor.

Marthe desapareceu lá dentro, e Aurelie ficou com a Baronesa Prumo. A senhora deu um longo trago no cachimbo e, quando falou, despejou fumaça pelos lábios.

— Você parece uma empregada. Quais são os padrões para estudar na escola de Marthe?

— Sou aprendiz.

— Hm. — A fumaça tinha um cheiro bizarramente doce. — Minha mãe era encadernadora. Ela queria que eu herdasse o negócio, mas me recusei, então ela aceitou um aprendiz. E, para meu azar, me apaixonei por ele.

Aurelie não sabia o que responder, mas a baronesa continuou:

— Tivemos muitos anos felizes juntos, até ele falecer, e eu me casar com o barão. Alguns anos foram tristes também. — Deu outra tragada e inclinou a cabeça, pensativa. — É a média que importa no final, mais do que os altos e baixos.

A baronesa fumou o restante do cachimbo em silêncio, e, quando ela batia as cinzas, Marthe voltou, um pouco esbaforida.

— Vão preparar a carruagem e trazer aqui. Não deve demorar.

— Obrigada.

— Por nada. — Marthe pegou uma das mãos de Aurelie e deu um apertão. — Você sempre foi tão paciente comigo na escola.

Então, voltou-se para a Baronesa Prumo, que enroscou o braço no dela.

— De volta ao baile — ordenou a mulher.

— Claro. — Marthe voltou a olhar Aurelie. — Por favor, se precisar de algo mais...

— Vou ficar bem — disse Aurelie, embora não tivesse certeza disso. Marthe assentiu e sorriu, antes de entrar com a baronesa.

Aurelie nunca deveria ter saído do vilarejo.

Olhando para trás, era bem fácil perceber cada passo em falso. Não concorde em ir ao casamento. Não aceite o convite de Iliana para entrar em Underwood. Não comece a trabalhar com ela, em primeiro lugar. Mantenha a cabeça baixa. Trabalhe. Vire mestra-padeira.

(Não se divirta, não se aventure, não conheça ninguém, não veja nada do mundo...)

Enquanto a carruagem da baronesa atravessava os portões da Casa Encantadora, Aurelie rasgou a costura de uma parte do avental e tirou dali diversas notas; o suficiente, ela esperava, para comprar uma passagem para o norte.

Quando chegou ao vilarejo do qual Marthe falara, encontrou uma carruagem de aluguel que partiria pela manhã e comprou a passagem. Era mais cara do que esperava e ela precisou rasgar outras costuras e pegar mais notas.

A viagem de volta para casa parecia interminável. Seu estômago roncava quando pararam para trocar os cavalos em uma cidade do oeste. Comprou um pouco de comida (a mais barata que achou), mas mal conseguiu comer. Estava com um nó na barriga. Essa aventura toda era um erro terrível. Ela sabia, e, embora torcesse pelo melhor, ficou descaradamente óbvio assim que ela entrou pela porta dos fundos da padaria e viu a sra. Basil ali: o pior aconteceria.

A sra. Basil era uma mulher pequena, bem magra, mas que usava trajes volumosos. O vestido dela nem se comparava aos que Aurelie vira no baile, mas ainda assim era cheio de babados, cintura definida e mangas franzidas que apertavam os cotovelos. Ela certamente ficaria devastada quando soubesse que a moda na Corte era outra e agora seu visual estava *démodé*.

Pela cara da sra. Basil, a missiva real não havia chegado. Aquela em que o príncipe explicaria a ausência de Aurelie. Aquela que resolveria tudo.

Talvez um mensageiro chegue bem agora, pensou loucamente. Mas não podia negar o mais provável: a carta nem havia sido enviada.

Aurelie devia estar sentindo uma sensação de derrota, como se estivesse caindo. Em vez disso, não sentiu nada — apenas, estranhamente, redimida. Pois *sabia* o que aconteceria. E só podia culpar a si mesma. Isso facilitava tudo. Era inevitável.

A sra. Basil olhou para ela e disse:

— Decidiu dar as caras, é? Que benção, minha aprendiz se *digna* a aparecer para o trabalho, depois de *dias* fora, nos deixando completamente desamparados...

Adiantava falar alguma coisa? Mesmo assim, não pode evitar. Precisava tentar.

— Perdão, sra. Basil. Houve uma emergência...

— Uma emergência? Com quem? Sua amada família? Seus muitos conhecidos?

— Precisei ajudar um amigo.

Sra. Basil franziu os lábios.

— Um *amigo*. Sei. Você acha que sou tonta, né? O que mais eu podia esperar? Acha que não notei suas tentativas patéticas de atrair um admirador? E acha que eu não notei sua associação com aquela outra... *pessoa*. Se rebaixando com o uso de magia para ajudar tipos *impróprios*.

— Minha magia beneficia a senhora também.

— Até parece. Sua magia é defeituosa, como todas as outras. Uma perda de tempo! Um insulto ao decoro.

— Minha magia aquece seu banho, esfria sua massa, acende o forno...

— Corrompida! — continuou ela.

— Além disso tudo, sou eu quem assa os pães, sou eu quem os vende, dou o meu melhor em tudo, faço tudo do jeito mais rápido possível, e, mesmo assim, a senhora me trata como uma *criminosa*...

— Eu acolhi você! Te aceitei em troco de nada e, apesar de todos os seus esforços para me atrapalhar, me esforcei ao máximo para você se tornar alguma coisa!

— Sim, faminta, exausta e amarga, foi isso que me tornei!

A sra. Basil apenas a olhou por um instante, sem expressão alguma. Então se aproximou de Aurelie, com a barra do vestido deslizando pelo chão.

Ela se inclinou, perto do rosto de Aurelie.

— Tudo que você tem é graças a mim — a voz dela estava assustadoramente baixa. — É graças à *minha* bondade. Lembre-se disso quando estiver no olho da rua. Lembre-se disso quando estiver mendigando restos e as pessoas te ignorarem. — Ela se virou. — Está dispensada, para sempre. Você só me roubou e eu vou contar para todo mundo que ladra desavergonhada você é.

Aurelie tentou falar. A magia queimava na palma de suas mãos, sem ter para onde ir.

Aurelie saiu.

Jonas foi atrás dela.

— Aurelie! — chamou ele, e os passos dela desaceleraram. Jonas estava com a testa franzida, olhos arrependidos. Deve ter ouvido tudo, não tinha como não.

— Vá para minha casa. Lado sul da rua Chapel. Vá pra lá e me espere, e vamos... vamos resolver tudo.

— Está tudo bem, Jonas. — A voz de Aurelie estava presa na garganta. — A culpa é minha. Não devia ter ido.

— E seu amigo? Conseguiu ajudá-lo?

Aurelie assentiu, embora fosse mentira. Não tinha ajudado ninguém. Só piorado tudo.

— Vá pra minha casa — insistiu Jonas, como se soubesse que ela não iria.

— Eu vou — disse ela, embora soubesse também.

Jonas não era nada dela, não era responsável por ela. Ela era o motivo disso tudo. Só podia culpar a si mesma. Jonas já trabalhava demais, até a última gota de suor, e ainda tinham o bebê. Mesmo com as economias de Katriane, eles mal poderiam segurar as pontas até ela voltar ao trabalho. E os dois ainda estudando para obter a proficiência...

Aurelie assentiu.

— Obrigada. Eu vou.

Aurelie teve a sensação de que aquela era a última vez em que o veria. Seus olhos pinicavam.

Disse para si mesma que era a poeira.

Trinta e Sete

Aonde uma pessoa vai quando não tem para onde ir? Aurelie deu a volta na praça central, uma dúzia de vezes ou mais, pensando em quando a sra. Basil contrataria outro aprendiz. Queria poder avisar a essa pessoa — *não aceite, é sério* —, mas quem era ela para falar, se aceitaria a posição de volta num piscar de olhos?

Quatro anos de trabalho jogados no lixo.

Talvez conseguisse algo na Chapdelaine. Talvez Jonas e Katriane pudessem realmente ajudá-la...

Mas lá não costumava haver vagas, se não Jonas teria conseguido algo para ele próprio. E jamais aceitariam alguém tão mal falado pela sra. Basil. Aurelie já imaginava: *Essa menina é um veneno! Melhor rasgar dinheiro do que contratá-la!*

Aurelie sentiu a chama da indignação e se lembrou de que nunca teria que olhar para a sra. Basil outra vez. Isso era um ponto positivo. O único.

Decidiu alugar um quarto para passar a noite, como Iliana tinha feito na viagem para a Capital. Isso era fácil.

Havia uma pousada na zona norte chamada Armbruster. Aurelie só sabia disso graças a um cliente fiel da padaria que trabalhava lá.

E era justamente ele na recepção quando ela entrou. Quando ele falou o preço do pernoite, ela quase se virou e foi embora.

— Isso é... por uma noite? — Ela esperava ter sido engano. Talvez ele tivesse entendido uma semana, ou mesmo um mês.

— O melhor preço deste lado de Underwood — disse ele. — Se for na Lansdowne do outro lado da cidade, vão pedir seu rim.

Aurelie não sabia se isso era verdade. Não tinha como saber. Primeiro, o custo da carruagem, depois isto — era assustador como o dinheiro ia embora rápido.

Ela engoliu em seco.

— Eu... não podemos fazer uma permuta?

— Não fazemos negócios assim.

— Eu sei magia. Se precisar... de alguma tarefa feita, eu consigo.

Ele zombou.

— Para depois ter que refazer em dobro? Nem pensar, obrigado.

— Faço buscas, se você... se você tiver as pedras.

Ele ergueu uma sobrancelha.

— Não tem nem seu próprio material?

Aurelie não falou nada.

— Nunca entendi essa história de busca mesmo.

— É para... encontrar alguém.

— Você consegue encontrar o bom humor da minha mulher? — perguntou o recepcionista.

Aurelie não riu.

Ele suavizou um pouco.

— Desculpa, senhorita. Mas é uma arte perdida, há de convir. Não tem mais uso na economia atual.

Aurelie assentiu.

— Vai querer um quarto ou não?

Ela olhou para fora. O céu escurecia.

Podia sair andando em busca de um celeiro para dormir. Isso acontecia nas histórias, não? Mas não tinha certeza de que haveria algum por aí. Não sabia quase nada sobre o vilarejo, apesar de estar morando ali havia quatro anos. Só sabia o que ouvia dos clientes na padaria ou o que conseguia pescar em suas saídas para comprar ingredientes que não haviam sido entregues.

— Vou. — E pegou a chave.

༺

À noite, Aurelie contou o restante do dinheiro em seu avental. Precisava de um plano. Seu estômago roncava.

Havia um pedaço de pão no avental, restos da jornada.

Aumentou o pão com uso de magia e comeu metade, guardando a outra para ser expandida pela manhã. A cada vez, perdia um pouco do sabor, e arriscava aumentar sua fome, mas talvez isso fosse só conversa, e, em todo caso, ela não tinha muitas opções. O dinheiro costurado era tudo o que possuía. Precisava fazê-lo durar ao máximo. Sabe-se lá quando ou onde arrumaria serviço.

Deitada na cama aquela noite — uma cama de verdade, alta —, uma lembrança lhe veio, espontânea. Uma voz suave, mãos entrelaçadas.

Se precisar de algo, Aurelie, por favor... não hesite em me procurar. Aqui está meu endereço.

Obrigada, srta. Ember.

Espero que seja feliz em sua nova posição.

Havia algo nos olhos da professora que demonstrava dúvidas a esse respeito.

Com certeza, serei, fora a resposta, pois o que Aurelie sempre quisera era ser uma boa aluna, deixar a srta. Ember orgulhosa. Em algum mundo mágico, a srta. Ember era sua irmã mais velha, e Jonas seu irmão, e ela era amada e cuidada e sentia-se segura. Todos tinham comida na mesa, emprego. Todos eram felizes.

Pode ficar debaixo desse telhado, dizia a sra. Basil sobre essa linha de pensamento, *mas ele não vai impedir a chuva de cair sobre a sua cabeça.*

Aurelie observou as tábuas de madeira acima. Poderia ir até a escola — até a srta. Ember — e pedir... se não ajuda, um conselho ao menos. O que fazer em seguida. Aonde ir quando não se tem para onde ir, quando se foi mandada embora sem carta de recomendação.

Decidiu antes de seus olhos se fecharem.

Ela iria até a escola na manhã seguinte.

Trinta e Oito

Desafortunado acordou preso em uma torre.
Pelo menos presumiu se tratar de uma torre. Era um cômodo redondo, com parede de pedra e uma janela estreita bem no alto, de onde se via apenas uma faixa de céu azul.

Sentia-se como se tivesse despertado de um sono profundo. A boca estava com um gosto estranho. Ele passou a mão pelos cabelos. Ainda vestia o traje do baile dos amantes. Devia ter insistido por uma roupa preta. A jaqueta azul ia suportar bem, mas a calça e o colete brancos iriam fazer aparecer cada grão de sujeira do chão de pedra em que estava deitado.

Zonzo, ainda acordando, foram esses pensamentos que lhe vieram: a janela, as pedras, a sujeira, as roupas. Em seguida, surgiu a noção de que dessa vez tinha sido sequestrado de fato e que não havia ninguém à sua volta para curtir a ironia.

E então, assustado, sentou-se, lembrando que não tinha cumprido sua promessa. Não enviara um mensageiro para a padaria.

Foi tomado por uma onda de náusea, em parte por ter se sentado rápido demais, em parte pela culpa pesada. Quanto tempo havia passado? Onde estava ela? Será que já teria voltado ao vilarejo? Seria demitida? Odiaria Desafortunado para sempre?

Embora a lembrança da traição de Galante o ferisse, não podia deixar de ouvir a voz dele em sua mente: *Analise a situação*. Era o primeiro movimento de Galante, sua abertura, dez em cada dez vezes. *O rio está subindo, Vossa Majestade.*

Analise a situação.

Havia uma porta à esquerda, obviamente trancada. O teto devia estar a uns seis metros de altura, a janela, o dobro da altura do príncipe. Paredes lisas demais para escalar. A cabeça de Desafortunado latejava.

Antes que pudesse analisar algo mais, a porta se abriu, e um homem entrou.

Desafortunado o conhecia. De uma pousada. Chamava muito mais atenção naquele dia. Agora estava vestido de modo mais discreto, porém ainda na moda.

— Ah — disse Sylvain Copperend. — Acordou. Excelente.

Ele segurava um livro grande, que depositou no chão. Então saiu do cômodo, voltando um instante depois, com uma pessoa, curvada e se apoiando pesadamente em seu braço.

Era o Professor Frison, o mentor de Desafortunado em estudos mágicos.

O homem era velho, mas parecia ter envelhecido mais de dez anos desde a semana anterior. (Seria possível? Menos de uma semana desde que ele encarara Desafortunado do outro lado de uma grande mesa de madeira com decepção no olhar. *Sinto muito, meu garoto... Simplesmente não posso em sã consciência aprovar você este ano.*) Ele mal pareceu reconhecer Desafortunado. Parecia... esgotado. Transparente.

— Aqui, Professor — disse Copperend. — Trouxe seu aluno. Aqui está o príncipe.

— O príncipe? — repetiu o homem, debilmente.

— Sou eu. — Desafortunado se aproximou do professor, que vacilava. Copperend o segurou. — O que você fez com ele?

— Asseguro que foi autoinfligido — respondeu Copperend. — Se ele fosse mais habilidoso em magia, teria lhe custado menos.

Copperend gesticulou com uma das mãos, como se tirasse algo do ar, e uma cadeira apareceu no meio da sala. Por um instante, Desafortunado apenas encarou. Nunca tinha visto aquele tipo de magia.

— Você é um mago.

Copperend parecia se divertir.

— E dizem que você é meio lerdo. — Levou o professor até a cadeira. — Sente-se, Professor. Recupere um pouco das forças antes de recomeçarmos.

Professor Frison sacudiu a cabeça.

— Não. Não, por favor. Chega.

— Ora, vamos lá — disse Copperend. — Tive o trabalhão de trazer o príncipe até aqui.

— Não consigo — disse o professor, esgotado.

— Então, deixe Desafortunado ter a honra. — Copperend pegou um saquinho de couro do bolso do paletó. — Vamos. — Estendeu-o ao príncipe. — Pegue.

Desafortunado teria dado tudo por um dos encantos de Quad. Ou por Quad em si, ou Iliana, ou Aurelie — melhor ainda, para que as três aparecessem e acabassem com tudo aquilo com um movimento dos punhos. Rirem depois de um tudo, em segurança e distantes.

Copperend sorriu, com dentes brilhantes e retos.

— Eu insisto.

Desafortunado olhou para a porta. Era a única saída. Poderia lutar, mas o professor não. Desafortunado conseguiria tirar os dois dali? Dava para arriscar? Copperend estava desarmado. Não tinha tentado machucar Desafortunado até o momento, mas o príncipe tinha impressão de que foi só por falta de oportunidade. A ausência de armas era mais desconcertante do que a presença.

Desafortunado pegou o saquinho. Abriu com cuidado.

— Pedras de busca.

— Outra observação astuta. Muito bem.

— O que eu devo fazer com isso?

— Quero que busque — respondeu o homem. — Por mim. Seu querido tio Valente.

— Valente está morto.

— Tem certeza?

— Sim — respondeu Desafortunado com o maxilar enrijecido. — Meu tio está enterrado na Capela Real. Vi a tumba com meus próprios olhos.

— E você esteve presente no dia de sua morte?

— É claro que não.

— Viu o cadáver dentro da tumba com seus dois olhos? Viu os ossos de seu tio?

— Não.

— Mesmo se tivesse visto, poderia ter certeza absoluta de quem eram os ossos? Poderia dizer, sem sombra de dúvida, que pertenciam ao antigo herdeiro do trono? Ou há uma chance, mesmo que ínfima, de que sejam os ossos de um farsante?

— Um farsante? — repetiu Desafortunado secamente.

— Não seja tão incrédulo, príncipe! Pense bem. Como alguém poderia ter certeza? Como provar?

— Como *você* poderia provar?

— É exatamente o que pretendo fazer — respondeu ele. — E você e o professor vão me ajudar. Vamos buscar Valente. Quantas vezes forem necessárias até encontrá-lo. Buscaremos até me encontrar. — Ele pegou o livro e abriu numa página. — E aqui vai a melhor parte: sabe o que descobri?

— Não posso dizer que sei.

— Com dois círculos justapostos, com um segundo buscador, é possível criar uma janela na visão do primeiro. Desse modo, *todos* poderemos ver. Será irrefutável. Mostrarei à Corte que a busca por Valente leva a Sylvain Copperend.

— E vai contar como conseguiu essa prova irrefutável? Ou vai nos fazer desaparecer, como fez com Elias Allred?

Copperend tirou os olhos do livro e levou-os até Desafortunado.

— O que você sabe sobre Elias Allred?

— Sei que ele era seu aprendiz. E conheço o pai dele. Sei o quanto ele quer o filho de volta.

Copperend voltou-se para o livro.

— Infelizmente, ele era inútil para mim.

Desafortunado engoliu em seco.

— Bem, acho que eu também. O professor não comentou que sou um fracasso? Não consigo fazer magia. E certamente não sei buscar.

Copperend apenas o encarou.

— Que pena. Mas felizmente conheço alguém que sabe.

O coração de Desafortunado pulou até sua garganta quando Copperend estalou o dedo e a porta se abriu.

Trinta e Nove

Aurelie viajou até a Escola para Garotas Mercier. Ficava num vale próximo ao rio do Norte. O campus era sem dúvida pitoresco. Quando chegara ali pela primeira vez, Aurelie se sentira entrando num livro. Os prédios eram imponentes e bem cuidados, e os jardins, viçosos e esverdeados, pontilhados por árvores.

Quando Aurelie chegou, os portões estavam abertos, mas a porta do edifício principal, fechada. Quem abriu foi uma jovem do primeiro ou segundo ano, encarregada da recepção. Quando Aurelie explicou que ela — acabada da viagem, com roupas limpas pela magia, há quase três dias comendo o mesmo pão expandido — era ex-aluna, o olhar da garota se encheu de curiosidade.

— Gostaria de ver a srta. Ember — disse Aurelie, se corrigindo depois: — Preciso vê-la.

A recepcionista franziu o cenho.

— Perdão, mas a srta. Ember não está.

— Onde ela está?

A menina olhou para o lado, depois se inclinou para a frente, com olhos arregalados.

— Ninguém sabe.

O estômago de Aurelie se revirou.

— Ela está bem?

— Faz quase uma semana que ela sumiu.

— Sumiu?

— Sim, desapareceu. Do nada. — Ela baixou a voz: — Umas meninas mais velhas pensam que ela fugiu pra se casar. Ela foi vista com um homem do vilarejo...

A srta. Ember não fugiria. Era a pessoa mais responsável do mundo: centrada, comedida, sensata.
— Mas vocês foram atrás dela?
A menina deu de ombros.
— A diretora disse que estão cuidando do assunto. Ouvi dizer que ela ficou possessa.
Uma voz surgiu no hall e a menina olhou para trás.
— Sinto muito, senhorita — disse ela. — Mas avisarei à srta. Ember que você a procurou. Se ela voltar. — Então, fechou a porta.
Aurelie caminhou sem propósito. Para onde iria? O que poderia fazer? E o pior: o que teria acontecido com a srta. Ember?
Mas, se ela estava desaparecida, talvez ninguém soubesse procurá-la como Aurelie. Do jeito que a srta. Ember ensinou.
Em um instante, Aurelie ganhou um propósito. Voltou-se na direção do prédio, mas virou à esquerda, para onde ficavam os dormitórios.
Se a srta. Ember partira subitamente, talvez seus pertences ainda estivessem lá. Aurelie encontrou a janela que pensava se tratar do escritório da professora — três andares acima, onde as meninas dos primeiros anos dormiam — e se posicionou abaixo dela.
Pensou em seu teste da pena. Pensou naquela sensação. Não tinha sido sua intenção abrir a janela, mas talvez por isso acontecera, sem esforço consciente. Aurelie focou-se no saquinho com as pedras de busca, uma bolsinha de couro castanho e macio, com um desenho de diamantes entrelaçados no centro. Pensou no som da cordinha sendo puxada. Na sensação de cada pedra repousando em sua mão.
Acima dela, a janela se abriu e, num instante, a bolsinha desceu e pairou diante dela.
Aurelie pegou-a no ar e partiu.
Alcançou o bosque próximo à escola e procurou um arvoredo — *bétula amplifica a magia* — e torceu para não ser ocupado por habitantes da terra.
Encontrou um pequeno aglomerado de bétulas. Era um dia ensolarado, e o céu da tarde estava um azul profundo. Havia um córrego adjacente. Um vento suave roçava os galhos, e Aurelie pensou em simplesmente deitar e descansar. Estava cansada, e não era aquela exaustão

do trabalho pesado. Era um cansaço diferente e visceral. Drenada por dentro.

Encontrou um pedacinho de chão exposto na base de uma árvore e pôs-se a desenhar o círculo e marcar os símbolos.

É uma arte perdida, há de convir, dissera o recepcionista da pousada. Mas a srta. Ember pensara por bem ensiná-la a Aurelie mesmo assim.

Uma noite, poucos antes de Aurelie ir embora da escola, ela e srta. Ember compartilharam um bule de chá depois da aula. Era costume delas. Mas, naquela noite em questão, a professora espiara por cima de sua xícara lascada e contara à aluna que soubera de sua habilidade para busca desde o teste da pena.

— Você puxou de dentro de si — dissera a professora, os olhos vivos. — Outras crianças... pegam o calor do fogo e incendeiam a pena. Chupam a cor de uma superfície e transformam a pena. Mas você... *invocou* o movimento, forçou a janela a se abrir. Esse tipo de magia vem de algum lugar. Vem de dentro. — Uma pausa. — Nesse momento eu soube que você era capaz de buscar, porque era capaz de ceder. E eu soube que poderia dominar essa arte porque você se deixa tomar pela magia.

Ajoelhada diante do círculo no chão da floresta, Aurelie pensou no rosto da srta. Ember, suas mãos sobre o bule enquanto servia chá cuidadosamente, seus olhos bondosos e observadores.

E então apareceu, por trás das pálpebras de Aurelie — uma imagem tomando forma. Retângulos desiguais de pedra, empilhados e cimentados. Uma janela no alto, estreita, com vidro em formato de diamante. E uma silhueta... duas... quatro... A srta. Ember era uma delas, sem dúvida, mas também... Ali, explodindo como um raio de luz...

Desafortunado.

Não fazia sentido. Mas, antes que Aurelie pudesse refletir, outra silhueta virou-se para ela. Usava um paletó simples, porém elegante, e segurava um grande livro. O rosto dele... Aurelie já o vira. Na pousada nas Terras da Campina, cumprimentando o proprietário. Analisando o ambiente e pousando os olhos muito brevemente sobre Desafortunado.

Sylvain Copperend. O homem que afirmava ser Valente, o rei perdido.

Naquele momento, ele olhava na direção de Aurelie. Olhava... *para* Aurelie. E sorriu.

— Quem temos aqui? — A voz dele soou com clareza perfeita, como se estivesse bem diante dela.

Aurelie se afastou e a imagem se espatifou. Uma onda de exaustão atravessou-a, irreprimível e devoradora.

E desse momento em diante ela não soube de mais nada porque perdeu a consciência.

Quarenta

A mulher era professora. Pelo menos foi isso que Desafortunado pode averiguar. Talvez tivesse a idade de Galante, e usava um vestido cinza-claro com um bordado de círculos interligados nos punhos. O símbolo significava que ela tinha estudado na Cidade Acadêmica.

— Vossa Alteza — disse ela, fazendo uma mesura ao avistar Desafortunado.

Copperend ficou irritado.

— Pare com isso — disse ele. — Quando eu for rei, vou acabar com essas honrarias. Não significam nada mesmo.

Ele instruiu Desafortunado e a professora a desenharem dois círculos. Desafortunado nunca tinha desenhado um na vida, então pegou o giz ofertado pela professora e ajoelhou ao lado dela, tentando copiar o que ela desenhava no chão de pedra.

— Qual é o seu nome? — sussurrou ele.

— Ember — disse ela baixinho. — Evangeline Ember.

Desafortunado olhou para ela. A professora favorita de Aurelie chamava-se Ember. A que a ensinou a buscar.

— Você dá aula numa escola para garotas?

— Sim — respondeu ela.

— Chega de conversa — falou Copperend, e Desafortunado levantou os olhos para ele.

— Não sei por que está fazendo isso.

— Já falei que...

De repente, Desafortunado teve uma ideia.

— Não sou o príncipe — disse ele, a mente a mil por hora. — Você se enganou. Não sei por que sequestrou a mim, meu pai e minha irmã, mas não somos quem está pensando. Não temos nada a oferecer. Já me falaram que pareço com o príncipe... acho que é o cabelo, é da mesma cor... mas de perto, veja, somos diferentes. *Certamente* você consegue perceber.

Copperend não disse nada.

— Sou balconista na galeria do meu pai, no distrito das artes — continuou Desafortunado. — Minha irmã trabalha numa oficina de costura. Não podemos ajudá-lo, está bem? Não sabemos nada de magia. Por favor, nos deixe ir embora. — Ele olhou bem nos olhos de Copperend. — Por favor. Está enganado.

Copperend piscou, e então lentamente sorriu.

— É uma boa tentativa, admito. — Observou Desafortunado com interesse. — Se eu não fosse tão bom... Se eu fosse *bem* pior... Acho que cairia nessa. Mas você não entende como funciona, não é? As camadas. Ninguém te ensinou direito. Ele com certeza não. — Apontou o Professor Frison, sentado imóvel na cadeira. — Eu poderia, de uma maneira diferente... bem, não importa agora. Não basta conjurar. É preciso *fazer* com que eu acredite. Ilusão é persuasão. E persuasão não é nada sem intenção. É necessário ter as três totalmente equilibradas, trabalhando em uníssono, para que funcione. E você está desequilibrado. Sabe por quê?

— Já falei, está cometendo um engano...

— Porque está desesperado — concluiu Copperend. — E agora não é hora de treinar. Preciso fazer umas coisinhas. Vamos começar?

Quarenta e Um

Aurelie acordou com alguém cutucando seu ombro. Não com força, mas insistentemente.

Abriu os olhos, embora suas pálpebras pesassem horrivelmente. A floresta estava escura. Acima, uma figura segurando um cajado com o qual a cutucava.

— Quad?

Quad parou de cutucar.

— O que está fazendo? — perguntou Aurelie com a voz mole.

— Eu ia te perguntar o mesmo.

Aurelie tentou ficar de pé, mas caiu. Que sensação esquisita — não era fome, nem cansaço, era como se estivesse gasta, rasgando-se.

Quad suspirou e largou o cajado no chão para ajudar Aurelie.

— Você é idiota.

— Bem, nós, crianças mortais, somos bem burras — disse Aurelie com o máximo de sorriso que foi capaz. Era meio patético, porque estava mais para uma careta.

— Você não é criança. É mais velha do que eu.

Aurelie não se lembrava se já havia tocado em Quad. Já tinham se abraçado? Dado as mãos? Se não, deveriam — e agora seu braço estava pendurado em cima dos ombros de Quad. Não se lembrava de jamais ter se sentido tão exausta — nem depois de dias seguidos cozinhando, nos preparativos para a visita daquele visconde, nem depois de passar a noite inteira buscando algum caso mais difícil para Iliana, nem depois de quatro anos trabalhando para a sra. Basil. Não fazia ideia de para onde estavam indo, mas Quad parecia saber, guiando o caminho pela floresta.

— Não pode ser — respondeu Aurelie. — Não conheço nenhuma pedra mais nova do que eu.

Chegaram a uma choupana com telhado de palha, quase camuflada entre as árvores.

— Mais velha no sentido intelectual — disse Quad ao guiar Aurelie pela porta. — Embora você não tenha intelecto algum. — Ela levou Aurelie até o catre num canto.

— E como você sabe? — perguntou Aurelie, caindo no catre. Era bem mais macio do que esperava. Verde como folhas (seria feito de folhas mesmo?), mas com um toque de pelúcia.

— Você se apaixonou, para começo de conversa.

— Isso significa que sou mais velha ou que não tenho intelecto?

— Os dois. Agora dorme.

E Aurelie dormiu.

Quando acordou, havia outra pessoa ali — o farfalhar de um casaco, o som de botas contra o chão duro. Iliana.

Ela se virou abruptamente quando Aurelie se sentou.

— Acordou.

A voz de Aurelie saiu rachada:

— Acordei.

Iliana se ajoelhou à frente dela.

Aurelie nunca vira Iliana naquele estado. Nunca vira em estado algum a não ser sempre de boa, calma, senhora de si. Agora, agarrava Aurelie desconfortavelmente pelos ombros, com uma expressão que era um misto de alívio, desespero e irritação.

— Fui até a Basil e ela me contou que você roubou dela e fugiu. Ela me pediu para ir atrás de você e levá-la para a polícia.

— Não roubei nada.

— É lógico que não. Aquela mulher é uma vigarista! Ela é uma... *tratante*! Vou voltar lá e arrasar com aquele lugar! Vou assar o coração dela numa torta e comer e falar pra todo mundo que é nojento!

Aurelie não conseguia decidir se ficava tocada ou horrorizada. Acabou ficando as duas coisas.

— Seria um insulto a si mesma — disse Quad, séria. — Assar essa torta.

Iliana apertou Aurelie mais uma vez, com força, então ficou de pé e andou para longe.
— Você é uma idiota.
— Como é? — disse Quad.
— Aurelie.
— Ah, sim.
— Ei!
Iliana se virou e a expressão dela estava ainda pior. Magoada.
— A gente podia te ajudar. *Eu* podia te ajudar. Sei que fui péssima no casamento... Eu sei. E sinto muito. Meu humor estava péssimo... mas você não precisava ter fugido daquele jeito. E não precisava ter chegado a esse ponto... Tão doente de magia que até desmaiou! Aposto que estava comendo comida expandida, né?
Aurelie virou o rosto. A voz de Iliana ficou fragilizada:
— Por que você acha que precisa fazer tudo sozinha? Somos amigas. — Iliana balançou a cabeça. — Você ainda não entendeu? Somos suas *amigas*.
Aurelie quis falar *colega*, depois *conhecida*. Olhou para as duas — Iliana, com o rosto avermelhado, e Quad, de braços cruzados e expressão séria — e pensou. *Somos suas amigas.*
Aurelie achou melhor não dizer nada. Em vez disso, engoliu em seco e olhou pela janela. Já estava escuro, mas não tinha ideia de que horas eram.
Por fim, quebrou o silêncio.
— Aqui é sua casa, Quad?
Quad deu de ombros.
— É uma casa.
— Como vocês me encontraram?
— Localizando — disse Iliana.
— Por quê?
Iliana virou o rosto. Algo na sua expressão fez Aurelie se endireitar na cama.
— Por quê? — repetiu ela.
— Desafortunado desapareceu.
O sangue de Aurelie congelou.

— Durante o baile — continuou Iliana. — Meu irmão estava com ele logo antes de desaparecer. Desafio voltou para a festa desabalado, dizendo que alguém os havia atacado. Ele disse que desmaiou e, quando acordou, o príncipe tinha sumido...

— Eu o vi — contou Aurelie.

— Como?

— Busquei pela senhorita... pela minha professora. Ela também está desaparecida. Desafortunado estava com ela. E Sylvain Copperend.

— Copperend? — repetiu Iliana.

Aurelie assentiu.

— Ele deve ter sequestrado Desafortunado. — Ela engoliu em seco. — Deve ter feito algo com Elias Allred também, não acha?

Elias estava desaparecido. Completamente. E se a mesma coisa acontecer com Desafortunado e a srta. Ember? E se em breve nenhuma busca pudesse encontrá-los?

A voz de Aurelie quase ficou presa na garganta.

— Você tinha razão.

A expressão de Iliana era sinistra.

— O que mais você viu? Onde eles estavam?

— Era uma sala de pedra... Uma janela, bem no alto...

— O que mais? — O olhar de Iliana se intensificou.

— O vidro era em formato de diamantes.

— Mais.

— Não sei... Era... A sala estava... vazia. Não havia mais nada... — Uma pausa. — Na janela... onde os diamantes de vidro se encontravam, havia um círculo.

Os olhos de Iliana se acenderam.

— Obrigada. *Obrigada!* Por isso que você é a melhor, e os outros buscadores são inúteis! Por isso é que somos o time perfeito...

— Sabe onde ele está?

— Ele está de volta ao lugar de onde veio. Está na Cidade Acadêmica, no campus da universidade.

Quarenta e Dois

Os prédios da Cidade Acadêmica eram altos e imponentes. A maior parte era construída com pedras cinzas, alguns eram cobertos de musgo, outros estavam desgastados e caindo aos pedaços. Pareciam lendários. *Perfeitamente acadêmicos*, como Desafortunado certa vez descrevera.

O campus ficava na zona leste da cidade. Aurelie, Iliana e Quad atravessaram um portão arqueado para adentrá-lo. Os gramados verdejantes eram cercados por mais prédios de pedra. Todos possuíam janelas com os vidros em formato de diamante e o círculo no meio, o símbolo da universidade.

O dia estava ensolarado, e o céu azul e sem nuvens, mas o campus estava estranhamente quieto.

— Fim de semestre — explicou Iliana enquanto atravessavam um gramado amplo na direção de uma fileira de prédios. — E isso significa que o Festival da Sabedoria começou.

— O que é isso? — perguntou Quad.

— É um feriado importante para uma cidade dedicada aos acadêmicos. A maioria deve estar no centro da cidade, celebrando.

Nesse momento, Aurelie notou certo movimento. Uma figura encapuzada saiu correndo de um dos prédios.

Iliana notou também. E na hora partiu numa correria.

Aurelie e Quad seguiram-na. Aurelie se esforçava ao máximo, apesar da exaustão. Chegaram a tempo de ver Iliana saltando sobre a figura, em frente a um prédio onde a descrição HUMANAS se lia em letras grandes de ferro. Com facilidade, ela tirou uma espada do casaco e segurou a pessoa contra a parede.

Com a espada pressionada na garganta do desconhecido, ela arrancou o capuz.

Era Lorde Desafio.

— O que está fazendo aqui? — disse Iliana, em surto.

— Bem. — A voz dele saiu estranha, com a cabeça pressionada contra as pedras para tirar a garganta de perto da lâmina. — Que surpresa agradável.

Iliana investiu.

— Você sequestrou o príncipe.

— Não.

— Você foi o último a vê-lo. Que conveniente. E agora está aqui. Também conveniente.

— Já falei, Iliana. Eu fiquei desacordado. Não acho isso muito conveniente. Quando acordei, ele tinha sumido. — Havia uma honestidade inesperada em sua voz. — Não tenho por que mentir.

Iliana o observou por um momento. Para a surpresa de Aurelie, ela se afastou. Ainda segurando a espada. Desafio massageou ostensivamente o pescoço.

— E o motivo para eu estar aqui, poderia perguntar o mesmo de você — disse ele.

— Por que estava em Underwood na emboscada?

Iliana quis saber e Aurelie franziu o cenho. Lorde Desafio estava na emboscada?

— Pelo mesmo motivo que você: proteger o príncipe. Eu teria contado se tivesse me perguntado, mas não é algo que você costuma fazer, né? Se comunicar com alguém?

Embora detestasse concordar com Lorde Desafio em qualquer assunto, Aurelie compreendia aquele sentimento.

— Então, você não está envolvido no sequestro. — O tom de Iliana estava mais sério do que nunca. — Não está trabalhando para Copperend.

— Não. Claro que não. E você?

— Juro que não, pela minha honra.

— Não sei se isso garante alguma coisa, já que você não tem honra nenhuma.

— Digno de ironia, vindo de você. — Iliana baixou a espada para o peito dele. — Lorde Desafio, leal apenas a si mesmo, cego para qualquer coisa que não seja encher seus bolsos ou melhorar sua posição...

O exterior sério de Desafio rachou de raiva.

— Como se você fosse diferente! Você é uma hipócrita de *primeira*!

— Não tenho nada a ver com você.

— Tem sim, *Adorável*, e o pior é que nem percebe, de tão iludida que é. Pelo menos eu sei o que sou. — Balançou a cabeça. — Pode fugir e fingir ser comum. Mas você usa roupas de couro e dorme em pousadas e come *pão com queijo*. Você pode fingir ter *sofrido*, mas nada vai mudar quem você é e de onde veio...

Os olhos de Iliana relampejaram.

— Espada. Agora.

— Não tenho.

— Tudo bem. Eu tenho duas — disse Iliana e tirou uma segunda espada do casaco, a qual jogou para Desafio.

O que se seguiu foi o barulho de metal contra metal, rápido e reluzente. Iliana saltou para a esquerda, Desafio bailou para a direita, ambos passando com ligeireza perto de onde Aurelie e Quad estavam.

— Não sei o que pão com queijo tem a ver com isso — comentou Quad.

— Acho que é simbólico — explicou Aurelie enquanto observavam a dupla avançar e recuar, atacar e defender.

— Acha que eles resolvem todas as brigas assim?

— Provavelmente — disse Aurelie, enquanto Iliana fintava para a esquerda e pegava Desafio desprevenido. Ela o acertou pelo lado e ele caiu, largando a espada da mão.

Iliana recolheu a espada e se aproximou dele, com ambas apontando para seu peito.

— Está enferrujado.

— Eu estava ocupado com a escola.

— Fazendo suas experienciazinhas.

— Protegendo o príncipe. Conforme o rei me pediu.

Iliana hesitou.

— O quê?

— Não é o que estamos fazendo aqui? — interrompeu Aurelie. — Proteger Desafortunado? Não precisamos encontrá-lo e salvá-lo? Talvez devêssemos... fazer isso agora?

— A padeira tem razão — concordou Desafio.

— A padeira tem um nome — disse Iliana com acidez na voz.

— Vamos ser justos, você mesma nunca usa meu nome — disse Aurelie.

Desafio sorriu. O que alterou o rosto dele por completo.

— Quer saber... acho que gosto dela.

— Nem pense nisso — disse Iliana.

— Eu posso gostar de quem eu quiser.

— Vocês estão sendo muito irritantes — interveio Quad em voz alta, e Aurelie virou-se para olhá-la.

— *Eu* estou tentando voltar à nossa tarefa!

Quad não se impressionou.

— Bem ineficiente, diga-se de passagem.

Aurelie jogou as mãos para o ar.

— Vou fazer a busca. Vocês podem ficar aqui e discutir, se quiserem.

— Espere. — Iliana baixou as espadas. — Não precisa de bétula?

— Os bancos na sala de leitura são de bétula — avisou Desafio.

— Como você sabe? — perguntou Iliana.

— Eu sei das coisas. — Desafio ficou de pé. — Pensei que isso estava claro. Padeira, posso ter a honra de lhe mostrar? — Ele estendeu o braço para Aurelie.

Aurelie ignorou o braço.

— Mostre, então.

Desafio sorriu para Iliana.

— Com certeza acho que gosto dela.

A sala de leitura tinha fileiras de bancos e mesas diante de lousas enormes.

Desafio correu para pegar um giz e voltou no mesmo pique para entregá-lo a Aurelie, com mais floreios do que o necessário. Aurelie ajoelhou no chão, perto de um dos bancos, e desenhou um círculo. Os outros permaneceram à distância enquanto ela fechou os olhos, jogou as pedras e estendeu a mão.

Ela viu, de forma entrecortada, a mesma sala de pedra, com a janela estreita no alto. Nesse momento, havia apenas uma pessoa ali e, sem dúvida, era Desafortunado. A srta. Ember não estava lá.

Ela se concentrou mais, tentando enxergar mais detalhes, as paredes, algo que se destacasse, mas quanto mais tentava, mais a imagem piscava, falhava e desaparecia.

Aurelie recostou-se no banco atrás dela.

— Não consegui mais nada. É uma sala circular, de pedra, com uma janela.

— Isso é útil — disse Desafio —, deve ser uma torre. Apenas alguns poucos prédios têm torres. Vamos procurar em todos.

— Desafortunado está sozinho agora. Não sei o que aconteceu com a srta. Ember...

Iliana ficou de pé.

— Vamos encontrar o príncipe primeiro, e depois a sua professora. Padeira, fique aqui e nós vamos...

— Não vou ficar para trás. — Aurelie se esforçou para ficar de pé.

— Você mal está se aguentando em pé. Jogue as pedras de novo e procure sua professora. Enquanto isso, descanse.

— Mas...

— Aurelie — disse Iliana. — Por favor.

Ninguém deveria ter permissão para transformar um nome em arma, mas foi o que Iliana fez.

Aurelie sentou-se de novo.

— Está bem.

— Que bom. — Iliana deu um tapinha na cabeça dela. — Não faça nenhuma besteira.

— Não me trate como criança! — disse Aurelie enquanto Iliana conferia suas adagas.

— Quer mesmo se despedir de mim assim?

— Combina — disse Desafio. — Costuma ser sua despedida da Mamãe.

— Iliana era uma criança birrenta? — perguntou Quad para Desafio.

— E como.

— Odeio sua presença aqui — disse Iliana para Desafio, depois se virou para Quad. — E odeio você o encorajando.

Quarenta e Três

Quando Desafortunado abriu os olhos, ainda estava na torre. Sozinho dessa vez.

Sentou-se devagar. Sua cabeça latejava. Se ele se sentia assim — e quase não tinha magia pra começo de conversa —, o que aconteceria com o Professor Frison? Quanta dor ele deveria estar sentindo depois de gastar tanta magia em buscas? A srta. Ember tinha contado, baixinho, entre tentativas de buscas, que, por Desafortunado ter desenhado o círculo, ele ajudava a energizar a busca. O que teria acontecido ao professor sem Desafortunado para puxar magia? Por quanto tempo mais a srta. Ember aguentaria?

Ele não fazia ideia de quanto tempo se passara. As tentativas de Copperend de provar seu direito de nascença se misturavam.

— Outra vez — dissera Copperend quando falharam na busca por Valente mais uma vez, com Frison buscando em um círculo e a srta. Ember exibindo a imagem da busca de Frison acima deles, sinistra e sem cor, um vazio sem nada.

— Não dá para encontrar quem não está vivo — dissera Frison, sem ar, a voz aguda e fina.

— Eu estou vivo diante de você, Professor — Copperend dissera. — Tente de novo.

E de novo, e de novo. Em certo ponto, Copperend cortara a mão de Desafortunado e pressionara o sangue em sua testa. Tentando de novo. Nada.

— Não pela linhagem sanguínea, então — dissera ele, e então suspirara e pegara um lenço. Desafortunado pensara que ele o ofereceria para sua mão, mas, em vez disso, usara para limpar a testa.

— Sei que tem algo aqui. Eu sei — dissera Copperend. — Algo no laço entre nós dois, meu querido sobrinho.

Sozinho na torre, Desafortunado apertou a mão ferida. Não permitiria que Copperend continuasse. Precisava libertar o Professor Frison e a srta. Ember. Precisava lutar, custe o que custasse.

Quando a porta se abriu, Desafortunado ficou de pé o mais rápido que pode.

Mas não foi Copperend que apareceu. Foi Quad.

— Tudo certo, príncipe?

O coração de Desafortunado disparou.

— O que você está fazendo aqui?

— Salvando você. Pegue suas coisas.

— Não tenho nada.

Ela sorriu, ou algo do tipo.

— Então, vamos partir.

Desafortunado não poderia dizer que Lorde Desafio era a última pessoa que esperava ver na saída da sala — seu tio-avô Alegrinho teria sido mais chocante, por exemplo — mas certamente não esperava vê-lo recostado com tranquilidade contra a parede de pedra, segurando sua espada sem preocupação.

— O que está fazendo aqui?

— Quis dar um passeio no norte — foi a resposta do lorde.

— Você estava no jardim aquela noite. E na floresta durante a emboscada. É por sua causa que estou aqui!

— É por minha causa que está saindo vivo.

Quad olhou feio para Desafio.

— Outras pessoas também ajudaram — corrigiu Desafio. — E, se quer continuar assim, vamos dar o fora daqui.

Desafortunado obedeceu, seguindo os dois pela escada curva, mas não ficou satisfeito.

— Você foi a última pessoa que vi antes de ser atacado.

— Eu também fui atacado, saiba você — explicou Desafio. — Acordei e você tinha sumido. E não estou gostando desse tom de acusação. Já trabalhei muito por você.

— Ah, é? Como?

— Por exemplo, fiz Introdução à Composição e Matemáticas Problemáticas por sua causa, sem contar que tive que aturar Poetas e Peças da Era da Indiferença. O que você estava pensando quando se matriculou nisso no primeiro ano?

— Como assim?

— Eu sou sua sombra. Desde que veio estudar.

Desafortunado ficou desnorteado.

— Não é... Você não... Você nem...

— As frases fazem bem mais sentido quando terminadas, príncipe.

— Impossível — disse Desafortunado por fim.

— Por quê?

— Porque você é péssimo e me odeia.

— O primeiro ponto é discutível, o segundo, não importa. O rei me convocou.

Galante. É claro.

— Ele mandou você vir estudar comigo. Para cuidar de mim. Como se eu fosse uma criança.

— Ele me mandou para protegê-lo. E fique tranquilo que eu estudaria de qualquer modo. Sua Majestade sabia que eu era inteligente o suficiente para fazer tanto as minhas matérias quanto as suas.

— Você não está estudando magia.

— E, pelo jeito, nem você.

— Ei! — Desafortunado puxou o capuz da capa do lorde, que estacou. O príncipe quase trombou nele, derrubando os dois escada abaixo.

— Esta conversinha mortal é terrivelmente desnecessária — disse Quad adiante.

— Não é conversinha.

Quad estreitou os olhos para eles.

— É uma conversa média, no máximo. Enfim. O restante do pessoal vai ficar preocupado com a demora.

Desafortunado franziu o cenho.

— O restante?

— Minha irmã e a padeira — explicou Desafio.

O coração de Desafortunado se alegrou.

Quarenta e Quatro

Aurelie esperava na sala de leitura vazia. Quando se sentiu forte o suficiente para ficar de pé, caminhou entre as fileiras de cadeiras, lentamente, chegando até a frente da sala, sem largar o saquinho com as pedras de busca.

Iliana voltou primeiro, sozinha.

— Combinamos de nos encontrar aqui depois de uma hora — explicou. — Procurei o lado norte do campus. Quad e Desafio, o sul.

— Juntos?

Iliana fez que sim.

— Pensei que seria melhor.

— Por quê?

— Bem, pra começar, se eu fosse com Desafio, provavelmente o mataria.

— Por que eles não foram sozinhos?

Iliana hesitou por um instante.

— Desafio sempre foi... imprevisível. Achei melhor ele ser vigiado. — Antes que Aurelie pudesse responder, ela continuou: — E você, como está?

— Tudo bem.

— Duvido. — Iliana foi espiar por uma das janelas da esquerda. Depois, voltou abruptamente.

Aurelie não conseguia ver bem o rosto dela, ensombrecido pela luz vinda de fora.

— Por que você não me contou? Como era ruim a vida que levava na padaria?

— Por que isso importa? Tem coisas mais sérias...

— Eu sabia que ela era péssima. Mas nunca pensei que ela... colocaria você na rua assim. Talvez eu seja... — A voz de Iliana estava estranhamente baixinha. — Deve me achar uma ingênua. Você deve ser quem mais enxerga a verdade a meu respeito.

— Qual verdade?
— Que eu não sei de nada.
Silêncio.
— Mas é assim que funciona, né? — disse Aurelie, por fim. — Alguém pergunta como a gente está, e dizemos "tudo bem". Não respondemos a verdade porque ninguém se importa.
— Eu me importo. Se pergunto é porque me importo. Se pergunto, espero que me contem a verdade. — Uma pausa. — Então. Como você está? Como está se sentindo?
— Cansada — ela respondeu com a voz falhando.
— Doente de magia?
— Sim. Não. As duas coisas. Só cansada.
— Descanse, então — disse Iliana. — Vou ficar de vigia.
Aurelie ia responder quando as portas se abriram. E lá estava Desafortunado.
Ele estava inteiro, apenas mais sujo e cansado, mas ainda era capaz de sorrir ao vê-las. Ao andar pelo corredor central, parecia prestes a abraçá-las, mas hesitou no último instante, e apertou calorosamente a mão de Iliana antes de se virar para Aurelie.
Aurelie queria abraçá-lo, mas se segurou. Em vez disso, analisou se ele estava ferido. Embora parecesse avariado, seu sorriso ainda era poderoso, como sempre.
— Você está aqui — disse ele.
— Você também.
— Sim, estamos todos aqui — completou Iliana, e do fundo da sala alguém tossiu bem alto. Aurelie piscou para tentar enxergar onde Quad e Lorde Desafio estavam. — Que reunião, não é mesmo? Mas que tal irmos embora?
Desafortunado negou com a cabeça ao mesmo tempo que Aurelie disse:
— Não.
— Não podemos deixar o Professor Frison e a srta. Ember aqui — disse Desafortunado. — Precisamos encontrá-los.
— Sim, é claro — disse Iliana. — Mas, por favor, pelo amor de tudo que é sagrado, vamos criar uma estratégia. A última coisa de que precisamos é sermos capturados.

Quarenta e Cinco

Eles foram capturados.

O grupo alcançara o prédio onde Desafortunado tinha ficado preso. Vasculharam cada cômodo. Aurelie gastava um pouco de magia para abrir as portas trancadas.

Entravam em uma pequena sala de aula em um dos andares superiores quando Aurelie sentiu um empurrão forte às suas costas, que a fez perder o equilíbrio e cair em cima de Desafortunado à sua frente. Em seguida, numa sucessão rápida, dois barulhos abafados ao seu lado.

Então, a porta da sala de aula se abriu abruptamente.

Aurelie saiu de cima de Desafortunado.

— Perdão!

— Tá tudo bem!

E viu Iliana e Quad caídas ao lado deles.

Iliana ficou de pé em um milésimo de segundo.

— Droga. — Ela correu para a porta e tentou girar a maçaneta. — Droga, maldito... — Ela batia na porta. — Deixa a gente sair!

A voz de Desafio do outro lado estava abafada.

— É melhor assim, juro.

— Abre agora! — Iliana batia com mais força, cada golpe mais pesado, até que se afastou, encolhida e esfregando a mão.

Aurelie correu até ela e segurou sua mão, inspecionando-a. Estava vermelha e inchada.

— Ele fez alguma coisa com a porta — Iliana falou, engasgada.

Aurelie foi até a porta e espalmou a mão sobre ela, mas não sentiu nada.

— Talvez eu possa... — começou ela, esticando a mão para a maçaneta.

— Não. — Quad foi até elas e pegou uma pena jogada no chão. Levantou-a para perto da porta. A pena brilhou, alaranjada, e pegou fogo. Quad a afastou e assoprou a chama.

— Desafio! — chamou Iliana. — *Desafio!* — Sem resposta.

— Vai ficar tudo bem. — Desafortunado ficou de pé, examinando a sala. — Vamos encontrar uma saída.

༄

Não encontraram uma saída.

A sala continha seis fileiras de mesas e seis bancos. Suas paredes eram de pedras e havia três janelas altas e estreitas demais.

Era difícil discernir a passagem do tempo, mas deviam ter se passado horas. O pouco do céu que Aurelie podia ver pelas janelas tinha se tornado rosa, depois roxo e agora se transformava num azul-escuro. Não havia velas nem lamparinas, então ela iluminou a ponta dos dedos, embora soubesse que aquilo não duraria muito. A magia acabaria rápido, como uma fogueira feita de gravetos.

Porém, por enquanto, servia para iluminar o local, deixando-o menos sinistro.

— Você não tem nada pra isso? — perguntou Iliana a Quad, provavelmente pela décima vez. — Algo que te ajude a atravessar paredes... ou dissolver pedras ou sei lá?

— Que absurdo — respondeu Quad. Então, silêncio, embora pudessem ouvi-la murmurando de vez em quando *dissolver pedras!*, indignada.

— Ele já devia ter chegado — disse Desafortunado, por fim. — Se Desafio está trabalhando com Copperend, então o desgraçado já devia ter aparecido.

Mas ninguém apareceu. O céu ficou preto. Não havia estrelas. Aurelie forçou um pouco mais a luz em seus dedos.

— Sabe — disse Iliana depois de um tempo, olhando para o príncipe —, se seu nome não fosse Desafortunado, talvez a gente não estivesse nessa situação.

Era para ser piada, Aurelie sabia, mas Desafortunado pareceu magoado.

Ele estava sentado no chão, encostado na parede, com uma perna esticada e a outra dobrada, envolvida por um dos braços. Quando falou, foi bem baixinho:

— Esse não é meu nome de verdade.

— Sério?

Ele assentiu.

— Sei que todo mundo fala como se fosse. E tem as manchetes: "Príncipe Desafortunado o Desengonçado", "Príncipe Desafortunado o Desastrado". Admito que combinam comigo.

Aurelie abriu a boca para falar, refutar, mas ele continuou:

— Assim que falaram... não lembro quem foi, eu era pequeno demais... não tinha como voltar atrás. As pessoas gostaram.

— Qual era seu nome? — perguntou Aurelie.

— Destemido — respondeu ele, tomando um tempo antes de continuar: — Acho que meus pais queriam que eu fosse... corajoso, e determinado, e queriam que eu fosse... capaz. — Engoliu em seco. — A intenção era boa, mas não combinou.

Aurelie se lembrou da voz fantasmagórica em Underwood:

Quando a hora chegar, fale o verdadeiro nome dele.

— Destemido — disse ela.

Nada aconteceu, Desafortunado apenas olhou para ela.

— Evoca algo diferente, né? Alguém bem mais... — Sacudiu a mão. — E bem menos... — Apontou para si mesmo. — A gente espera alguém bem... melhor.

Quad levantou-se e foi até ele. Agachou-se ao lado dele, colocou as mãos em volta de sua orelha e disse algo que ninguém mais ouviu.

O vinco na testa de Desafortunado desapareceu na hora e uma expressão de contentamento surgiu em seu rosto.

Quad apoiou-se nos calcanhares.

— O que é isso? — perguntou o príncipe.

— Meu nome. Uma troca justa, eu diria. — Ela ficou de pé. — Mas saiba que vou continuar te chamando de Desafortunado, se me permitir. Fiquei apegada.

— Eu também — disse ele.

— Pode continuar me chamando de Quad. — Ela sorriu. — Também me apeguei.

Quarenta e Seis

Desafortunado trocara sua cela na torre por uma sala de aula vazia. Embora a sala de aula tivesse a grande vantagem de também incluir suas amigas, ficava triste por elas também estarem nessa situação.

Ele olhou para Aurelie, dormindo no chão. Parecia tensa, enrolada em cima do casaco da Iliana. Seus dedos ainda brilhavam de leve, um tom de laranja suave, como as brasas de um fogo quase apagado.

Quad estava parada de pé, imóvel, dormindo o típico sono de Quad.

Iliana ainda estava acordada. Tinha se sentado a poucos metros de Desafortunado, recostada à parede, espelhando a posição do príncipe. Fazia silêncio havia um tempo, então Iliana falou:

— Preciso te contar uma coisa.

— Claro.

— Não é... agradável.

— Conta logo.

Iliana respirou fundo e falou:

— A emboscada... foi armada pelo palácio. — Um segundo depois: — Por seu irmão.

Desafortunado engoliu em seco.

— Eu sei.

Ele não enxergava o rosto de Iliana na escuridão, mas ouviu seu movimento, seu rosto se virando para ele.

— Sabe?

— Sim. Descobri na noite do baile.

Iliana soltou o ar.

— Sinto muito.

Doía perguntar, e talvez fosse melhor não saber. Mas ela não conseguia segurar, não depois do que Desafio afirmara, supostamente convocado por Galante para protegê-lo. Iliana tinha aparecido em Underwood, afinal, na hora certa — ela costumava fazer isso.

— Você sempre soube também? Fazia parte da armação?

— Não. Só descobri depois que você foi levado do baile. Juro pela minha vida.

— Jure por algo menos valioso. Jure pela minha.

— Príncipe...

Ele interrompeu:

— Eu entendo.

— O quê?

— Por que você deixou a Corte. Por que escolheu outra vida. Eu também teria feito a mesma coisa se pudesse.

— Não é do seu feitio ficar desanimado assim.

Ele deu uma risada infeliz.

— Talvez você não me conheça tão bem.

— Nada a ver. — Iliana encostou a cabeça na parede. — Conheço bem, sim. Conheço melhor do que meu irmão, com certeza.

— Não entendo qual é a dele. Ele diz que foi mandado pra escola pra me vigiar. No entanto...

— No entanto.

Silêncio por um tempo.

— Se largasse a Corte, o que faria? — perguntou Iliana de repente.

— Pra onde iria?

— Não sei. Não ia querer abandonar minha família. Gostaria... Gostaria de ficar com eles e mudar todo o resto.

— Até o rei? Quer ficar com ele também?

A ferida doeu, mas logo passou.

— Até ele. — Um pausa. — E, enfim, fugir... Acho que só gosto da ideia. Não sei o que acharia na prática.

Quando Iliana falou de novo, foi comedida:

— É por isso que... gosta da Aurelie?

— Como assim? Gostar da ideia dela?

— Sim. Ou... Não sei. Ela representa... escolher outra vida?

— Não. E você não deveria me perguntar por que eu a amo.

— Por que não?

Ele olhou para ela, apesar da escuridão. Mas, como não sabia se Iliana captava o significado do seu olhar, resolveu falar em voz alta:

— Porque você a ama também.

Ela caiu na risada.

— Não estou apaixonada pela Padeira. Não que ela não seja... esperta. Teimosa. Incorrigível. Qualidades que certamente busco numa garota... admito.

— Há mais de um tipo de amor, sabia? Não precisamos amar do mesmo jeito para amarmos mesmo assim.

Iliana não respondeu.

— Bem, ela merece todos os tipos de amor — continuou o príncipe. — Acho que ninguém nunca cuidou de Aurelie na vida.

— A professora — disse Iliana. — Ember.

Desafortunado deu um murmúrio, concordando.

— Vou nomeá-la cavaleira depois disso.

— Sabe, você não pode sair por aí nomeando todo mundo. Por isso não te deixam julgar as provas de proficiência. Tudo para você seria o melhor da sua vida. *Egad, este bolo está divino! Este vestido é divino! Esta pintura...*

— Divina?

Desafortunado não tinha certeza, mas achava que Iliana sorria.

— Viu?

Então, Desafortunado sorriu de volta, pela escuridão. Mas o sorriso logo se apagou.

— Ele me assusta. Copperend. Ele não... Não bate bem.

— De fato, essa mania de sequestro é preocupante.

— Ele não é Valente.

— Claro que não.

— Ele é poderoso, com certeza, mas não é só isso. Ele acha que pode... decidir algo e se tornará verdade.

Era essa obstinação, pensou Desafortunado. Essa crença em algo totalmente falso. E saber que era falso e não se importar... Tentar torná-lo verdadeiro mesmo assim.

Iliana se aproximou e deu um soquinho no braço de Desafortunado.

— Vamos ficar bem.

— Ele precisa de buscadores. — Desafortunado olhou para Aurelie.
— Não podemos deixar que ele pegue Aurelie.
— Não vamos deixar.
— Você está muito confiante.
— Eu sei — replicou Iliana. — É uma das minhas melhores qualidades.
Desafortunado sorriu.
Caíram num silêncio pensativo. Quando Iliana falou de novo, havia incerteza em sua voz:
— Posso confessar algo, príncipe?
— É claro. Embora tecnicamente seja serviço do Galante conceder perdão.
Uma pausa antes de Iliana continuar:
— Eu vi o barco.
— Não entendi.
— O barco que você tentou conjurar para nós no rio, no verão passado. Com velas brancas e douradas?
Desafortunado franziu o cenho.
— Você viu? E por que não disse?
— Porque Aurelie e Quad não viram. E não queria que vocês pensassem que sou... Sei lá... — Engoliu em seco. — *Suscetível*. Que posso ser enganada, só porque não tenho magia como vocês.
— Por que está me contando isso agora?
— Porque você merece saber. Você tem magia. E *é* capaz.
Desafortunado negou com a cabeça.
— Tentei com Copperend, mas não funcionou. Ele percebeu na hora.
— Talvez só precise de mais prática. — Silêncio por um tempo. — Poderia me mostrar algo agora.
— O que gostaria de ver?
A voz de Iliana quase desapareceu:
— Alma.
Desafortunado olhou para ela, que parecia observar a sala.
O príncipe olhou na mesma direção.
— Lady Alma e eu dançamos juntos no baile dos amantes.
— Eu sei.

— Ela dança muito bem. Pés leves. Não perde o ritmo. A música... flui por ela.

Desafortunado imaginou Lady Alma como no dia do baile. Fazendo uma reverência, erguendo uma das mãos, girando em um círculo lento enquanto um minueto compassado tocava ao fundo. As luvas brancas, as joias no cabelo...

Iliana ficou sem fôlego.

... a curva do pescoço, a altivez de sua expressão. Lady Alma tinha nascido para a realeza. Galante e Honória adorariam que Desafortunado a escolhesse para passar o resto da vida com ele. Mas os olhos dela nunca pousavam sobre Desafortunado durante a dança. Sempre, discretamente, vasculhavam a multidão em busca de outra pessoa. Alguém que provavelmente não iria ao baile, mas que Lady Alma torcia para aparecer.

Desafortunado não sabia ao certo o quanto disso falara em voz alta. Só sabia que Iliana tinha se aproximado mais. Havia dado o braço para ele e recostado a cabeça em seu ombro.

O minueto tocava em sua mente. Lady Alma girava e girava, olhando para trás com um sorrisinho. Voltou para sua fileira quando a música terminou, fazendo uma reverência com a cabeça inclinada.

A música sumiu.

— Está tudo bem? — Desafortunado murmurou.

— Hum.

— Não vou pensar mal de você, sabia?

— Por ter caído na sua magia?

— Por estar apaixonada.

— Não estou.

— Não é necessário mentir.

— É sim. — A voz dela estava rouca. — Para mim é.

— Por quê?

— O fato de precisar perguntar significa que não vai entender. — Ela apertou o braço dele. — Seu coração é aberto.

— E o seu é fechado?

Iliana não respondeu.

Quarenta e Sete

Era manhã quando a porta se abriu.
Aurelie já estava acordada havia um tempo, observando o céu ficar cinza-claro. Desafortunado e Iliana ainda dormiam, mas acordaram com o barulho da porta batendo na parede. Quad saiu de seu disfarce de parede, tomando a aparência de sempre.

A entrada da porta estava vazia.

— É uma armadilha? — perguntou Aurelie.

Iliana franziu o cenho.

— Se for, é bem estranha.

— Vou conferir. — Desafortunado foi na direção da porta, mas Iliana o segurou pelo braço.

— Deixa comigo. — Ela espiou pela entrada. — Nada — falou, olhando para trás. — Ninguém.

— Devemos... — começou Aurelie.

— Andar logo? — interveio Quad. — Concordo. Vamos dar o fora daqui.

— Não podemos ir embora sem...

— O professor e a professora, sim — disse Iliana. — Que ninguém diga que não valorizamos os educadores do Reino. Deveria buscá-los, se estiver capaz, Padeira, mas não aqui. Vamos encontrar um lugar para nos organizarmos.

Desafortunado levou-os até um parque ao lado do campus. Era bem cuidado até certo ponto, com canteiros de flores e fileiras retas de árvores. Mas ele dava numa floresta, e foi ali que encontraram um bosque de bétulas.

Em algum momento da noite, havia chovido, e o chão estava úmido. Aurelie se ajoelhou diante de uma das bétulas e desenhou um círculo em sua base.

Mal fechara os olhos quando um grande choque de energia a jogou para trás.

No meio do círculo, um homem.

Desafortunado correu para o lado dela. Aurelie agarrou os braços do príncipe, que a ajudou a ficar de pé. Ela não queria soltar dele.

— Vim apenas conversar — disse o homem. Era Sylvain Copperend.

Olhou para Aurelie. Havia algo na aparência dele, algo em seus olhos, que arrepiou a pele de Aurelie.

— Impressionante, não? — disse ele. — Transporte pelo círculo. Eu que inventei. Precisamos nos apresentar? Acho que Desafortunado já falou de mim.

— Sabemos quem você é — disse Iliana. Ela havia desembainhado a espada. Copperend parecia não ter arma alguma.

Os lábios dele se curvaram num sorriso breve.

— Então, sabem o que quero.

— O príncipe — respondeu Iliana.

Ele negou com a cabeça.

— O trono.

Ao lado de Aurelie, Quad segurava o cinto. De forma muito lenta, quase imperceptivelmente, ela abriu um dos saquinhos preso a ele.

Copperend virou-se de repente para ela.

— Se eu fosse você, não faria isso. Só quero conversar. Além disso, trouxe uma coisinha pra vocês.

Ele se abaixou e enfiou a mão no círculo — dentro da terra — e arrastou dali outra pessoa, cuja cabeça e ombros saíram primeiro, depois o resto.

Lorde Desafio.

Copperend o forçou a ficar de pé e colocou uma mão sobre seu ombro, apertando firme. A expressão de Desafio era impassível, parecia até congelado, embora seus olhos se remexessem loucamente.

— Pensei em trocar — disse Copperend. — Não é o tipo de coisa que nós da realeza fazemos? Negociações?

— Cadê a srta. Ember? — quis saber Aurelie.

Copperend olhou para ela com um olhar penetrante.

— Ela está bem, embora infelizmente não possamos dizer o mesmo do professor.

Desafortunado engasgou.

— Cadê ele?

— Felizmente, eu aprendi o que precisava — continuou Copperend, como se Desafortunado não tivesse nem falado. — Ele foi útil, de certa forma. Mas me deixou numa enrascada. — Seus olhos não se soltaram de Aurelie. — Já vi você antes. Já senti sua busca.

— Não estava buscando por você — disse Aurelie.

— Mas nos encontramos mesmo assim, não é mesmo? E gostaria da sua ajuda. Desafortunado deve ter contado que preciso provar algo e, para isso, preciso dele, de mim mesmo e dois buscadores. Dou esse jovem em troca. Ele é ótimo... um herói à moda antiga. Chegando arrebatador e declarando minha prisão. Ousado, mas ineficiente.

Os olhos de Aurelie foram para Iliana, que segurava a espada com firmeza.

— O que me dizem? — perguntou Copperend.

Ninguém disse nada.

Então, Quad se moveu subitamente, pegando um encanto do cinto e esmigalhando-o na mão em um só movimento. Mas, antes que ela pudesse utilizá-lo, Copperend fez um gesto no ar e o pó explodiu na cara de Quad. Aurelie segurou o corpo mole de Quad e a abaixou até o chão.

— Falei pra não fazer isso. Eu sempre aviso. Agora... — Copperend puxou Desafio para mais perto. — Gostaria de motivar seus amigos? — Ele apertou o ombro de Desafio.

Os joelhos de Desafio cederam e seu rosto ficou contorcido pela dor, a boca aberta em um grito silencioso.

— Talvez ele esteja sem palavras momentaneamente. Que pena.

Aurelie não via o rosto de Desafortunado, ajoelhada como estava ao lado de Quad, mas percebeu seus ombros se tensionando e as mãos formando punhos ao lado do corpo.

— Eu te ajudo — disse o príncipe. — Deixe-o aqui.

Copperend abriu um sorriso cheio de dentes.

— Encontre-nos no meio.

Desafortunado olhou para Aurelie. Ela tentou condensar tudo em um único olhar: *Não faça isso! Não o ajude! Não confie nele!* Mas, se Desafortunado percebeu, ignorou e deu um passo em frente mesmo assim.

Copperend empurrou Desafio para encontrar Desafortunado no meio do caminho entre o círculo e os outros.

Aurelie sabia que não podiam deixar isso acontecer. Frenética, olhou para Iliana, apenas para vê-la paralisada, encarando o irmão.

Aurelie baixou os olhos para Quad, imóvel em seus braços. Quanto tempo esse encanto duraria? E se o efeito não passasse, como o quebrariam sem a ajuda de Quad?

E então Aurelie levou um susto ao ver Quad olhando de volta para ela. Quad piscou.

A pulsação de Aurelie acelerou.

— Me dê sua palavra — disse Desafortunado — de que ninguém aqui será ferido. Nem o Professor e a srta. Ember. — E estendeu a mão para Copperend.

— Não vai barganhar por si mesmo?

— Não. Imagino que queira me fazer mal.

— Você é mais pragmático do que eu esperava.

— Sua palavra — repetiu Desafortunado.

Copperend observou Desafortunado por um instante, depois soltou o ombro de Desafio e apertou a mão do príncipe.

Várias coisas ocorreram ao mesmo tempo: Desafio caiu de joelhos enquanto Desafortunado empurrou Copperend, ainda de mãos dadas, forçando-o para trás. Aurelie e Quad entraram em ação enquanto o príncipe levava o outro homem de volta ao círculo.

Aurelie agarrou a cintura de Desafortunado, puxando-o até desequilibrá-lo, enquanto Quad descia a mão sobre as mãos enganchadas dos dois, soltando o aperto. Copperend desequilibrou-se para trás e desapareceu na terra, como se tivesse caído num buraco.

Quad abaixou-se e rapidamente desfez o círculo.

— Muito bem — disse Desafortunado, um pouco sem fôlego.

Quad parecia satisfeita.

— Que bom que nossos encantos não funcionam em nós mesmos. O alívio percorreu o corpo de Aurelie. Sentiu-se até fraca.

— Que bom que ele não sabia disso.

Iliana correu até Desafio e o ajudou a ficar de pé. Ele segurava a garganta, olhos arregalados.

— Vamos ajudar você — disse Iliana. — Mas não aqui. Precisamos...

— Excelente jogada! — disse uma voz.

Aurelie virou-se com tudo. A uns cinquenta passos deles, lá estava Copperend.

Não, Aurelie pensou, e Iliana xingou em voz alta:

— Maldito!

— Corram — foi só o que Desafortunado falou.

E então eles correram, o mais rápido possível, os cinco, Iliana e Quad para um lado, carregando Desafio entre as duas; Aurelie e Desafortunado para o outro.

Correram, e de repente Copperend estava trinta passos à frente.

— Eu adoro o poder amplificador da bétula — gritou ele. — Vão ver que desenhei círculos por toda esta floresta.

Desafortunado agarrou a mão de Aurelie e mudou sua direção. Copperend sumiu e reapareceu, dessa vez a quinze passos.

Mudaram de direção outra vez, indo para o centro do bosque, onde as árvores ficavam mais próximas umas das outras.

Desafortunado se jogou atrás de uma enorme árvore caída, puxando Aurelie com ele.

— Não adiantar correr — disse. — Não sabemos onde ele vai aparecer.

Ouviam passos à distância.

Desafortunado olhou para Aurelie com os olhos cheios de fogo.

— O pão custa cinco cobres.

— Quê?

— Pelo menos, era o que custava na padaria do campus — continuou ele, baixinho e rapidamente. — Costumava ir até lá todas as manhãs comprar pão. Me lembrava de você. O nome do Mordomo é Hubert Allred. Ele tem quatro netos que o chamam de Papa. O tempo que se demora para conseguir o título de mestre depende da área, mas para padeiros demora de três a cinco anos.

— O que você está...

Desafortunado segurou os ombros de Aurelie, aproximou-se, e, por um instante, ela pensou que ele iria beijá-la, mas, em vez disso, olhou-a nos olhos.

— Ele precisa de você. E precisa de mim. Então, não vamos deixá-lo ter os dois. — Ele agarrou os braços dela com mais força, aproximando-se ainda mais, as testas quase se tocando. — Ele não pode te ver. — Os olhos dele estavam acesos. — Não pode te ver. *Ele não pode te ver.*

E então Desafortunado ficou de pé.
— Aqui — gritou ele, saindo detrás da árvore caída.
— Ah — exclamou Copperend.
— Desafortunado... — Aurelie também ficou de pé.
— Eu finalmente entendi — disse Copperend. — Estava fazendo tudo errado, sabia? Eu tentava criar algo novo, enquanto só precisava me *conectar* com algo que já existe. Entendi como fazer. Com você.

Aurelie ficou enjoada ao ver que agora ele trazia uma adaga na mão. O cabo era preto e havia círculos e espirais na lâmina.

Esta, Padeira, é uma Faca Impossível.

— Você será preso — disse Desafortunado.

— Quem vai ficar sabendo? Quem será testemunha além dessas árvores? — Ele deu um sorrisinho enquanto Aurelie compreendia *ele não pode te ver.* — Talvez esse seja seu papel na minha vida. Justiça poética, suponho, já que eu devia ter um papel na sua, querendo ou não.

Freneticamente, Aurelie olhou em volta, até achar um galho no chão à esquerda do homem. Ela poderia acertá-lo...

Mas, antes que ela pudesse se mover ou sequer pensar, Copperend pôs-se em ação, atirando a adaga em Desafortunado.

Foi rápido demais, certeiro demais. Não havia nada a ser feito. Aurelie olhou, horrorizada, Desafortunado caindo de joelhos e depois ao chão.

Ela caiu ao lado dele. Era uma visão horrível, o cabo da faca saindo de sua pele, o vermelho se espalhando pela camisa, o olhar procurando o dela, os lábios entreabertos.

— Por que você fez isso? — A voz de Aurelie falhou.

Deviam ter continuado correndo. Ele devia ter usado a magia nele mesmo. Nada disso estava certo. Ela traçou a ponta dos dedos no rosto dele, e na bochecha surgiu o furinho de um sorriso. Como ele ainda conseguia? Como sua bondade podia ressurgir numa hora dessas, diante de tudo isso, com suas mãos perdendo as forças e seus lábios perdendo a cor?

— Você sabe o porquê — murmurou ele, dando uma última respiração antes de seus olhos revirarem.

Quarenta e Oito

Enquanto morria — porque certamente ele estava morrendo, certamente este era o fim —, um fluxo de pensamentos surgiu em sua mente. Pensou no pega-pega com Galante, de quando eram crianças, como ele deixava Desafortunado pegar de vez em quando, abraçando-o. Pensou na geleia preferida de sua mãe, nos potinhos da cozinha do palácio, ácida demais para o seu gosto, mas que ela amava, então ele amava também. Pensou na barba de seu pai, que arranhava quando beijava o filho na testa. Pensou no cachorro da irmã, o menorzinho de todos, tentando passar com uma vareta grande demais pelo portão, fazendo Honória morrer de rir. Pensou no Mordomo girando em sua roupa de Bastian Sinclair: *Como estou, Vossa Majestade?* Pensou em Quad parando para pegar um flor e apontando a árvore de onde tinha caído... Em Iliana com um sorriso, estendendo a mão para ajudá-lo a ficar de pé.

Pensou em Aurelie e seu olhar determinado naquela noite do baile: *Não quero que você seja menos.*

Juntando tudo, o resumo era que ele era amado, e amara, e tinha tido mais sorte do que a maioria, mas principalmente que tinha a sorte de ter tido tudo isto.

Pensou em seu lamento em Underwood, tanto tempo antes: *Eu devo ser o pior estudante de magia de todos os tempos.*

E na resposta de Aurelie: *Bem. Pelo menos é você.*

Ele pensou: *Farei tudo que for necessário para ela continuar sendo ela.*

E aí não pensou em mais nada.

Quarenta e Nove

Aquele foi o momento em que Aurelie mais precisou de magia. Qual era o sentido nisso tudo se não houvesse uma forma de consertar? De reverter? Sua mente estava acelerada: *Magia quente dá mais frio. Magia limpa mais sujeira.* Se fizesse uma magia de morte, ele voltaria ainda mais vivo? *Morto*, pensou ela, e *Desafortunado, e não fique mais parado.* Sentiu uma fúria gelada, e desespero, e mais desesperança do que pensava ser possível, tudo junto, concentrado na cabeça de um alfinete, um raio.

Tudo isso num instante. Ela teria que matar Copperend, concluiu.

Desafortunado ainda respirava fracamente.

Talvez Iliana pudesse fazê-lo? Conseguiria? Será que ela já tinha matado alguém antes?

Ninguém conseguiria. Ninguém o mataria. Mas Desafortunado ainda estava...

Desafortunado...

Aurelie apertou a mão dele enquanto o sangue manchava ainda mais a camisa.

Olhou para o homem diante deles.

E... não era Sylvain Copperend. Ele usava as roupas de Copperend, só que era muito mais jovem. Estava virado de lado enquanto desenhava símbolos de busca na bétula. Quando olhou de volta para eles, foi com olhos azuis-claros penetrantes.

Era um rosto que já tinha olhado para ela de uma recompensa: *Trinta mil ouros, vivo ou morto.*

Aproximou-se deles com olhos acesos. Aurelie sabia que ele não poderia vê-la. Ele estava focado em Desafortunado.

— Será útil para mim, mesmo morto — murmurou ele. — Até mais, eu diria.

Quando a hora chegar, fale o verdadeiro nome dele.

— Elias Allred — disse Aurelie.

Copperend... Elias... *perdido em Underwood...* um truque dentro de um truque dentro de um truque. Ele se aprumou, como se tivesse levado um golpe, a expressão congelada, os olhos arqueados de surpresa.

O terreno balançou e num instante ele desapareceu, engolido pela terra sob seus pés.

Cinquenta

Não posso ficar nos dormitórios como todo mundo, certa vez Desafortunado escrevera para Aurelie.

Preciso ficar na Casa Carmesim, onde todos aqueles de linhagem nobre — estudantes na Cidade Acadêmica — residem. Os quartos sempre estão preparados para receber a realeza. Minha tia ficou neste apartamento, e meu tio-avô e minha tia-bisavó, e por aí vai. É meio estranho deitar na cama e imaginar que eles dormiram neste lugar exato. Literalmente. A mobília é a mesma. Essa cama é realmente antiga. Honória jogaria no lixo na hora. Não quero nem pensar no que meu tio-avô Exuberante pode ter feito aqui...

Aurelie nunca imaginou que veria a Casa Carmesim algum dia. E certamente nunca imaginou que veria Desafortunado em seu quarto, completamente imóvel, pálido sobre os lençóis daquela cama imensa. Normalmente ele era radiante, corado, com um rubor saudável nas bochechas. Agora ele parecia... pálido. Tão vivo quanto o mármore na beira da janela e na lareira.

Aurelie, Iliana e Quad esperaram do lado de fora do quarto enquanto os médicos o examinavam. Se Desafortunado estivesse com elas, teria contado algum fato interessante sobre o quadro na parede. (Um pastor olhando abobado para o outro, que olhava abobado para uma ovelha. Deve ter sido feito pelo mesmo artista do quadro no escritório da princesa: a expressão da ovelha era enervantemente sinistra.)

Mas, em vez disso, elas estavam sentadas lado a lado em um banco de madeira com entalhes elaborados, silenciosas.

— Que tristeza — disse Quad por fim.

— Pensei que trolls não ficassem tristes — murmurou Iliana.

— Ficamos, sim — respondeu Quad, mal-humorada. — Não inventamos a tristeza. — Uma pausa. — Não inventamos muitas das coisas que, ainda assim, fazem parte da nossa vida. Guarda-sóis. Tortinhas de frutas. Sarcasmo.

Iliana ficou de pé e andou até o final do corredor. O teto era curvo e as paredes eram cobertas por papel azul-marinho e dourado. O chão era protegido por um tapete grosso com estampa dourada que abafava os passos.

— Carruagens fechadas. Impostos. Conspiração — continuava Quad.

A porta se abriu de repente.

— O problema é a arma — explicou o médico depois de descrever a condição do paciente. — A Faca Impossível. Infelizmente, o dano provocado por uma lâmina encantada é... imprevisível, e, infelizmente... irreversível.

Horas depois, Desafortunado permanecia inalterado, silencioso e imóvel. Mensageiros foram enviados para a Capital. A família estava a caminho. O médico achou melhor não deslocá-lo.

Guardas também foram ordenados para vasculharem o campus, e Aurelie ficou sabendo que a srta. Ember e o Professor Frison tinham sido encontrados presos em um porão. O professor estava muito fraco, mas ainda vivo, graças aos cuidados da professora.

Porém, naquele momento, Aurelie estava sentada na quietude do quarto de Desafortunado, em uma cadeira ao lado da cama. Quad estava perto da janela, e Iliana se jogara na cadeira à escrivaninha.

— Tente — disse Iliana por fim, com a voz rouca.

— Tentar o quê? — disse Aurelie, que não soava melhor.

— Um beijo do amor verdadeiro.

Aurelie olhou para ela. A expressão de Iliana estava totalmente séria. Aurelie sentia como se algo em seu peito fosse quebrar. Apesar de toda a pose sabe-tudo de Iliana, apesar de todas as vezes que se sacudiu e deu a volta por cima e fez o inimaginável... ela não sabia disso. Ou era

ingênua o suficiente para acreditar. Foi o suficiente para balançar o coração partido de Aurelie.
    Ela engoliu em seco.
    — Isso não existe.
    — É claro que existe.
    Aurelie negou com a cabeça.
    — Como você sabe? — perguntou Iliana.
    — Se fosse real, ninguém nunca perderia um ente amado, né? — Aurelie olhou de volta para o príncipe, para o peito que subia e descia suavemente. — Se fosse real, eu já teria tentado.
    — Tente agora, então.
    — Iliana...
    — Se está usando magia nominal, use nele. — Iliana tentou sorrir, mas sua boca ficou pateticamente torta. — Querida, por favor. Tente, por favor.
    Aurelie olhou para Quad, que assentiu.
    Assim, aproximou-se do príncipe.
    Pensou em Desafortunado retornando para as aulas no outono, naquele quarto, em um novo ano escolar, e se imaginou fazendo a mesma coisa. Não naquele quarto, é claro, num menor, compartilhado com outra estudante talvez, as luzes acesas até tarde, debruçada sobre os livros, perscrutando a coleção da Biblioteca Real. Pensou em andar com Desafortunado até a sala de aula, e, depois, almoçar na torre do sino, e era primavera — por que não — e a luz iluminaria o rosto do príncipe, corado de novo, e seus lábios se curvariam num sorriso, prestes a se abrir, e então ela o beijaria e sorriria e o beijaria outra vez, só porque podia, e de novo, quando ele se aproximasse para buscar sua boca, e de novo e de novo e de novo. *Pode ficar debaixo desse telhado, mas ele não vai impedir a chuva de cair sobre a sua cabeça...*
    Buscou a mão dele — fria — e falou:
    — Desafortunado.
    Olhou para a curva de seus dedos, as unhas redondas, o anel espalhafatoso, com uma pedra de um azul profunda que reluzia sob a luz das velas.
    Quando a hora chegar, fale o verdadeiro nome dele.
    A voz dela falhou, não passando de um sussurro:

— Destemido.

Ela beijou os dedos dele.

E então a mão sob a sua deu um apertão por um leve instante. Os lábios dele se abriram e ele tomou fôlego.

Mas depois a mão amoleceu outra vez. Os olhos permaneceram fechados.

— O que foi isso? — disse Iliana.

— Foi alguma coisa real — respondeu Quad. — Foi alguma coisa de verdade.

Cinquenta e Um

De verdade mesmo.
A srta. Ember a identificou.
— A Pedra da Circunspecção — sussurrou ela, examinando o anel de Desafortunado. Ele ainda estava imóvel, mas os médicos confirmaram que seu estado melhorava, e rápido.

O anel, combinado à magia de Aurelie (Iliana ficou animada: *Viu só? Eu disse, Padeira! Eu sabia! Eu sabia que você tinha magia nominal!*), quebrara o encanto da Faca Impossível e iniciara a recuperação de Desafortunado.

O príncipe sobreviveria.

O rei, a princesa e o rei-pai chegaram cedo na manhã seguinte, num tempo recorde vindo da Capital.

Aurelie, Quad e Iliana foram acomodadas no térreo da Casa Carmesim. Aurelie não vira mais Desafortunado desde a chegada de sua família, mas a princesa herdeira visitou-a brevemente. Pegou a mão de Aurelie, inclinou a cabeça e fez uma reverência rápida.

— Obrigada — disse ela. — Obrigada pelo que fez.

Aurelie mal era capaz de entender o que tinha feito. Por Desafortunado, e na floresta... as coisas estavam confusas.

Foi a srta. Ember quem sentou com ela para conversar sobre o assunto.

Não foi um momento emocionante. Eram muito parecidas, as duas, e, embora suas emoções estivessem à flor da pele depois de tudo, simplesmente não era de sua natureza se emocionar. As duas só se abraçaram, e depois a srta. Ember examinou Aurelie.

— Você cresceu.

— Bem, mas não estou mais alta — disse Aurelie, e um sorriso brotou no rosto da professora.

— Há mais jeitos de crescer do que a altura.

Estavam no escritório do térreo da Casa Carmesim, rodeadas de prateleiras de livros que iam do chão ao teto e uma parede de janelas que dava para o jardim dos fundos e deixava penetrar a luz fraca da manhã em um dia nublado.

— Não sabia quem era Sylvain Copperend — a professora contou, com uma xícara de chá e pires nas mãos. — Mas conhecia Elias Allred.

Aurelie levantou os olhos da xícara. A expressão da srta. Ember estava neutra, mas havia tristeza na voz.

— Nasci na Capital, e nosso tutor de magia era o mesmo. Ele sabia do meu interesse em busca. Eu sabia, tinha ouvido falar, que ele desaparecera em Underwood. Alguns dias atrás, um homem chamado Sylvain Copperend veio me ver, dizendo que tinha informações sobre o paradeiro de Elias e que precisava de minha ajuda para encontrá-lo. Eu suspeitei e aí... ele não me deu escolha. — Ela desviou o olhar. — Mas ele não era Copperend, como pode imaginar. Era Elias. Disfarçado, encantado para que parecesse seu próprio mentor.

— É uma maneira de acelerar a proficiência — murmurou Aurelie.

Um dos cantos da boca da professora se ergueu.

— Uma que não recomendo.

— O que aconteceu com o verdadeiro Copperend?

A srta. Ember balançou a cabeça.

— Não sei dizer. Dizem que ainda deve estar em Underwood.

— E Elias? — Aurelie engoliu em seco. — Depois que quebrei o encanto, ele simplesmente... desapareceu...

— Não sei. Espero que o palácio tenha planos de investigar. — Silêncio por um momento. Aurelie olhou para o jardim, no qual galhos de árvores ornamentais balançavam ao vento. Choveria mais tarde, uma chuva de verão, e depois o sol surgiria dentre as nuvens. Embora Aurelie ainda não soubesse disso.

— Você fez a coisa certa — disse a professora por fim.

Aurelie não era mais uma garota de treze anos, bebendo chá depois de uma aula de magia. A srta. Ember não era mais sua professora fazia tempo. E também não era a maior autoridade em tudo, não tinha o poder do perdão.

Mas Aurelie sentia isso. Permitiu-se sentir isso: alívio.

— Obrigada — disse Aurelie. A srta. Ember inclinou a cabeça.

Silêncio por mais um momento, até que Aurelie não conseguiu mais se segurar.

— Por que nunca escreveu? — Engoliu em seco. — Não que... digo, sei que não tinha obrigação, é claro, mas pensei... — Sentia-se idiota ao falar em voz alta, infantil, vulnerável, mas falou mesmo assim: — Pensei que quisesse saber o que aconteceu comigo.

— Eu escrevi. — A expressão no rosto da professora era de incômodo. — Mandei cartas para a padaria. — Balançou a cabeça. — Fiquei preocupada quando não tive resposta. Pedi que me respondesse logo, nem que fosse um bilhete curto, para eu saber se estava bem, se estava... feliz. Até mandei sobre meu plano de visitá-la, mas então recebi uma carta de sua mentora. Ela me assegurou que estava tudo bem, só que você estava ocupada demais com o aprendizado, mas... que me mandava os cumprimentos. Fiquei feliz em saber que estava gostando do aprendizado. — A voz dela se suavizou. — Mas acho que não era bem o caso.

Aurelie sentiu-se inundada por emoções. Raiva da sra. Basil principalmente. Mas também se sentia pesarosa e arrependida e, de algum modo, também feliz. Uma combinação impossível.

— Não, não era — foi tudo que Aurelie conseguiu responder no momento.

Uma combinação complicada de sentimentos também estampou o rosto da professora.

— Me desculpa, Aurelie. Devia ter insistido. Não devia ter simplesmente aceitado...

Aurelie sacudiu a cabeça.

— Não precisa pedir desculpa.

— Mas sinto muito mesmo assim.

Aurelie assentiu. Respirou fundo. Olhou pela janela e esperou os olhos desembaçarem antes de se voltar na direção da professora.

— Meu tempo como ajudante de padaria acabou.

— Que bom.

Aurelie conseguiu sorrir.

— Bom mesmo.

Cinquenta e Dois

Dias depois, Aurelie observava o gramado bem cuidado a partir de uma das varandas da Casa Carmesim. Uma porta se abriu atrás dela.

E lá estava o príncipe. Ainda pálido, com olheiras profundas debaixo dos olhos, entretanto, sorrindo abertamente.

— Oi — disse ele.

Ele estava ali. Vivo. Inteiro. Existindo. Aurelie poderia ter dito qualquer coisa da miríade de pensamentos que lhe passavam pela cabeça, nomear as diversas emoções que lutavam em seu peito, porém tudo que surgiu foi:

— Você acordou.

— Acordei. — Ele se aproximou de onde ela estava no parapeito. — Me disseram que minha recuperação está indo muito bem. O dr. Veil falou que se trata de uma situação rara. Quer publicar um artigo do meu caso. — Uma pausa. — Também me contaram... Ouvi dizer que... você ajudou.

Aurelie não falou nada.

— Poderia ser a coautora do artigo — disse ele, e Aurelie não pôde deixar de sorrir.

— Como está se sentindo?

— Bem. Dolorido. Mas... vivo. Graças a você.

— Não posso levar o crédito. Eu nem sabia o que estava fazendo.

— Mas fez mesmo assim.

Silêncio. Desafortunado pousou as mãos sobre o parapeito. A luz rebatia no azul da pedra de seu anel.

— A Pedra da Circunspecção — comentou Aurelie.

— Sim.

— Quebra encantos.
— Se combinada com as palavras corretas... Parece que sim.
— Onde você a encontrou?
— Numa caverna, na Baía da Lanterna. Foi uma espécie de... missão. Outra. Uma solitária dessa vez. Exceto pelo Mordomo que também estava lá.
— Nem tão solitária assim.
— Nem tanto. — Desafortunado parecia envergonhado. — Mas eu queria... — Respirou fundo. — Eu só... Queria que você soubesse... Que... não foi um encantamento. O que aconteceu entre nós dois. E pensei que a pedra... poderia lhe dar certeza. — Ele olhou para baixo. — Mas não consegui fazê-la funcionar, e o Professor Frison não acreditou que fosse a pedra verdadeira... Pois ela tinha que ser "escura como a meia-noite", e esta está mais para um índigo...
— Óbvio.
Ele olhou para ela.
— Eu sinto que... era meu destino encontrá-la. E seu destino usá-la.
Aurelie não soube o que responder.
— Valeu a pena cair daquela pedra pra pegá-la. Torci o punho e rasguei minha melhor camisa de seda, sabia?
Aurelie sorriu.
— Você é um perigo.
— Eu sou divertido — respondeu ele, fingindo ter ficado ofendido com um sorriso contagiante e olhos cheios de atrevimento e algo tipo... algo talvez...
Talvez um *Eu não saberia reconhecer o amor se ele estivesse bem debaixo do meu nariz.*
Talvez fosse um pouco assim. *É assim que as pessoas se encaixam e combinam.*
— Desafortunado?
— Sim?
Aurelie olhou para ele e queria dizer... algo. Não sabia ao certo o que, mas tinha uma suspeita. E as coisas que aconteceram mudaram quem ela era, não completamente, não até o âmago. Talvez nada mudasse as pessoas completamente. Talvez ela sempre sentisse dúvida, ou

talvez sempre sentisse um pouco de medo. Talvez Desafortunado não se importasse com isso — disso, ela tinha mais certeza do que tudo.

Portanto, ela não falou mais nada. Mas, se não era capaz de falar, era capaz de demonstrar. Tocou de leve o rosto do príncipe, se aproximou e o beijou nos lábios.

Era como magia, e Aurelie sabia agora que era mesmo magia. Um tipo de magia único. Os lábios do príncipe eram macios. Os dedos dele roçando sua bochecha eram macios. O olhar quando se afastaram era macio. Aurelie amava tudo isso.

Um sorriso surgiu no rosto dele.

— Por que você fez isso?

Aurelie sorriu de volta.

— Você sabe por quê.

Cinquenta e Três

Mais tarde, Aurelie e Desafortunado se reuniram com Iliana e Quad no gramado da Casa Carmesim. Iliana estava deitada na grama, e Quad observava a região. Quando Iliana os viu se aproximando, Aurelie pensou se ela perceberia o que tinha acontecido. Havia um brilho sabe-tudo no olhar de Iliana, mas, para alívio de Aurelie, ela não comentou nada. Em vez disso, meneou a cabeça para eles.

— Príncipe. Está recuperado?
— Melhor do que antes.
— Que bom.
Quad chamou Desafortunado com a mão.
— Vem aqui. Olhe para mim.
Aurelie observou, entretida, Desafortunado se aproximando.
— Mais baixo. — Então, Desafortunado se abaixou para olhá-la nos olhos. — Está me olhando?
— Sim.
— Com atenção?
— Juro.
Quad deu um tapinha no rosto dele.
— Nunca mais faça isso de novo — disse ela. — Entendeu?
Ele assentiu obedientemente e se endireitou.
Quad o abraçou pela cintura. Desafortunado sorriu e retribuiu o abraço.
— Obrigado, Quad — disse ele, voltando-se para Iliana quando Quad o soltou. — E, Iliana...
— Por favor, guarde seus sinceros agradecimentos pra você.
— Agradecer por quê? Onde você estava quando uma faca mágica me atingiu?

Iliana sorriu.

— Justo.

Desafortunado sorriu de volta.

— Você sabe que sou realmente grato por tudo que você...

— Não, por favor, não estrague tudo com sua sinceridade.

Uma tosse atrás deles.

Aurelie se virou e viu Lorde Desafio. O nobre surgiu todo endireitado, bem-vestido, nem um fio de cabelo fora do lugar.

O sorriso no rosto de Iliana sumiu e ela virou de costas.

— Ainda aqui, é?

— Ainda está brava comigo? — retrucou ele. — Apesar de eu quase ter morrido?

— Estou brava por causa disso mesmo. E também porque você *mentiu* pra gente.

— Não menti.

— Tomou uma decisão idiota sem nem *consultar*...

— Meu trabalho era proteger o príncipe, custe o que custasse...

— Só pra constar, eu não te pedi isso — atalhou Desafortunado.

— ... sob ordens diretas do rei — continuou Desafio.

— Eu não estou nem aí de onde vieram essas ordens — disse Iliana ao ficar de pé e avançar sobre ele.

— E eu certamente não deixaria nada acontecer com essa turminha. Imagina a bronca que eu ia levar da Mamãe se algo acontecesse com você e a bronca que eu ia levar de você se algo acontecesse com essas duas. — Ele balançou a mão na direção de Aurelie e Quad.

— *Prender a gente* é um jeito meio estranho de proteger — contestou Iliana.

— Bem, me pareceu bem eficiente!

— Até *você* ser preso! — Iliana bateu no braço dele. — Você poderia ter morrido! Não pode querer proteger todo mundo se não consegue nem proteger a si mesmo!

— Essa foi... — Desafio suspirou. — Justa. Provavelmente. Essa foi provavelmente justa.

Iliana o olhou por um momento, e então também se acalmou.

— Seu encantamento na porta nem segurou.

— Só foi quebrado porque o Allred me encantou — reclamou ele.

— Eu nem sabia que você *tinha* magia.
Desafio deu de ombros.
— Não tinha motivo para ficar me exibindo.
Iliana jogou as mãos para o alto.
— Nossa, como você é irritante.
— Agora você sabe como é conviver com você — retrucou Desafio.
— Todos os irmãos mortais são assim? — Quad quis saber.
— Não sei — respondeu Aurelie. — Não tenho nenhum.
— Eu tenho dois — disse Desafortunado com ares de sabedoria. — E eu diria que sim, é mais ou menos isso mesmo.

Cinquenta e Quatro

Quando Desafortunado retornou para seus aposentos da Casa Carmesim naquela tarde, encontrou Galante à mesa, debruçado sobre documentos.

A família real andava pela Casa Carmesim nos últimos dias. Honória ficava o tempo todo tentando alimentá-lo. Seu pai o tempo todo com a mão na sua testa, como se ele estivesse com febre, e não com uma facada nas costelas.

E Galante andava por ali, silencioso e sério, ao longo de toda a recuperação de Desafortunado. Ficar andando não era muito do feitio de Galante — ele era mais do tipo que marchava e verificava.

Olhou para Desafortunado quando este entrou no quarto.

— Notícias da Capital? — perguntou Desafortunado.

— Nada sério — respondeu Galante, olhando os papéis sobre a mesa. Depois de um momento de silêncio, ele ficou de pé.

— Desafortunado... — começou ele, ao mesmo tempo que o príncipe falou:

— Eu só...

— Perdão — disse Galante. — Você primeiro.

— Não, nada. Eu só estava com a Aurelie agora e... queria que vocês se conhecessem.

Galante assentiu.

— Eu gostaria.

— O que você ia...

— Eu estava completamente errado — disse Galante.

Desafortunado piscou.

— Na questão de Underwood. Achei que estava pensando no bem maior, mas não deveria nunca... *Nunca* deveria ter colocado você naquela situação, arriscado você daquele jeito... — A boca de Galante se contorceu. Ele desviou o olhar. — Espero que um dia possa me perdoar.

Desafortunado sentiu-se totalmente desconfortável. Nunca vira Galante daquele jeito. Não era nem um pouco do seu feitio, era como se um dos cachorros de Honória tivesse se apoiado nas patas traseiras e começado a dar um sermão sobre higiene adequada.

— Nunca mais vou colocar você em perigo — disse Galante. — Nunca mais vou agir sem seu conhecimento ou permissão. Nunca mais vou envolver você em coisas que não queira. Nunca mais vou te subestimar desse jeito. Eu sei que você é inteligente, forte e corajoso... bem mais do que eu, infinitamente mais, Desafortunado...

— Tudo bem. Mas eu não... Não é assim...

— Eu precisava falar.

— Só porque eu quase morri?

— Porque eu fui um tremendo de um babaca — disse Galante. — E aí você quase morreu.

— As duas coisas não foram exatamente relacionadas.

— Mas você podia ter morrido pensando que eu era um tremendo babaca.

— Ainda pode acontecer.

Os lábios de Galante se ergueram, seus olhos brilharam.

— Me desculpa.

Desafortunado assentiu.

— Está tudo bem. Obrigado.

Cinquenta e Cinco

— O que é eu devo fazer com uma condecoração real? — perguntou Quad, enquanto ela, Iliana e Aurelie observavam lacaios preparando carruagens para o retorno da família real à Capital. Aurelie estava mais interessada no sanduíche que devorava do que naquelas belas carruagens — os modelos mais recentes. A família do príncipe não fazia nada discretamente, pelo jeito.

— Exibi-la com orgulho, suponho — respondeu Iliana. — É o que a minha mãe diria.

— Combina com a minha roupa?

— Meu Deus, você está parecendo o Desafortunado.

Todas elas receberiam condecorações, a serem entregues em uma cerimônia no palácio, dali uma semana. *Pela bravura em serviço da família real*, dissera o rei.

Aurelie não o achou tão imponente quanto esperava. Encontraram-se apenas uma vez, e ele parecia certamente sério, mas havia uma sombra de Desafortunado em seu sorriso. Não era tão aberto e ilimitado, mas arrebatador do mesmo jeito.

— Sou muito grato por meu irmão ter conhecido você — dissera o Rei Galante para Aurelie.

Desafortunado tossira.

— Não diria que somos *conhecidos*.

Aurelie sentira o rosto queimando.

Foi então que o rei sorrira.

— Sou grato mesmo assim.

E agora eles retornariam para a Capital, todos juntos. De repente, Aurelie se encontrava em uma das luxuosas carruagens, com Desafortunado e Honória. Iliana e Quad escolheram ir a cavalo.

— Para aproveitar o clima bom — dissera Iliana, mas Aurelie suspeitava que ela não queria ficar presa com a princesa, que passara uma boa parte da manhã falando sobre os novos preparativos para seu casamento. (Depois que Desafortunado desaparecera, ela se vira incapaz de dar continuidade aos planos iniciais. *Precisamos repetir o baile dos amantes?*, perguntara Desafortunado, e os olhos da princesa se iluminaram. *Sim, e sei exatamente o que farei de diferente desta vez.*)

Aurelie nem estava percebendo que atravessavam seu vilarejo quando, como se tivesse levado um choque, notaram que estavam parados em frente à padaria.

— Só precisamos fazer uma parada rápida — disse Desafortunado com inocência fingida.

Uma multidão se reuniu na rua, um empurra-empurra para ver a carruagem. Desafortunado ajudou Honória a descer, depois estendeu a mão para Aurelie.

— O que estamos fazendo aqui? — perguntou ela.

— Eu estava devendo uma visita — foi a curta explicação.

— A sra. Basil vai ficar maluca.

Desafortunado apertou a mão dela e sorriu.

— É essa minha intenção.

Quando entraram na padaria, Jonas estava atrás do balcão, com uma expressão chocada. O avental todo sujo de farinha e o cabelo todo penteado para cima. Seus olhos se arregalaram diante da visão de...

— Aurelie?

— Olá — disse ela meio envergonhada, então se virou para Desafortunado e Honória. — Este é Jonas, funcionário da padaria. Jonas, estes são... — Embora a apresentação parecesse meio absurda, foi o que aconteceu. — A Princesa Honória e o Príncipe Desafortunado.

— Olá, Jonas — cumprimentou Desafortunado. — Você é mais alto do que eu imaginava.

— Obrigado? Digo, obrigado, Vossa Alteza. Eu poderia... Vocês gostariam... Quer dizer, os senhores gostariam de qualquer... — Gesticulou para a vitrine.

Honória deu um olhar conspiratório para Desafortunado.

— Eu adoro uma tortinha de amora do rio.

— Então uma tortinha de amora do rio você terá! — declarou Desafortunado.

Jonas se apressou para pegar uma, que Honória experimentou na hora, deixando esfarelar açúcar de confeiteiro sobre o vestido. Ela nem pareceu ligar. Fechou os olhos e soltou um *hummmm*.

Foi então que a sra. Basil apareceu.

— Jonas... — disse ela em um tom duro, mas então avistou Desafortunado e Honória na padaria e a multidão olhando pelas janelas. — Jonas! — repetiu ela, alarmada. — Tem... Isso... — Num instante, a mulher abriu seu treinado sorriso afetado. — Vossa Alteza — emendou ela, como se estivesse à espera deles. — Mas que honra incrível. Um prazer. Realmente um... — Seus olhos pousaram em Aurelie e imediatamente se estreitaram. Ela saiu detrás do balcão. — Por favor, com licença. Sinto muitíssimo. Preciso ter uma conversa com minha... *ex*-aprendiz. Ela não tem o direito de estar aqui.

A sra. Basil avançou sobre Aurelie, mas Desafortunado entrou na frente.

— Aurelie está viajando conosco para a Capital, onde vai receber uma condecoração real pelos seus serviços para nossa família.

As emoções que cruzaram o rosto da sra. Basil... Aurelie gostaria de ter sido capaz de capturar aquela visão para sempre.

— Que... ótimo — disse ela como se estivesse estrangulada.

— Sim. Parei aqui para buscar minha correspondência — respondeu Aurelie.

A sra. Basil hesitou.

— Sua...

— Minhas cartas. Fiquei sabendo que recebi algumas da minha professora. Vim buscá-las.

Honória olhou entre as duas e depois falou cautelosamente:

— É claro que vai entregar qualquer coisa recebida em nome de Aurelie. É crime reter, ou pior, *destruir*, correspondência alheia. — A voz dela estava cristalina. — *Temo* só de pensar nas consequências.

Aurelie nunca pensou que iria gostar tanto de outro membro da família real, mas sentiu uma onda de afeto poderosa pela princesa.

— Eu vou... — A sra. Basil engoliu em seco. — Vou dar uma olhadinha. Deve ter... alguma coisa, em algum lugar...

Ela retirou-se, e Honória, sossegadamente deu outra mordida na tortinha. Desafortunado abriu o sorriso para Aurelie.

— Aqui. — A sra. Basil voltou com um pacote de cartas. — Acho que só guardei no lugar errado.

— Incrível ter encontrado tão rápido, então — disse Desafortunado, e Aurelie quis beijá-lo na boca.

Honória terminou a tortinha e perguntou:

— Quem preparou essa tortinha de amora do rio?

A sra. Basil pareceu recuperar um pouco a compostura.

— Ora, fui eu, Vossa Alteza.

Os olhos de Honória faiscaram.

— Gostaria muito de observá-la assando uma fornada, para ver uma verdadeira especialista em ação.

— Bem. — A mulher alisou a frente do vestido. — Elas foram... *parcialmente* preparadas pelo meu funcionário. Mas a receita é minha.

— Eu gostaria de ver a receita.

— Jonas, traga a minha receita.

Jonas hesitou.

— Jonas. Traga a minha receita.

— Não posso.

— E por que não?

Ele cerrou os dentes.

— Porque a receita não é sua.

Por um instante, o rosto da mulher demonstrou choque e raiva. Mas logo se acalmou.

— Meu funcionário se esquece, mas todas as receitas elaboradas sob meu teto são minhas. É assim que funciona até se obter proficiência. Você obteve proficiência, Jonas?

— Não.

— Pois então.

— Você já fez a prova? — perguntou Honória.

— Ele foi reprovado — respondeu rapidamente a sra. Basil.

— Não, não. Jonas não teve permissão de tentar — corrigiu Aurelie.

A mulher olhou feio, mas não falou nada. Nada atingiria Aurelie agora. Uma sensação incrível de leveza se expandiu dentro da jovem ao perceber isso. Era como engolir um raio de sol.

— Então, vai fazer a prova agora, Jonas — disse Honória rispidamente. — Precisamos provar uma dúzia de receitas, as quais já vejo nessa vitrine, e começarei com outra tortinha de amora do rio.

O sorriso de Jonas, raro, porém cheio de vida, surgiu no rosto dele.

Cinquenta e Seis

— Aonde estamos indo? — perguntou Aurelie, e não pela primeira vez, estava mais para sexta ou sétima. Não conseguia evitar. Iliana estava sendo *enigmática* daquele jeitinho só dela, um pouco irritante, um pouco intrigante.

— Já falei que é *surpresa* — respondeu Iliana. — Preciso explicar o conceito de surpresa?

Já fazia um tempo que estavam hospedadas no palácio, mas Aurelie ainda não havia se acostumado ao esplendor de tudo aquilo. Porém aquela escada em questão, era bem mais comum do que as outras. Elas estavam descendo para debaixo do palácio, cujas paredes de pedra iam ficando cada vez mais úmidas. As tochas iluminavam em intervalos periódicos.

— Não. E você me contar aonde vamos seria a verdadeira surpresa.

— Ha ha.

— Já falei que você está especialmente *adorável* hoje?

— Não estou gostando nada disso.

Chegaram a um corredor cheio de portas. Iliana marchou até uma delas, idêntica às outras. Pegou uma chave de um de seus muitos bolsos e enfiou na fechadura.

— Precisa colocar a sua mão na porta.

— Por quê?

— Depois de todo esse tempo você ainda não confia em mim, Padeira?

— Não — disse Aurelie, mas pressionou a palma na porta mesmo assim, e Iliana virou a chave.

A porta se abriu e revelou um quartinho cheio de prateleiras. Em cada uma, baús de madeira enfileirados. Iliana se aproximou de um e abriu. Estava repleto até a borda com moedas de ouro. Abriu outro: uma quantidade imensa de moedas de prata. E no terceiro: moedas de cobre.

— Pode conferir cada um, se quiser — Iliana apontou os baús —, mas garanto que está tudo aqui.

— O que é isto?

— A recompensa por Elias Allred.

Aurelie balançou a cabeça. A quantidade de dinheiro... a visão daquilo tudo — só de *pensar* nisso tudo! — era incompreensível.

— Eu... Isso...

— É tudo seu. Foi você quem o encontrou, afinal.

Aurelie olhou para o baú com ouro, depois para Iliana, parada ali. Não estava recostada casualmente na porta, inspecionando as unhas, mas simplesmente parada, as mãos ao lado do corpo, olhos para a frente, expressão séria.

— A recompensa foi instaurada pelo palácio, quando Elias desapareceu.

— Mas... ele ainda está desaparecido. Ele desapareceu. Ele... morreu, talvez...

— Ninguém sabe.

— Mas eu não o encontrei, não de verdade...

— Caramba, Padeira, você é a única pessoa que eu conheço que questionaria um golpe de sorte desse.

— Mas eu não posso...

— Pode e vai.

— O que eu vou fazer com tudo isso?

Iliana deu de ombros.

— O que você quiser.

Aurelie sentiu... incerteza. Animação. Descrença. Outra coisa, difícil de definir. Uma leveza, crescimento. Difícil de qualificar. Impossivelmente bom.

Cinquenta e Sete

O *que você quiser.*
Aurelie estava sentada no jardim do palácio com o resto do pessoal. Quad estava tentando ensinar a Desafortunado um pouco de magia defensiva. Até o momento, Desafortunado só tinha sido capaz de derrubar um punhado de fruta-coração da árvore.

— Você quer alimentar as pessoas que te atacarem? — perguntou Quad. — Desde quando isso é defesa?

— Depende. Se eles forem alérgicos a fruta-coração...

Quad soltou um suspiro profundo.

Aurelie estava sentada na grama com Iliana esticada ao seu lado. Iliana trazia um romance em mãos, chamado *A Filha do Estalajadeiro: Parte Dois*.

— Nossa, tem uma continuação? — Aurelie ficara surpresa quando Iliana o sacara do casaco.

— Claro que tem. Todo mundo quer saber o que aconteceu com Isadora e seu amante. Sem contar toda aquela história com o irmão dela.

Mas agora Iliana deixava o livro de lado para acompanhar o progresso de Desafortunado e Quad, bem na hora do segundo lote de frutas caírem.

— Tem notícias da srta. Ember? — perguntou Iliana enquanto elas observavam Desafortunado tirar folhas do cabelo.

— Recebi uma carta hoje — contou Aurelie. A srta. Ember estava na universidade. Ela também tinha recebido uma condecoração real por salvar o Professor Frison e ficaria no lugar dele quando de sua aposentadoria.

Espero revê-la no campus, escrevera a srta. Ember. *Seria uma honra continuar supervisionando seus estudos de magia.*

Aurelie guardou a carta no bolso do avental. (Não conseguia parar de usá-lo — força do hábito e praticidade. Bolsos, afinal.) Ficou bem ao lado de um bilhete daquela manhã de Desafortunado, assinado com *Seu, D.*

Não conseguia assinar *Sua, A,* mas escrevia *Com carinho, Aurelie,* e suspeitava que Desafortunado gostava, pois ele começara a usar a palavra *carinho* toda hora. Até chegara a falar: "*Carinho* seria um ótimo nome de Corte, não?" Ao que Aurelie respondera: "Como é?" E Desafortunado, ficando vermelho, só dissera: "Nada, nada. Só pensando em voz alta."

Aurelie também recebera uma carta de Jonas, que largara a padaria depois de conseguir sua proficiência e receberia patrocínio da princesa para abrir sua própria padaria. *Sem empregados, a Basil foi obrigada a fechar as portas por tempo indeterminado,* escrevera Jonas. *Não sei se ela vai reabrir, mas agora isso não é mais problema nosso. Que benção!*

Aurelie concordava com todo o seu coração.

Iliana olhou para ela.

— Acha que vai para a universidade, então? Estudar magia?

Aurelie ainda não tinha certeza. Não sabia o que *o que você quiser* significava para ela. Poderia ir para a escola mesmo, ou viajar pelo Reino, ou fazer outra coisa — qualquer coisa. Havia tantas opções, todas atraentes, muito difícil decidir.

— Talvez. — Era o máximo que podia assumir de compromisso no momento, e até isso era excitante. — Talvez eu vire caçadora de recompensas em tempo integral.

— Pensei que você não quisesse mais saber disso. Lembra o que você me falou? *Acabou assim que acabarmos.*

— Acabou o quê?

— Uh, "isso". Essa coisa de eu te chamar e você largar tudo e arriscar tudo... Lembra?

— Talvez.

— Talvez arriscar tudo valha a pena? Pelo menos às vezes?

— Não vou te dar razão, Iliana. Você já é metida demais.

Iliana sorriu.
— Como está se sentindo, Padeira? Agora? Neste exato instante?
— Feliz — foi a resposta de Aurelie, e era a verdade.

Agradecimentos

Obrigada, obrigada, obrigada a minha incrível editora, Reka Simonsen, e ao pessoal excelente da Atheneum por trazer esta história à vida. Agradeço também a Kate Forrester pela linda ilustração de capa.

Muito obrigada a Bridget Smith, pelo nosso sexto livro e primeira fantasia (!); a minha família e amigos, pela gentileza, pelo amor e apoio; a todos que leram algum dos meus livros ao longo dos anos: sou realmente muito, muito grata! Obrigada a todos os bibliotecários, professores, livreiros, blogueiros e notáveis do livro vindos de todos os diversos espaços online por tudo o que fazem com tanto entusiasmo em prol dos livros.

Sobre a autora

Emma Mills é autora de cinco romances *young adult*, incluindo *Foolish Hearts* e *First & Then*, e está empolgada com sua estreia na fantasia: *É quase mágica*. Quando não está escrevendo, está editando manuscritos científicos, cuidando de sua extensa coleção de suculentas ou dando mergulhos profundos em diversos fandoms. Emma mora em St. Louis com seu cachorro, Teddy, que pode ser descrito como uma grande personalidade em uma pequena embalagem. Siga Emma no Twitter e no Instagram (@elmify) ou entre em contato pelo site emmamillsbooks.com.

Direção editorial
Daniele Cajueiro

Editora responsável
Mariana Rolier

Produção editorial
Adriana Torres
Júlia Ribeiro
Juliana Borel
Mariana Lucena

Revisão de tradução
Marina Góes

Revisão
Suelen Lopes
Carolina Leocadio

Diagramação
Douglas Kenji Watanabe

Este livro foi impresso em 2024,
pela Santa Marta, para a Livros da Alice.